ÀS QUINTAS

Coelho Neto (1864-1934)

ÀS QUINTAS
(janeiro de 1921 a dezembro de 1923)

Coelho Neto

Edição preparada por
MARCOS ANTONIO DE MORAES

SÃO PAULO 2007

Copyright © 2007, Livraria Martins Fontes Editora Ltda.,
São Paulo, para a presente edição.

1ª edição 2007

Acompanhamento editorial
Helena Guimarães Bittencourt
Revisões gráficas
Sandra Garcia Cortes
Marisa Rosa Teixeira
Dinarte Zorzanelli da Silva
Produção gráfica
Geraldo Alves
Paginação
Moacir Katsumi Matsusaki

Dados Internacionais de Catalogação na Publicação (CIP)
(Câmara Brasileira do Livro, SP, Brasil)

Coelho Neto, 1864-1934.
 Às quintas / Coelho Neto ; edição preparada por Marcos Moraes. – São Paulo : WMF Martins Fontes, 2007. – (Coleção contistas e cronistas do Brasil)

 ISBN 978-85-60156-16-0

 1. Contos brasileiros 2. Crônicas brasileiras I. Moraes, Marcos. II. Título. III. Série.

06-8041   CDD-869.93

Índices para catálogo sistemático:
 1. Contos : Literatura brasileira   869.93
 2. Crônicas : Literatura brasileira   869.93

Todos os direitos desta edição reservados à
Livraria Martins Fontes Editora Ltda.
Rua Conselheiro Ramalho, 330 01325-000 São Paulo SP Brasil
Tel. (11) 3241.3677 Fax (11) 3101.1042
e-mail: info@martinsfontes.com.br http://www.martinsfontes.com.br

COLEÇÃO
"CONTISTAS E CRONISTAS DO BRASIL"

Vol. XIII – Coelho Neto

Esta coleção tem por objetivo resgatar obras de autores representativos da crônica e do conto brasileiros, além de propor ao leitor obras-mestras desse gênero. Preparados e apresentados por respeitados especialistas em nossa literatura, os volumes que a constituem tomam sempre como base as melhores edições de cada obra.

Coordenador da coleção, Eduardo Brandão é tradutor de literatura e ciências humanas.

Marcos Antonio de Moraes, que preparou o presente volume, é professor de literatura brasileira na Faculdade de Filosofia, Letras e Ciências Humanas da Universidade de São Paulo, onde desenvolve pesquisas sobre o Modernismo.

ÍNDICE

Introdução XI
Cronologia XLIII
Nota sobre a presente edição LIX

ÀS QUINTAS

1921

Vozes misteriosas 7
A gruta da imprensa 11
O meu candidato 15
O soldado desconhecido 19
Filologia manzoniana 23
O teatro no centenário 28
Relíquias no lixo 33
L'ouragan 37
O Trianon 42
Machado de Assis 46
Figuras antigas 50

O titã 54
O gênio latino 58
Fantasia 62
Canto heróico de fraternidade 66
A lição das tempestades 69
A formosa cruzada 74
Ante o gênio... 78
Poemas bravios 83
Bem de raiz 87
A mais bela mulher brasileira 91
A esperança 96
Os tiros 100
O poeta da raça 105
Como as abelhas 111
O seu a seu dono 116
Contraste 121
Folha de acanto 125

1922

Resposta a uma carta 133
Terra de Portugal 136
Uma lenda ubíqua 141
Proh pudor! 145
Um monumento 149
Mors-amor 154
Clubes e cordões 158
Um eleitor 162
Auto-de-fé 167
Hecatombe 171

Aos mártires da aviação 175
Como se formam as lendas 178
A vitória 182
Deserdados 186
Modos de ver 191
O telefone 195
Velha aspiração 199
A Gata Borralheira 204
Os "centenários" 208
Prova real 213
Independência...? 217
O sapatinho de cristal 221
Oração eucarística 225
O nosso teatro 228
As tais embaixadas... 233
Ao som da lira 237
Um ministério 241
Dinheiro haja!... 245
Salteadores de nações 249
Ano novo 254

1923

Angustioso apelo 261
Mães e filhos 266
Um pródigo 270
Bloqueio 274
Tipos de outrora 278
Os ranchos 282
Gomes Leite 287

Precocidade 291
Purificação 295
Datas... móveis 299
Frutas 303
A árvore que chora 307
Lama 311
Casas velhas 315
Loti 319
Excelsa aventura 323
Vanitas 326
O dia da criança 330
Vício 334
Registo 339
Ecce homo! 343
Perversidade 347
Cristo Redentor 351
Um anúncio 355
Uma artista 359
Sic transit... 363
O sonhador 367
O bom samaritano 371
Miguel Couto 376
Compensações 381
Um alvitre 386
Velha fábula 390
Natal... ao longe 394

INTRODUÇÃO

ÀS QUINTAS NO TEMPO MODERNISTA

"Efetivamente tenho trabalhado muito"

"Atacam-me porque produzo demais", pondera Coelho Neto em 1925, ao ser entrevistado pelo jornal carioca *A Noite*. "Efetivamente tenho trabalhado muito."[1] Chegava aos sessenta anos contabilizando 102 livros, entre os quais romances, contos, peças de teatro, crônicas, conferências literárias, discursos políticos, textos cívicos e didáticos. Até 1934, ano da morte do escritor, uma "estatística" cumprida pelo filho, Paulo Coelho Neto, revelou dados ainda mais surpreendentes: "Coelho Neto escreveu 120 volumes, mas se lhes adicionassem todas as crônicas

---

1. COELHO NETO, Paulo. *Coelho Neto*. Rio de Janeiro, Zélio Valverde, 1942, p. 150.

e artigos diversos publicados nos jornais do país e do estrangeiro – aproximadamente 8.000 – aquele número oscilaria entre 280 e 300. Suas improvisações, que orçavam por 3.000, segundo cálculos do próprio escritor, dariam matéria para mais 100 volumes contendo cada um 30 trabalhos. Ele deixou apenas 120 obras, quando poderia ter acumulado cerca de quatrocentas!"[2] A *Bibliografia de Coelho Neto* aponta para a constituição de um monumento literário *sui generis* no Brasil, o qual, ainda hoje, muito poucos poderiam declarar conhecer em sua totalidade[3]. Esse universo textual vultoso e sua natureza muito particular, marcado pela prodigalidade verbal, pela erudição e amplo escopo imaginativo, onde se misturam, segundo Brito Broca, "do bom, do muito bom, do medíocre e do ruim"[4], conforma certamente um dos problemas mais intricados do sistema literário brasileiro. Aquilo que parecia um sólido cabedal artístico para o futuro das letras nacionais, multiplicado durante a vida de Coelho Neto em 250 edições, transformou-se, depois de sua morte, em seara inóspita e pouco visitada por leitores e críticos.

---

2. COELHO NETO, Paulo. Op. cit., p. 143.
3. COELHO NETO, Paulo & KUHN, Neuza do Nascimento. *Bibliografia de Coelho Neto*, Brasília, MEC/INL, 1972.
4. BROCA, Brito. "Coelho Neto, romancista". In: *Ensaios da mão canhestra*. Rio de Janeiro, MEC/INL/Polis, 1981, p. 179.

Em seu próprio tempo, embora muito lido e admirado, eleito "príncipe dos prosadores brasileiros" em 1925 e 1928, por meio de enquetes em revistas de grande alcance cultural como *Fon-Fon* e *O Malho*, Coelho Neto, em diversas ocasiões, precisou prestar contas daquilo que se afigurava, para alguns, como a sua incontinência verbal. "Não sou infelizmente conhecido nem do público nem da crítica. O público não sabe a capacidade do meu trabalho, a crítica ignora por que trabalho tanto. [...] Recusam compreender a necessidade de um escritor que resolve viver apenas da própria pena"[5], assegura Coelho Neto a João do Rio, em entrevista que, depois de divulgada na *Gazeta de Notícias* carioca, seria inserida em 1907 no livro *O momento literário*. Na reportagem em que João do Rio distingue, elogiosamente, o "brilho, a cintilação" do estilo de Coelho Neto e lembra o seu vasto léxico, calculado na época em 20.000 palavras, o escritor anima-se em se defender de uma crítica que, deixando de sinalizar um esforço apreciável para a afirmação do "homem de letras" no Brasil, captava, em tanto papel e tinta, a sombra do "preciosismo" e do "mercenarismo". Para o autor de *Inverno em flor*, o que era visto como "abundância de atavios" podia ser justificado

---

5. JOÃO DO RIO. *O momento literário*. Org. Rosa Gens. Rio de Janeiro, Fundação Biblioteca Nacional, 1994, p. 56.

pelo seu desejo de "disciplinar o vocabulário", em busca da idéia "vestida" nos "termos exatos". Afinal, para o refinado estilista, a palavra escrita "vive do adjetivo", que é a forma lingüística que lograria uma aproximação maior das "inflexões" de sentido presentes na fala. Ao recusar também a admoestação do exagerado "número de volumes" que havia trazido à luz, o entrevistado postula para si a imagem do artista que, tido como um trabalhador, "moureja como um servo da gleba", aquele que desempenha um ofício árduo e tem, particularmente, uma missão pedagógica, afinal "o público é um animal que se educa". Mesmo de amigos, como Euclides da Cunha, vieram advertências. Em carta de 7 de agosto de 1904, o autor de *Os sertões* (1902) toca na ferida: "Andas escrevendo muito. Três artigos diários! Não te esgota esta dissipação da fantasia e esta caçada exaustiva dos assuntos?"[6]

Machado de Assis, em pelo menos quatro oportunidades, nas crônicas da *Gazeta de Notícias*, vazou elogios à prosa ficcional de Coelho Neto, constituindo uma bitola crítica duradoura ao assinalar o poder da "imaginação" do escritor. Em 1895, focalizando *Miragem*, coloca o seu autor no lugar privilegiado "dos nossos pri-

---

6. COELHO NETO. "Euclides da Cunha (Feições do homem)". In: *Livro de Prata*. São Paulo, Livraria Liberdade, 1928, p. 220.

meiros romancistas, e, geralmente falando, dos nossos primeiros escritores", reverenciando nele o "dom da invenção, da composição, da descrição e da vida, que coroa tudo"[7]. Dois anos depois, quando o criador de *Dom Casmurro* escreve sobre *Sertão*, ratifica o julgamento favorável, mostrando que a escrita dos contos ali reunidos tem "as exuberâncias do estilo do autor, a minuciosidade das formas, das coisas e dos momentos, o numeroso rol das características de uma cena ou de um quadro. Não se contenta com duas pinceladas breves e fortes; o colorido é longo, vigoroso e paciente"[8].

As "exuberâncias", o cuidado com a forma e o "colorido" descritivo, particularizados pelo cronista de *A Semana*, receberão sinal trocado no juízo interpretativo de José Veríssimo. Em duas resenhas voltadas à análise da ficção de Coelho Neto, a primeira, em 1895, na *Revista Brasileira*, a outra no *Jornal do Commercio*, em 1901, o jornalista paraense patenteia os descaminhos de uma escrita perigosamente fértil, vincada pelo virtuosismo "decorativo". Para o crítico, a recusa à sobriedade, os abusos nas descrições, as frases eloqüentes e sonoras só serviriam para denunciar a "preocupação do literato". As "cir-

---

7. MACHADO DE ASSIS. *Obra completa*. Rio de Janeiro, Nova Aguilar, vol. 3, p. 667.
8. MACHADO DE ASSIS. *Obra completa*. Rio de Janeiro, Nova Aguilar, vol. 3, p. 765.

cunstâncias materiais" e o desejo de "popularidade" não poderiam servir de álibi para uma literatura que subsistia sob o signo da pressa ou das "exterioridades". "De todas estas excentricidades gregas, orientais, bíblicas ou setentrionais, há somente a impressão dos aspectos exteriores, a decoração, o cenário, nomes, expressões técnicas; a própria alma das coisas, essa não há de encontrá-la", avalia na resenha de 1901. Nessa mesma crítica, salta sem anteparos cordiais a frase síntese que depois seria retomada pelos detratores de Coelho Neto, ao definir a produção do romancista como "uma complicação toda literária, sem nenhuma, ou quase nenhuma, complexidade interior". Veríssimo talvez tomasse Coelho Neto como sintoma de uma tradição literária avessa à naturalidade, ao tom baixo, ao compromisso com a experiência do real, porque, em suma, dirá na *História da literatura brasileira*, ao tratar da poesia, o "que preferimos é a forma, mormente a forma eloqüente, oratória, a ênfase [...], as imagens vistosas, aquelas sobre todas, que por seu exagero, sua desconformidade, sua materialidade, mais impressionam o nosso espírito, de nenhum modo ático".

Veríssimo, enfim, estava bulindo, em principal, na pedra de toque da produção coelhonetiana: a "linguagem". E linguagem, para o autor de *Rei negro*, parece transcender a noção estreita de estilo pessoal, para atingir o patamar do debate sobre o caráter nacional. Sob essa baliza ideológica deve ser compreendido, então, o esforço de construir um grandioso capital lingüístico, a custo de desenterrar arcaísmos, ressuscitar vocábulos de boa cepa portuguesa e inventar, com a segurança de quem conhece as raízes do vernáculo, um outro tanto de expressões de rica sonoridade. A linguagem é, para Coelho Neto, em síntese, "a Religião da Pátria", como aparece registrado no *Compêndio de literatura brasileira*, em 1905. Ou – como irá asseverar, em 1926, em discurso na Academia Brasileira de Letras, quando o debate sobre o nacionalismo também se encontrava acirrado entre modernistas – "a linguagem de um povo é o patrimônio maior da sua inteligência. Acumulada, como tesouro, durante o curso dos séculos, crescendo na razão direta do progresso, torna-se o caráter mais acentuado de uma nacionalidade" (*Livro de Prata*). Tudo indica, nesse caminho ainda pouco explorado pelos estudiosos de literatura, que é preciso ler Coelho Neto, suas habilidades estilísticas e sua erudição, tendo no horizonte o ideário nacionalista de seu tempo, tanto na vertente ufanista de Afonso Celso quanto em outra, mais lúcida, de força crítica e de expressiva amplitude social.

"Matilha do futurismo"

Manuel Bandeira, ao concluir a carta de 13 de setembro de 1925 a Mário de Andrade, lança uma pergunta, misto de assombro e provocação: "E o Villa em concubinagem com Coelho Neto?" Bandeira se referia à conferência que o autor de *Tormenta* faria preceder à apresentação de Heitor Villa-Lobos no Instituto Nacional de Música do Rio de Janeiro, em 22 de setembro. O evidente paradoxo causava certo mal-estar, por colocar um dos ícones do "passadismo" em larga camaradagem com o músico "genial", estandarte dos "avanguardistas" da Semana de 22. Essa relação escusa – "concubinagem" – provocou reservas e apartes no grupo modernista. Do Rio de Janeiro, Mário ainda receberia outra carta comentando o caso. Vinha do escritor Renato Almeida, desacoroçoado: "O Villa acabou de fazer uma coisa que muito me chocou – convidou o Coelho Neto para falar e patrocinar um concerto. Por isso, meu Mário, é que cada vez eu me escondo mais e creio que não seremos menos úteis trabalhando sem ligações. Cada macaco no seu galho."

A conferência "Villa-Lobos", reproduzida na imprensa, também chega às mãos de Mário, que, atribuindo-lhe importância, a conserva em seu arquivo, hoje patrimônio do Instituto de Estudos Brasileiros da Universidade de São Paulo.

Nessa palestra pode-se encontrar, logo de início, uma justificativa para a aparente contradição de um membro da Academia Brasileira de Letras apresentar este "compositor de moldes tão bizarros". Coelho Neto exime-se de qualquer posição crítica, situando-se desde o início como "amador apaixonado" de música. Assim, poderia dizer apenas o que "sentia", diante daquela "Arte rebelde". Protegendo-se com malabarismos lingüísticos engenhosos e manifestando nobre urbanidade, o conferencista vai pontuando, ao longo da elocução, as suas diferenças irreconciliáveis com a expressão musical moderna. Deixa transparecer, não obstante a confessada ignorância em técnica de música, um ar de superioridade em face daquele que fora "consagrado na Europa". Enxerga na melodia das composições de Villa-Lobos o "disforme", julgando algumas dessas produções "verdadeiras caricaturas". Reconhece no músico o vigor da criação, mas, para ele, essa arte ainda se encontrava em estado bruto, a caminho do necessário burilamento: "A sua música [...] está, por enquanto, férvida, acachoada, revolvendo-se em turbilhão espumoso: catadupeja, ruge, atroa desordenadamente. Há de chegar à planície e, remansada e límpida, correrá em rio, cantando docemente, reproduzindo todos os sons da Pátria."

A querela dos "antigos" e "modernos" permeia essa conferência, sugerindo a presença de um diálogo implícito de Coelho Neto com o grupo que levantava a bandeira do modernismo. Para o conferencista, Villa-Lobos caracterizava o rompimento com o passado. "Rebelde, insurge-se contra regras, refusa conselhos, aberra-se dos cânones. Não quer semear em terreno restolhado, mas em terra virgem. Renuncia a herança dos antepassados, desiste de todo o patrimônio artístico para construir por si, com o seu próprio esforço e em terreno conquistado palmo a palmo, a golpes de talento." Ao fim da explanação, minando a seqüência aparentemente elogiosa, pergunta-se: "Será isso possível?" E responde, coerente com a sua posição nas letras, pregando em favor das... raízes firmes da "tradição". No texto que Coelho Neto acrescenta ao discurso, na divulgação jornalística, avulta a queixa contra "certos mocinhos da grei chamada 'futurista', porque entenderam que Villa-Lobos traíra convidando-me para figurar no programa do seu festival, a mim, 'um passadista ferrenho'". O escritor, hábil, capitaliza as diferenças, ao se aproveitar da valorização da autonomia e da independência com que distinguira o compositor homenageado: "Mas será Villa-Lobos futurista? Não! Disse-m'o ele próprio, com energia. Nem futurista, nem passadista – Eu sou eu!" Assim, Coelho Neto pode finalizar o texto compondo a própria imagem, colada àquela que ofereceu ao homenageado: "O mesmo digo eu e, para que não insistam em arrolar-me em bandos, declaro que não sigo bandeiras nem pendões, que não tenho compromisso de escolas, que faço livremente o que entendo, que eu sou eu, enfim, e só! Ou em latim, que é mais grave: *Ego sum qui sum*. E tal como sou é que devo e quero ser julgado."

No processo de sedimentação da "vanguarda" literária brasileira, a figura de Coelho Neto passou a simbolizar todo um período beletrístico e vazio que sucedera a Machado de Assis. Tornara-se antípoda da arte que se impunha como nova. Encarnava a literatura oficial, figurando como exemplo de expressão verbal hedonística. Com todos esses "atributos" e mais a circunstância de que, no período mais beligerante do modernismo, Coelho Neto era um sobrevivente, em plena atividade, a ele destinavam-se prioritariamente os ataques da "matilha do futurismo", como o autor de *O Rajá de Pendjab*, em 1923, qualificara os modernistas em carta ao amigo Péricles Moraes[9]. Os outros dois escritores símbolos da época do culto à palavra já haviam descido à campa. Nesse mesmo 1923, morrera Rui Barbosa; em 1918, Olavo Bilac.

Alceu Amoroso Lima, em 1919, crítico literário imbuído do espírito de "renovação intelectual",

---

9. "Cartas". In: COELHO NETO. *Páginas escolhidas*. Org. Paulo Coelho Neto. Rio de Janeiro, Vecchi, 1945, p. 202.

forja um veredicto contundente sobre a obra de Coelho Neto na resenha de *Falando...*, volume que reunia a produção oratória do escritor. Alceu avalia que a expressão literária do autor de *Miragem* degenerava-se em "mero sensualismo verbal", perdendo o compromisso com o real. Era, assim, Midas *a contrariu sensu*: "Coelho Neto é o menos humano de nossos escritores. Literariza tudo que toca. Para ele só há imagens, comparações, música de palavra, colorido de frases." O crítico admite a vitalidade do acadêmico em seu compromisso com a vida literária brasileira, bem como sua erudição. Todavia, essa última qualidade figurava-se-lhe como armadilha, pois o escritor se desmandava no acervo cultural grego: "Coelho Neto tem uma grande cultura: perdeu-se nela." Era, enfim, o "pomposo, brilhante, engalanado" que deveria meditar sobre o mito de Anteu[10]. Este era um gigante da mitologia grega, que, nas lutas, ao tocar a terra, recobrava as forças, tornando-se invencível. Héracles, descobrindo o ponto fraco, o mantém suspenso no ar e o esmaga. Trocando em miúdos: longe da "naturalidade" (o "chão"), a arte de Coelho Neto não sobreviveria.

Mesmo entre os pretensos "futuristas" de primeira hora, Coelho Neto teve, contudo, seus

---

10. "Coelho Neto". In: LIMA, Alceu Amoroso. "Primeiros estudos". In: *Estudos literários*. Rio de Janeiro, Aguilar, 1966, pp. 78-80.

admiradores. Em 1920, Menotti Del Picchia, o "Gedeão do modernismo", desorientado ainda nas perspectivas da modernidade, colocava no mesmo redil vanguardista uma heterodoxa galeria de literatos e artistas. Assinando-se "Aristophanes", em 13 de janeiro, o cronista social d'*A Gazeta* faz o elogio de Coelho Neto, que viria a São Paulo pronunciar uma conferência sobre o compositor alemão do século XVIII, Gluck. O articulista situa o orador visitante como "soldado [...] na primeira fila" – vanguarda, em sua definição mais justa! – "mais que soldado, chefe em plena luta a esbanjar, com galhardia de Cyrano, coragem e a infundir alento nos que se estreitam em seu redor". Desenvolve uma apologia à "mocidade eterna do seu espírito", capaz de renascer vigorosa em cada nova geração. E empregando uma linguagem "coruscante", símile daquela de quem louvava, ainda convalida – com visível sinceridade – uma notável qualidade de Coelho Neto: o "fulgor relumbrante" de seu estilo. Termina a crônica chamando-o de "o grande Mestre da nossa língua", "o inconfundível expoente da nossa raça e um orgulho das letras nacionais de todos os tempos"[11].

---

11. DEL PICCHIA, Menotti. *Menotti Del Picchia. O Gedeão do modernismo: 1920/22.* Org. Yoshie Sakiyama Barreirinhas. Rio de Janeiro, Civilização Brasileira, pp. 59-61.

Em paragens modernistas mais bélicas, no segundo número de *Klaxon*, em junho de 1922, Coelho Neto é atingido pelas flechas de Oswald de Andrade. Em estilo telegráfico e um tanto confusionista, sob a rubrica "Escola & Idéias", Oswald dialoga com um artigo sobre pintura moderna publicado pelo crítico belga Roger Avermate no primeiro número da revista. Talvez hoje se tenha dificuldade de compreender essa mensagem cifrada, mas a oposição a Coelho Neto é clara. Repúdio, em todo caso, que só podia honrar o autor de *Treva*, dada a companhia ilustre com quem privava o ostracismo literário: "O péssimo = a interpretação = Romantismo. Vejam o ruim de Shakespeare, o ruim de Balzac. Zola inteiro. José de Alencar inteiro. Coelho Neto inteiro." Mas não será difícil compreender os fundamentos do desprezo de Oswald pelo acadêmico, compulsando-se as entrevistas e estudos retrospectivos do modernismo que realizará ao longo da vida. Em 1925, determinando as bases artísticas da poesia pau-brasil, encaixa como contraponto dessa expressão lírica a "parlapatice léxica" de Coelho Neto e a "cantata decassílaba" de Bilac[12]. Esses escritores simbolizavam

---

12. Entrevista de Oswald de Andrade a *O Jornal* (Rio de Janeiro, 8 jun. 1925). In: ANDRADE, Oswald de. *Os dentes do dragão. Entrevistas.* Org. Maria Eugênia Boaventura. São Paulo, 1990, p. 22.

para Oswald toda uma época de "servidão intelectual e adesismo político"[13], "formas de adaptação mental" na literatura brasileira[14]. Bem depois, como se veria em "O sentido do interior", palestra de Oswald realizada em Bauru, em 1948, a liça do modernismo fica circunscrita ao ataque a três frentes – à influência européia, ao estilo floreal e à língua portuguesa castiça – personificadas pelos seus expoentes americanos: "contra a Grécia de Bilac e contra as idealizações postiças de Coelho Neto e também contra a língua vernaculista e erudita de Rui Barbosa"[15]. Se nos discursos da Semana de Arte Moderna, no Teatro Municipal de São Paulo, em fevereiro de 22, Coelho Neto não foi nomeadamente lembrado, em um segundo evento de afirmação propagandística e bombástica da vanguarda brasileira o autor de *Água de Juventa* se torna protagonista. O palco, agora, é o Petit Trianon, o salão nobre de reuniões da Academia Brasilei-

---

13. "Informe sobre o modernismo". In: ANDRADE, Oswald de. *Estética e política*. Org. Maria Eugênia Boaventura. São Paulo, Globo, 1991, p. 98.

14. No "Roteiro de Upsala", projeto de Oswald de Andrade para um curso universitário de Estudos Brasileiros em Estocolmo nos anos 40, o escritor insere entre os 25 tópicos: "20) Formas de adaptação mental – Bilac, Coelho Neto". In: BOAVENTURA, Maria Eugênia. *O salão e a selva. Uma biografia ilustrada de Oswald de Andrade*. São Paulo, Unicamp/Ex Libris, 1995, p. 197.

15. ANDRADE, Oswald de. Op. cit., p. 198.

ra de Letras, em 1924. O antagonista, Graça Aranha, que anunciava para o dia 19 de junho, às 17 horas, a conferência "O espírito moderno". O potencial polêmico do assunto – um "imortal" criticando a postura acadêmica – criava expectativas que podiam ser medidas pelo interesse dos jornais cariocas nos dias que antecederam a conferência. O autor de *Canaã* desempenhava um papel incômodo: era membro fundador da Academia (por insistência de Machado de Assis e Joaquim Nabuco) e tinha plena convicção de estar oferecendo, aos modernistas, orientação filosófica e estética relevante. Na tarde de 19, no recinto pequeno para tantas testemunhas, os guardiões da "tradição literária" ladeavam alguns representantes modernistas, entre os quais Ronald de Carvalho, Renato Almeida, Alceu Amoroso Lima, Augusto Frederico Schmidt e até Mário de Andrade. Graça Aranha inicia, então, a sua esperada elocução.

"O espírito moderno" propunha, em linhas gerais, a criação de uma arte brasileira original, que superasse a imitação de modelos espirituais e artísticos estrangeiros. Repelia a arte que imitava a "natureza". "Em vez de imitação, criação", resume o orador, afinal "o espírito moderno é dinâmico e construtor". Graça Aranha convoca os pares acadêmicos para que se fizesse valer o "espírito moderno". A reboque de suas proposições estéticas e artísticas, o conferencista procede à reavaliação do papel cultural da Academia Brasileira de Letras. Os termos de sua crítica são severos. A Academia, para Graça Aranha, além de imitação servil da similar francesa, era um "equívoco", pois no país ainda não havia uma verdadeira tradição literária a ser "zelada". Prega um novo direcionamento para a instituição de letras que, em todo caso, já existia: o afastar-se da expressão literária lusa, que tinha se tornado um "jugo" para os escritores brasileiros. Afinal, diz, com estrépito de orador: "Não somos a câmara mortuária de Portugal." Foi, todavia, outra frase de grande força polêmica que causou celeuma: "Se a Academia se desvia desse movimento regenerador, se a Academia não se renova, morra a Academia."[16]

Durante a fala, alguns aplausos e instantes de constrangimento. Por fim, a ovação. O "escandaloso tumulto no Petit Trianon", como noticia o *Rio-Jornal* no dia seguinte, mostra-se quase como conseqüência natural. Osório Duque-Estrada – que se considerava "o guarda civil das nossas letras" – pede a palavra e recrimina Graça Aranha. Coelho Neto quer também falar e tem dificuldades com a algazarra formada. Suas reprimendas ao conferencista são incisivas: "Vossa Excelência está cuspindo no prato em

---

16. Trechos de "O espírito moderno". In: ARANHA, Graça. *Obra completa*. Rio de Janeiro, Aguilar, 1968, pp. 744-55.

que comeu"; e ainda lança a frase que, depois, correria a crônica da época, marcando em definitivo a imagem do escritor: "Eu sou o último heleno!"[17] Alceu Amoroso Lima, em suas *Memórias improvisadas*, retrata o derradeiro *round* desse "pugilato no Olimpo", como foi apelidado na época o entrevero acadêmico: "À saída [...], vimos Coelho Neto carregado aos ombros por seus partidários. Imediatamente fizemos o mesmo [com Graça Aranha], como remate daquela sessão pouco acadêmica que foi afinal a tarde de *Hernani* Carioca do modernismo."[18]

Talvez agora, com mais elementos historiográficos situando Coelho Neto entre modernistas, se possam recuperar as nuanças daquela pergunta marota de Manuel Bandeira, formulada na carta de setembro de 1925, referente à "concubinagem"

---

17. Os acontecimentos aqui narrados provêm de três fontes principais: "A revolução modernista", de Mário da Silva Brito, ensaio inserido em *A literatura no Brasil, Era Modernista* (3ª ed. Rio de Janeiro, José Olympio/ Universidade Federal Fluminense, 1986); "Um escandaloso tumulto na Academia", reportagem não assinada no suplemento literário carioca *Letras e Artes* d'*A Manhã*, em 12 de fevereiro de 1950; *Memórias improvisadas de Alceu Amoroso Lima* (Rio de Janeiro, Vozes, 1973).

18. LIMA, Alceu Amoroso. *Memórias improvisadas. Diálogos com Medeiros Lima*. Rio de Janeiro, Vozes, 1973, p. 101. *Hernani* é o drama teatral de Victor Hugo, cuja estréia no Théâtre-Français, em 21 de fevereiro de 1830, propiciou o enfrentamento entre "clássicos" e "românticos".

de Villa-Lobos com o "último heleno". Mário, ao que tudo indica na seqüência do diálogo epistolar, não teria dado importância ao assunto, preferindo não comentá-lo, ainda que Bandeira insistisse em aludir, em carta de 10 de outubro, ao "caso Villa-Coelho Neto". Todavia, o autor de *A conquista* ainda será lembrado por esses dois carteadores exemplares do modernismo brasileiro. Bandeira, no ano seguinte, ao criticar a verborragia e o pedantismo do poeta Ronald de Carvalho em uma entrevista em jornal[19], retoma "O lado oposto e outros lados" de Sérgio Buarque de Holanda, publicado na *Revista do Brasil*, artigo que arrolava, entre os pontos frágeis do modernismo, a "literatura 'bibelô'" – verbalista, expressão do academismo –, endereçando-se a Ronald e Guilherme de Almeida. Assim, o poeta de *A cinza das horas* acredita flagrar, no cerne do ideário estético da vanguarda, a contradição que aponta em carta ao amigo Mário de Andrade: "Por causa disso [academismo, verbalismo] vocês têm arrastado pela rua da amargura o Coelho Neto, o Rui Barbosa pra só citar os

---

19. Trata-se da reportagem "Uma hora com o sr. Ronald de Carvalho". 'Ser moderno, diz o ilustre leader do modernismo brasileiro, não é ser futurista nem esquecer o passado' – Como o autor de *Toda a América* explica e define o movimento moderno no Brasil" (s. ind. bibliográfica, s.d. [Rio de Janeiro, nov. 1926], Série Matéria Extraída de Periódicos, Arquivo Mário de Andrade, IEB-USP).

maiores talentos verbais que tivemos."[20] Este se defende na resposta, frisando uma postura intelectual e artística independente: "O *vocês* não pertence a mim, porque nunca me lembro de ter atacado o Coelho Neto. Quanto ao Rui caçoei do verbalismo dele porque sou admirador do estilo dele e sei que tem obras-primas que eu estimo [...]."[21]

Mário de Andrade, leitor de Coelho Neto, pode ser buscado nos livros presentes em sua biblioteca, conservada no IEB-USP. Lá estão, com sugestivas anotações de leitura, os *Contos escolhidos*, edição de 1914 (Bahia, Livraria Catilina), as narrativas de *Treva*, 1916 (2ª ed., Porto, Chardron), e *Rei negro: romance bárbaro*, na 2ª edição, de 1926 (Porto, Chardron). Os volumes da década de 10 puderam, eventualmente, ter moldado o retrato do escritor Mário quando jovem, com seus poemas de alma "passadistas", de que hoje, apesar de terem sido muitos, restam poucos exemplos. Não foi à toa que Carlos, o irmão mais velho, ao receber para julgar, em 1914, um soneto dessa leva, não hesitou em apreciar o "valor clássico" dos versos: "Lembrei-me logo do nosso Coelho Neto e de suas *farautas*, *algares*, *paredros*, e companhia, para só falar das mais

---

20. Carta a Mário de Andrade, de 6 de novembro de 1926. *Correspondência Mário de Andrade & Manuel Bandeira*, São Paulo, Edusp/IEB, 2000, p. 320.

21. Op. cit., pp. 320 e 322.

conhecidas."[22] Percorrer os passos do leitor Mário de Andrade em livros da sua biblioteca pode revelar surpresas. Em "Fertilidade", por exemplo, nos *Contos escolhidos*, o modernista se detém em uma fala matuta exibida pelo regionalismo de Coelho Neto: "Ocê, seu grandaião, ocê que é o macota do bando, toma sentido!" Sublinha ali a palavra "macota"; procura descobrir o significado dela, anotando a lápis no livro: "brasileirismo – homem influente". Esse mesmo vocábulo será posteriormente aproveitado em *Macunaíma* (1928), no capítulo "Ci Mãe do Mato". Assim, vislumbra-se o diálogo de criação que dissolve oposições culturais estanques, ao juntar um "passadista" e um "futurista" – se fossem aqui adotadas expressões correntes na década de 20.

Coelho Neto, apesar dos ataques que recebeu dos modernistas – e dos quais suas cartas são testemunhos dolorosos[23] –, permaneceu sempre em concordância com a sua proposição artística. Tinha o "amor pelas palavras"[24] – como

---

22. Carta de Carlos Augusto de Andrade, 27 out. 1914 (Série Correspondência, Arquivo Mário de Andrade, IEB-USP).

23. Em 10 de março de 1925, Coelho Neto queixa-se em carta ao amigo Fernando de Azevedo: "Sangram cada vez mais, e dolorosamente, as feridas com que me pagam o trabalho porfiado de quarenta anos a abrir caminho em selva brava os moços da caravana triunfal da Estética Moderna (Arquivo Fernando de Azevedo, IEB-USP).

24. PEREIRA, Lúcia-Miguel. *Prosa de ficção (de 1870 a 1920)*. Belo Horizonte, Itatiaia/Edusp, 1988, p. 259.

julgou Lúcia Miguel-Pereira. E via nesse procedimento a expressão de uma fulgurante espontaneidade: "Escrevo naturalmente, como a árvore dá fruto", confidencia em carta ao amigo Fernando de Azevedo em 15 de agosto de 1925. A boa vontade do autor de *A Capital Federal* para com os modernistas pode ser recuperada em uma entrevista sua em *O País*, em 21 de junho de 1928: "Nas novas correntes literárias que aí se encontram, há poetas e prosadores de talento, que facilmente se afirmariam em qualquer terreno literário. Para não falar de Graça Aranha, cujo grande espírito caminha, em arte, paralelamente ao meu, pois nunca nos encontraremos, eu citaria Guilherme de Almeida, Ronald de Carvalho, Menotti Del Picchia, Cassiano Ricardo, Mário de Andrade e muitos outros."[25] Além disso, hoje, um precioso manuscrito conservado pelo professor Fábio Lucas – o caderno no qual Coelho Neto elencava os títulos de sua biblioteca – exibe, curiosamente, volumes da messe modernista moderada, entre os quais *Era uma vez...* (1922) e *Encantamento* (1925), versos de Guilherme de Almeida.

---

25. COELHO NETO, Paulo. Op. cit, p. 355.

"Aqui, ali um rasgão por onde se lhe vêem mazelas"

Entre 1921 e 1923, tempo de gestação e afirmação das principais linhas de força do movimento modernista, Coelho Neto, em sua coluna semanal "Às quintas", n'*A Noite*, não deu muita importância à agitação artística da vanguarda paulistana. Apenas, de passagem, na crônica "Tipos de outrora", em 8 de fevereiro de 1923, trouxe à baila a palavra "futurista". Nesse texto de caráter memorialístico, lamenta o desaparecimento de figuras do antigo carnaval carioca, como Pai João e Mãe Maria, casal de negros velhos, substituídos por novas e menos interessantes expressões poéticas e coreográficas, as quais se impunham "cultivando a poesia futurista em trovas estrambóticas e dançando, com remelexos lânguidos, os trotes americanos mais em voga". A menção ao "futurismo" e ao "foxtrote", formas culturais adventícias, serve para reforçar a crítica à perda de uma tradição carnavalesca autenticamente brasileira, nascida no tempo da escravidão.

"Tipos de outrora" deixa entrever muito do arcabouço textual e do substrato estético-ideológico que enforma parcela expressiva das crônicas que tinham saído em jornal e, em 1924, ressurgiram no volume *Às quintas*. Um olhar mais detido sobre esse conjunto de textos revela o escritor que realiza com firmeza um projeto literário. A natureza essencial da crônica, compromissada com o tempo presente ou com os vôos memorialísticos e imaginativos a ele relacionados, permanece intacta. Durante nove anos, a partir de 1918, Coelho Neto tornou-se vigilante espectador das causas grandes e pequenas de seu tempo nas páginas de *A Noite*, periódico que privilegiava "notícias de interesse de um público mais amplo", em "uma diagramação clara e espaçada, pouco comum entre as folhas concorrentes"[26]. A singularidade das crônicas enfeixadas em *Às quintas* está em outra parte. Recupere-se, como paradigma, o texto sobre os "tipos tradicionais" extintos do carnaval brasileiro, vinculado desde as suas primeiras linhas a um elemento de erudição, a história do Polichinelo napolitano, que foi, em sua origem, o "Maccus dos campos da Etrúria". Não se trata, evidentemente, de um saber desvinculado do tema, pois o Polichinelo, além de ser uma figuração do carnaval, também tivera existência fugaz em terras brasileiras, fato testemunhado pelo memorialista. À amostragem do conheci-

---

26. Para o conhecimento mais amplo de aspectos essenciais do cronista Coelho Neto e dos periódicos nos quais colaborou, ver o excelente ensaio de Leonardo Affonso de Miranda Pereira "Literatura em movimento. Coelho Neto e o público das ruas". In: *Histórias em cousas miúdas* (org. Chalhoub, Sidney et alii). Campinas, Editora da Unicamp, 2005.

mento enciclopédico da história de Polichinelo, não faltou, na crônica, uma extensa epígrafe do historiador Magnin, abonando a voz do cronista que ensina. Voz, aliás, que mimetiza o requinte do saber com um refinamento vocabular que capitaliza sonoridades: "essa figura cômica que, das latadas pampinosas ou dos pálidos olivais, subiu ao estrado das atelanas [...]". Como que para justificar o próprio zelo na escolha das palavras, com o objetivo de obter fidedignidade na transmissão de concepções e sentimentos, Coelho Neto lançaria em outra crônica, "*Filologia manzoniana*", a sua profissão de fé: "não sei se a terra, quando a granjeiam, padece tantos tormentos como a língua quando nela trabalha um escritor escrupuloso e exigente, desses que se não satisfazem senão com o termo próprio e volvem, revolvem, joeiram, tamizam as palavras antes de as aproveitarem para o plantio do pensamento".

A estratégia da composição da crônica coelhonetiana, na qual o prosaico e o fato atual enraízam-se no conhecimento erudito, aparece deslindada em "Os tiros", quando o escritor afirma: "A lenda cadméia serve-me de partida para um comentário muito à feição do momento." Ou, ainda, na crônica "Lama": "A lenda da Atlântida vem aqui apenas para provar que o oceano, escrupuloso na sua limpeza, não guarda cadáveres." Esse estratagema de construção textual, entranhado no ofício criativo de Coelho Neto, poderia favorecer (e favoreceu...) a falsa idéia de que sua erudição transformava-se em espesso anteparo para o conhecimento da experiência vivida, quando na realidade, para o autor de *Baladilhas*, esse mecanismo deveria estar a serviço do próprio evento ou do sentimento recriado pela linguagem, na medida em que o saber de grande lastro visava nobilitar o trivial, dando uma dimensão grandiosa e séria ao miúdo. Julgar esse trabalho de erudito como uma técnica retórica de mera amplificação para que o escritor pudesse cumprir o espaço jornalístico reservado à crônica ou como puro cabotinismo significa desqualificar em sua totalidade uma concepção literária de notável alcance cultural, que vale conhecer mais de perto.

A crônica dos antigos festejos de Momo no Rio de Janeiro, com seus personagens característicos, também suscita a reflexão sobre o ideário de Coelho Neto, no que se refere à sua percepção do passado nacional e à sua própria visão do Brasil. O assunto, aliás, emerge, de modo ostensivo ou latente, na grande maioria de suas crônicas semanais. Retome-se, ainda, o fio de discussão presente no texto sobre "recordo saudoso". O desaparecimento do Polichinelo italiano do carnaval brasileiro mostra-se, para o escritor, fato razoavelmente explicável, pois era "um tipo regional que só podia ser entendido e estimado onde nascera". O desaparecimento dos "bandos de negros", entre os quais destacavam-se Pai João e Mãe Maria, para dar lugar a "ranchos de vários nomes floridos", constituía, no entanto, um problema cultural, pois se caracterizavam como "bem nosso" porque formularam, em seu tempo, uma sátira à "instituição cruel", a escravidão. Desaparecia com eles, em última instância, uma parte da própria história do Brasil.

De um lado, o lamento pela perda de uma tradição entranhada no processo histórico brasileiro, levando o cronista a suspirar, abatido: "Decididamente não conservamos tradição alguma"; de outro, uma intrigante observação, em palavras que encerram o texto, deixando o leitor desorientado: "Mas, deixem lá! quem sabe? Talvez seja melhor assim." Nessa frase avulta a penetrante compreensão do problema que se coloca a quem se disponha a valorizar o passado do Brasil, com seu processo histórico crivado de contradições. A recuperação do casal negro que trazia à festa carnavalesca os "cantos melancólicos" narrando uma "vida triste de vexames" faz brotar na consciência o lado obscuro da história pátria. Coelho Neto fica entre a cruz e a caldeirinha, tendo que escolher entre um evento da tradição brasileira e a história que acusa crimes insepultos. Ao instaurar a dúvida, repõe de modo sutil uma questão cultural premente. Em face dessa crônica que traz em seu bojo problemas socioculturais complexos e de outras de mesmo naipe, coligidas em *Às quintas*, pode-se avaliar melhor a dimensão crítica daquele que tem sido visto apenas como cultor do beletrismo.

Não se furtando a denunciar mazelas da história do país (revelando com isso penetração crítica mais fecunda do que a demonstrada pelos modernistas da ala verde-amarela), Coelho Neto optará, em sua atuação jornalística, pelo trabalho de construção de uma idéia de brasilidade. Sua postura cívica nas páginas de *A Noite*, entre 1921 e 1923, época de insegurança política e econômica que timbrou os governos de Epitácio Pessoa e Artur Bernardes, fundamenta-se em pelo menos três grandes pilares. O primeiro deles determina a valorização do passado ("precioso tesouro"), o respeito à tradição e o culto aos heróis. Nessa perspectiva, o articulista realça, em "Figuras antigas", a atuação do historiador como aquele que, em seu ofício de constituir o "patrimônio da pátria", reúne "o ouro para a construção da obra futura". Do passado aceita de bom grado o "folclore", mas recusa aquilo que se torna obstáculo para o progresso da nação, como por exemplo, em termos urbanísticos, "a construção enfezada e sórdida dos tempos coloniais". Do passado e do presente surge, finalmente, uma galeria de personalidades ilustres, entre as quais Castro Alves, Gonçalves Dias, Machado de Assis, Rio Branco, Paulo de Frontin, Pereira Passos e Miguel Couto, servindo de lume para a trajetória do "povo".

O segundo pilar da atuação patriótica de Coelho Neto, resultante da percepção de "nossa xenomania", sustenta a proposta do favorecimento de uma expressão artística nacional. Detectando o nosso complexo de inferioridade – "cada povo com a sua mania: a de uns é julgarem-se superior a todos os outros, a nossa é a de não valermos nada" –, o cronista sinaliza caminhos para a melhor definição da cultura brasileira. Valoriza a língua como elemento de integração nacional, advoga a importância do teatro para a "manutenção do espírito de nacionalidade" e "difusão do gênio da raça", tanto quanto insiste na necessidade de "criarmos uma estética brasileira" que teria como exemplo os desenhos do "esforçado e patriótico" paraense Teodoro Braga. Incita os "ranchos" carnavalescos a buscarem inspiração em "fontes próprias, que são límpidas e copiosas". "Deixemo-nos de imitações e empréstimos, de que não carecemos. Sejamos patriotas, mesmo brincando." Para Coelho Neto a arte cumpre o papel pedagógico que propicia as mudanças sociais.

Um terceiro esteio do civismo de Coelho Neto intenta a construção de um programa de ações civilizatórias para o país, tais como a alfabetização, a organização dos trabalhadores e o cultivo dos "nobres sentimentos". Nesse veio patriótico conflui a proposição moralizante dos costumes da nação, deixando escorrer, aqui e ali, nesse âmbito, muita ingenuidade e, no diapasão das conquistas sociais da atualidade, um punhado de preconceitos. Esse tripé, formado pelos valores imanentes à tradição, ao nacionalismo e à civilização, vinha a calhar como projeto de constituição do *ethos* brasileiro, no momento em que o país comemorava o centenário de sua independência, ou, nas palavras do cronista, a "hora secular da nossa emancipação política". Em "Independência...?", artigo de 14 de setembro de 1922, engendra-se a síntese do pensamento de Coelho Neto: "Independência não consiste apenas em ter o senhorio o território, mas em sentir e em fazer sentir a nacionalidade, em ter autonomia, em viver por si, e um povo que não ama a sua terra, que não se orgulha da sua história, que não honra a memória dos seus heróis, que não vibra com os altos feitos dos seus contemporâneos, que pretere o seu vernáculo formoso pela primeira geringonça em que lhe tartamudeia a língua, que deprecia o que lhe dá a natureza própria, será um povo arrincoado, mas não um povo independente; terá solo, mas não pátria."

Se Coelho Neto tangencia o ufanismo em alguns textos de *Às quintas*, propalando a pujança da nossa "raça heróica", a grandiosidade da terra brasileira, abençoada por Deus e comparada ao "Paraíso", também lança mão de críticas corrosivas, cuja existência decorre igualmente de um projeto pedagógico de caráter civilizatório. A crítica pode ter um alvo preciso, ao desvelar a contumácia das fraudes eleitorais, os abusos das taxas telefônicas cobradas pela Light ou a mal-ajambrada roupagem urbanística do Rio de Janeiro que, desejando-se bela e rica, deixa "aqui, ali um rasgão por onde se lhe vêem mazelas, como estalagens, lavanderias, cocheiras e outras imundícies". Pode ser ainda uma crítica ao governo, despreocupado da atuação eugênica dos clubes náuticos e da importância estratégica das "linhas de tiro" de guerra, ou uma farpa aos "empreiteiros apadrinhados" da política, ou ainda uma palavra dita em tom de mofa aos que fazem da caridade apenas um ato vaidoso. O humor cáustico ronda a escrita, causa impacto na gente de seu tempo e no leitor de hoje. Assim, ao abarcar amplo espectro de problemas, vai criando imagens poderosas para desmitificar a nossa euforia nacionalista, como esta em "Dinheiro haja!...": "Por enquanto a proclamada fertilidade do tal país só lhe tem trazido desgosto como a gordura aos obesos: corpanzil de gigante, mas de saúde, nada."

O ceticismo do cronista em relação aos destinos do país faz soar insistentemente uma tecla de som áspero: o da instabilidade das instituições brasileiras. "Vivemos", afinal, "entre efêmeros, na República da volubilidade", escreve em "Relíquias no lixo". Em "Os tiros", engrossa a voz, descontente: "o que é bom não medra entre nós e deve ser assim em um país sempre em novas reformas, como os armazéns de secos e molhados". Em "O nosso teatro" surge, por fim, argumento contundente do vigor crítico de Coelho Neto, a ser oferecido para aqueles que o vêem apenas como o califa das palavras raras, ostentando uma cornucópia de imagens exóticas. No texto, o cronista reflete sobre um "vezo nosso": "Somos um povo volúvel, não assentamos em propósito algum. Para ímpetos, experiências e novidades não há como nós, tudo, porém, se nos frustra, fica em meio ou muda de destino se o acabamos. [...] Para o brasileiro, o verbo perseverar não é só irregular, é absurdo em modos, tempos e pessoas. Nunca, jamais ele o conjugará." Salvo engano, nesse desencanto não residiria uma das faces do herói da nossa gente, Macunaíma, adoentado no país das saúvas, desejando desistir de tudo e ir viver o "brilho inútil das estrelas"?

O empréstimo de outra criação literária do moderno e modernista Mário de Andrade, os versos de "Lundu do escritor difícil", de 1928, talvez sirva de guia de leitura de Coelho Neto em *Às quintas*: "Eu sou um escritor difícil/ Que a muita gente enquisila, /Porém essa culpa é fácil/ De se acabar duma vez:/ É só tirar a cortina/ Que entra luz nesta escurez."

MARCOS ANTONIO DE MORAES

CRONOLOGIA

1864. 21 de fevereiro (dia de São Maximiano): nascimento de Henrique Maximiano Coelho Neto, em Caxias, Maranhão; filho único do comerciante português Antonio da Fonseca Coelho e de Ana Silvestre Coelho, de ascendência indígena.

1870-78. Mudança com a família para o Rio de Janeiro em 1870. Passa pelos colégios Jordão, São Bento e Externato Pedro II. Traduz o latim desde os 8 anos. Perdendo o pai aos 14, vê-se em dificuldades e emprega-se em escritório do comércio, além de dar aulas particulares à noite.

1881. 17 de dezembro: estréia na imprensa, no *Jornal do Commercio* do Rio de Janeiro, com o poema de expressão abolicionista "No deserto", no qual a África, personificada, "Caminha arrastando os férreos grilhos,/ Grita, procura, chama pelos filhos" (vv.13-4).

1882. Aprovado na Faculdade de Medicina no Rio de Janeiro, abandona o curso após algumas semanas.

1883. Transfere-se para São Paulo a fim de matricular-se na Faculdade de Direito. Companheiro de quarto de Raul Pompéia (1863-95), com ele mergulha na literatura e no jornalismo. Divulga artigos, poemas e contos no quinzenário abolicionista *Onda*. Envolve-se em movimento acadêmico e, hostilizado, vê-se compelido a continuar o curso na Faculdade de Direito do Recife, onde conhece o professor Tobias Barreto (1839-89), abolicionista e republicano.

1884. Regressa a São Paulo, onde cursa o 2º ano de Direito. Retorna ao Recife, para ingressar no 3º período. O engajamento na causa da abolição e da proclamação da república o indispõe contra um professor, forçando-o a abandonar a faculdade.

1885. Volta ao Rio de Janeiro, aliando-se ao abolicionista José do Patrocínio (1853-1905), diretor da *Gazeta da Tarde*, onde Coelho Neto começa a construir a carreira na imprensa. Intensa boêmia.

1889. Dirige, com Pardal Mallet e Paula Nei, o semanário *O Meio; social, político, literário e artístico*, que durou 14 números e foi suspenso por disposição do governo republicano provisório, julgando a gazeta subversiva. Publicação do livro *O meio*, congregando textos de sua autoria no periódico.

1890. 24 de julho, casamento com D. Gaby (Maria Gabriela Brandão), filha do político e educador Alberto Olímpio Brandão. A noiva, ligada à família do poeta Álvares de Azevedo, teve como padrinho o presidente marechal Deodoro da Fonseca. Machado de Assis, Olavo Bilac e Aluísio Azevedo figuraram como convidados dos noivos. Coelho Neto cessará, então, definitivamente a vida boêmia. A residência do casal, na rua Silveira Martins, se tornará conhecida por suas tertúlias. Coelho Neto assume o cargo de secretário do Governo do Estado do Rio de Janeiro.

1891. Nomeado Diretor dos Negócios do Estado, da Justiça e Legislação do Estado do Rio de Janeiro. Publica *Rapsódias* (contos).

1892. Inicia atividade de professor de História das Artes na Escola Nacional de Belas Artes. Aprovado em concurso para a carreira diplomática (secretário de Legação), declina do cargo.

1893. Atuação como Redator dos Debates no Senado. Publicação do primeiro romance, com o pseudônimo Anselmo Ribas (utilizado depois também em outros volumes), *A Capital Federal (Impressões de um sertanejo)*, ficção divulgada inicialmente sob a forma de folhetim em *O País* (Rio de Janeiro).

1894. Publicação de *Praga*, novela regionalista que, a partir de 1896, integrará o volume *Sertão*, *Baladilhas* (novelas) e *Bilhetes postais* (crônicas).

1895. Edição dos contos de *Fruto proibido* e dos romances *Miragem* e *O rei fantasma*, ambos publicados em capítulos em *O País*. Machado de Assis aplaude *Miragem* em crônica de 11 de agosto: "Coelho Neto tem o dom da invenção, da composição, da descrição e da vida, que coroa tudo." (*A semana. Obra Completa*, v. 3, p. 667).

1896. Vem a lume *Sertão*, reunindo sete contos e novelas. A partir da segunda edição, de 1903, o volume teria o acréscimo da novela "Mandovi". Pronuncia-se Machado de Assis na imprensa, em 1897: "Este livro do *Sertão* tem as exuberâncias do estilo do autor, a minuciosidade das formas, das cousas e dos momentos, o numeroso rol das características de uma cena ou de um quadro. Não se contenta com duas pinceladas breves e fortes; o colorido é longo, vigoroso e paciente [...]" (*A semana. Obras completas*, v. 3, p. 764).

1897. Fundação da Academia Brasileira de Letras, na qual, em 20 de junho, na sessão inaugural, Coelho Neto toma posse da cadeira nº 2, que tem como Patrono Álvares de Azevedo.

24 de agosto: Levado ao palco do Cassino Fluminense do Rio de Janeiro, com orquestra de 50 músicos regidos por Leopoldo Miguez, o poema dramático de autoria de Coelho Neto, *Pelo amor!*

Publicação de *Pelo amor!*, de *Inverno em flor* (romance), do *Álbum de Caliban* (contos *cum grano salis* de erotismo) e de *América (educação cívica)*, congregando textos de feição didático-moral.

1898. Pródiga produção bibliográfica (10 títulos). Romances: *O morto (memórias de um fuzilado)*, *O paraíso, excelsa fantasia*, ambos estampados em folhetins na *Gazeta de Notícias*, *O rajá de Pendjab* (em dois volumes). Contos: *Romanceiro* e *Seara de Rute*. Crônicas: *Lanterna mágica*. Teatro: *Artemis* e *Hóstia*, levados ao palco do Teatro São Pedro de Alcântara do Rio de Janeiro em outubro. Texto comemorativo: *A descoberta da Índia*, em "homenagem à colônia portuguesa no Brasil por ocasião do 4º centenário da descoberta do caminho marítimo das Índias". Texto didático: *A terra fluminense*, em parceria com Olavo Bilac.

1899. Como Secretário da Comissão do 4º Centenário do Descobrimento do Brasil, percorre de Vitória a Manaus, pronunciando conferências. Publicação do romance autobiográfico *A conquista* (episódios da vida literária), que documenta, sob nomes fictícios, peripécias boêmias do autor ("Anselmo Ribas"), em companhia de Olavo Bilac ("Octávio Bivar"), de Aluísio Azevedo ("Ruy Vaz"), entre outros. Saem do prelo as crônicas de viagem *Por montes e vales (Ouro Preto e Vassouras)*, volume cujos textos dedicados à cidade histórica mineira foram estampados em *O País*, entre abril e julho de 1893.

1900. Doente, sem poder produzir seus escritos, enfrenta graves problemas financeiros que o levam a leiloar livros, cristais, armas e móveis de sua residência.

Edição portuguesa da peça *Saldunes*, "ação legendária em 3 episódios", com música de Leopoldo Miguez. Apresentação cênica do texto, em versão italiana, no Teatro Lírico do Rio de Janeiro. No ano seguinte, o libreto seria publicado no Brasil, com a indicação "Drama lírico em 3 atos".

1901-3. Publicação, em 1901, do romance *Tormenta*, que fora parcialmente divulgado na *Revista Brasileira*, sob o título *Agareno*, e de "Belas artes", capítulo do segundo volume do *Livro do Centenário* (1500-1900).

Em face da situação financeira precária e de enfermidade de D. Gaby, transfere-se para

Campinas, São Paulo. Em junho de 1901, inscreve-se no concurso para professor de literatura no Ginásio Estadual e é aprovado, concorrendo com os jornalistas Alberto Faria e Batista Pereira. Reside na rua Francisco Glicério, por onde passaram, em visita, Olavo Bilac e Euclides da Cunha. Estimula a vida artística na cidade, participando da fundação do Centro de Ciências, Letras e Artes, do qual se torna Orador Oficial; promove saraus e incentiva apresentações teatrais, sempre com a colaboração de D. Gaby. Em 1903, idealiza um auto de Natal, em três atos, chamado *A pastoral*, espetáculo que recebeu a colaboração de Henrique Oswald, Francisco Braga, Alberto Nepomuceno e dos irmãos Rodolfo e Henrique Bernardelli.

1904. Retorno ao Rio de Janeiro, fixando residência na Glória, na rua do Roso, 79 (a partir de decreto municipal de 1928, rua Coelho Neto), em frente ao Palácio Guanabara e ao estádio do Fluminense Futebol Clube. Coelho Neto foi locatário dessa moradia, que se tornou ponto de encontro de escritores e artistas, até a sua morte, sem poder adquiri-la. Publicação de *A bico de pena* ("fantasias, contos e perfis, 1902-1903"), *Apólogos* e *Contos pátrios*, textos "para crianças", o último deles em colaboração com Olavo Bilac.

1905. Publicação do romance *Inocêncio inocente*, sob o pseudônimo de Caliban (na segunda edição, de 1923, a obra receberá o título *O arara*); dos contos de *Água de juventa* e de *Treva*; do *Compêndio de literatura brasileira*, "segundo o programa do Ginásio Nacional"; da conferência *A palavra*, realizada a 23 de setembro de 1905, no Instituto Nacional de Música. Tira do prelo o *Teatro infantil*, "comédias e monólogos em prosa e verso", escrito a quatro mãos com Olavo Bilac.

1906. Publica o romance *Turbilhão*.

1907. Nomeado professor interino de literatura do externato do Ginásio Nacional (Pedro II). Realiza conferências no Rio Grande do Sul, na Argentina e no Uruguai.
Publicação da narrativa bíblica *As sete dores de Nossa Senhora*; dos contos de *Fabulário*; do opúsculo *O Instituto de Proteção e Assistência à Infância do Rio de Janeiro*; de *Teatro II* pela editora Portuguesa Chardron, de Lello & Irmão, e de *Teatro III*, sob a chancela da Garnier do Rio de Janeiro, no qual insere *Neve ao sol*, comédia dedicada a Artur Azevedo, e o drama *A muralha*, oferecido a Araripe Júnior.

1908. Recusa posto no serviço diplomático, oferecido pelo barão do Rio Branco, ponderando, certamente, sobre a inviabilidade da mudança para outro país com os seis filhos.

Publicação do romance *Esfinge*, divulgado inicialmente em folhetins em *O País*; dos contos, em forma de diálogo, reunidos em *Jardim das Oliveiras*; e do volume *Teatro IV*.
29 de outubro. Estampa, em *A Notícia*, a crônica "Os sertanejos", sobre a Exposição Nacional, que comemorava, na capital, os 100 anos da abertura dos portos, por ocasião da chegada da família real ao Brasil. Nesse texto, refere-se ao Rio de Janeiro como "cidade maravilhosa", epíteto que se consolidaria no imaginário carioca, transformando-se em hino informal, a partir da canção do compositor baiano André Filho.

1909. Março. Com o reconhecimento da importância de sua obra, é nomeado, sem concurso, professor de literatura no Ginásio Nacional.
14 de julho. Apresentação da peça *Bonança* de Coelho Neto, na inauguração do Teatro Municipal do Rio de Janeiro.
Eleito, por determinação governamental, deputado federal pelo Estado do Maranhão, foi conduzido ao cargo em três legislaturas (1909/1912/1915), até 1918, quando forças da política regional o excluem da representação. À margem das questões partidárias estritas, abraçou causas culturais e nacionalistas, como, por exemplo, a proposição, em 29 de julho de 1909, de concurso para a criação de nova letra ao Hino Nacional Brasileiro.

Publicação de *Vida mundana* (contos); de *Conferências literárias*, entre as quais "A palavra" (1905). Escrito em colaboração com Olavo Bilac, lança *A pátria brasileira*, "para alunos das escolas primárias".

1910. Com a instalação da Escola de Arte Dramática do Rio de Janeiro, no prédio do Teatro Municipal, Coelho Neto é designado para ocupar o cargo de diretor "em comissão" e de professor de História do Teatro e Literatura Dramática, tendo sido seu aluno Procópio Ferreira. Publicação de *Cenas e perfis*, crônicas.

1911. Publicação da narrativa *Mistério do Natal*, do volume *Teatro I*; do manual de "educação feminina" *Alma*, reeditado até 1930; das *Palestras da tarde*, entre as quais "À beira do túmulo de Arthur Azevedo" (1908) e o discurso de recepção de Paulo Barreto (João do Rio) na Academia Brasileira de Letras (1910).

1912. Inclusão de textos de Coelho Neto, em francês, na obra *La littérature brésilienne* (Paris, Lib. Garnier), de Victor Orban, e na *Anthologie des poètes brésiliens* (São Paulo, [Imp. Crété]), organizada por Hippolyte Pujol.
Publicação de *Banzo*, coleção de novelas e contos.

1913. Viagem a Portugal e à França, acompanhado da esposa. Publicação do volume de narrativas curtas *Melusina*; dos *Contos esco-*

lhidos, editados em Salvador. Edição alemã de *Sertão* (*Wildnis*), reunindo os contos "Praga", "A tapera" e "A cega", na tradução de Martin Brussot.

1914. Publicação do romance *Rei negro*, "romance bárbaro", narrativa dos infortúnios do negro Macambira e retrato do sistema escravocrata.

1915. Edição das narrativas de *Treva*, em alemão, com o título *Der Tote Kollektor* ("Segundas núpcias", nome de uma das novelas), na tradução de Martin Brussot.

4 de março. Representada em espanhol *A muralha*, no Teatro 18 de Julho de Montevidéu.

1916. Estréia do filme *Mistérios do Rio de Janeiro*, escrito e produzido por Coelho Neto, que lança mão da imagem do próprio gabinete de trabalho em uma das cenas.

1917. Atento ao desenrolar do primeiro conflito mundial, do qual o Brasil toma partido em 1917, Coelho Neto atua na Liga pelos Aliados e na Câmara dos Deputados, proferindo discursos patrióticos. Eleito para a Comissão de Diplomacia e Tratados da Câmara dos Deputados. Publicação de *Teatro V*.

1918. Perde a representação do Maranhão na Câmara dos Deputados e viaja a São Luís, buscando apoio popular. Recebe a solidariedade de Rui Barbosa.

Publicação de *Versas*, crônicas e discursos. Colaboração freqüente, até princípio do ano seguinte, no periódico carioca *A Política*, assinando artigos de títulos sugestivos como "Bombas", "A fome", "A guerra", "Invasores vermelhos; aos operários", "Misérias" etc.

1919. Assume o posto de Secretário Geral da Liga da Defesa Nacional, em substituição a Olavo Bilac, o criador da entidade de orientação patriótica, falecido em dezembro do ano anterior.

Publicação de *Frutos do tempo*, crônicas, e de *Falando...*, reunião de "Discursos na Câmara" e "Discursos literários", 23 peças oratórias de 1909 a 1919.

1920. Publica o romance *O mistério*, escrito em colaboração com Viriato Correia, Afrânio Peixoto e Medeiros e Albuquerque. Edição francesa de *Rei negro*, com o título *Macambira*, tradução assinada por Philéas Lebesgue e M. Gahisto.

1921. Eleito Membro Consultivo do Teatro Municipal do Rio de Janeiro. Indicado pela Academia Brasileira de Letras para reger a recém-criada Cadeira de Estudos Brasileiros na Universidade de Lisboa; declina o convite. Publicação de *Breviário cívico*, contendo o horizonte ideológico da Liga da Defesa Nacional.

1922. 30 de setembro. Falecimento, aos 24 anos, de Mano (Emanuel), o filho mais velho do escritor, tricampeão carioca de futebol pelo Fluminense, companheiro certo do pai em concertos do Teatro Municipal.
Publicação de *Conversas* ("Contos dialogados"), das narrativas curtas de *Vesperal*, das crônicas de *O meu dia* ("hebdômadas d'*A noite*"). Edição alemã de *Rei negro*, traduzido por Martin Brussot.

1923. Publicação da novela *Imortalidade*, das crônicas de *Frechas*, das peças *O desastre* e *Fogo de vista*, além de *Orações*, organizadas em "Alocuções e mensagens" e "Discursos e orações".

1924. 19 de junho. Em face do discurso "O espírito moderno" do acadêmico Graça Aranha, exigindo a renovação ou a morte da Academia Brasileira de Letras, Coelho Neto manifesta-se incisivamente: "Vossa Excelência está cuspindo no prato em que comeu"; lança ainda a frase que correria a crônica da época, marcando em definitivo a imagem do escritor: "Eu sou o último heleno!"
Publica *O polvo*, romance escrito em 15 dias, produzido em tiragem de 20.000 exemplares, para oferta aos assinantes do *Jornal do Comércio* de São Paulo; *Às quintas*, crônicas; *Mano*, texto memorialístico; e *Teatro VI*.

1925. 22 de setembro. Profere conferência de abertura em concerto de Heitor Villa-Lobos no Instituto Nacional de Música.
Eleito o "Príncipe dos prosadores brasileiros" pela revista *Fênix*; considerado também a mais importante personalidade da literatura nacional em concurso promovido pela *Fon-Fon*, tendo obtido 19.556 votos.
Em entrevista ao jornal *A Noite* do Rio de Janeiro, recenseia a pródiga produção literária: 102 volumes, entre os quais 580 novelas e contos.
Intensa colaboração jornalística no Rio de Janeiro (*Jornal do Brasil*, *O Imparcial*, *A Noite*) e em São Paulo (*Jornal do Comércio* e *A Gazeta*).

1926. Passa a ocupar a presidência da Academia Brasileira de Letras. Publica *Feira livre*, crônicas.

1927. Divulga *Contos da vida e da morte*, com dedicatória a Álvaro Moreyra; *Canteiro de saudades*, reminiscências e outras narrativas; e o conto *O sapato de Natal*, ilustrado por J. Carlos.

1928. Eleito, pela revista *O Malho*, Príncipe dos Prosadores Brasileiros, tendo recebido, em 21 de junho, placa de bronze em solenidade no Instituto Nacional de Música.
Incumbido, pelo presidente Washington Luís, do cargo de Ministro Plenipotenciário, com a

missão de participar da solenidade política na Argentina.

Publicação de *A Cidade Maravilhosa*, *Velhos e novos*, *Vencidos*, volumes de contos; *Bazar*, crônicas; *Livro de prata*, reunindo "Discursos" e "Conferências".

1929. Publicação do último romance, *Fogo fátuo*, dedicado "à memória de Paula Nei, o dissipador de gênio", que vive o protagonista dessa ficção de caráter memorialístico; edição da novela *A árvore da vida* e da tradução francesa de *Mano*.

1931. 1º de dezembro. Falecimento de D. Gaby.

1932. 7 de dezembro. Recebe a indicação da Academia Brasileira de Letras para representar o Brasil entre os candidatos ao Prêmio Nobel de Literatura de 1933. Cético, desilude o filho Paulo: "Quem iria traduzir a minha obra? Nem em dez anos. [...] Além do mais, se não houver a influência de nossa diplomacia, é trabalho perdido" (*Coelho Neto*, p. 119). O prêmio é atribuído a Ivan Alekseyevich Bunin (1870-1953), romancista russo de expressão realista, tornado apátrida, com residência na França.

1933. Embora debilitado fisicamente, atende o convite do jornal *A Noite* para pronunciar, em maio, o discurso na inauguração do monumento dedicado ao Pequeno Jornaleiro, na avenida Rio Branco. Lançamento do *Dicionário Lello Universal*, obra dirigida por Coelho Neto e João Grave.

1934. 28 de novembro, às 12 horas e 50 minutos, falece Coelho Neto de colapso cardíaco, decorrente de "intoxicação urêmica, astenia", segundo o médico Heriberto Paiva.

O polígrafo deixava um legado literário surpreendente: "De 1891 a 1934, foram publicadas 250 edições das obras de Coelho Neto, com um total de 600.000 volumes, além de 8.000 artigos para os jornais do país e do estrangeiro" (*Coelho Neto*, p. 125). Fazia jus ao comentário amistoso de Ribeiro Couto, presente na câmara mortuária daquele que, no fim da vida, mostrava-se tão frágil: "Tão pequenino, e era um gigante..."

NOTA SOBRE A PRESENTE EDIÇÃO

A edição de *Às quintas*, crônicas de Coelho Neto, retoma o texto da primeira e única tiragem da obra, de 1924, realizada pela Livraria Chardron, de Lelo & Irmão, Ltda./Aillaud e Bertrand, no Porto, Portugal.

No estabelecimento de texto, realizou-se a atualização ortográfica, respeitando-se a pontuação do autor, exceto em casos de correção conjectural de erros tipográficos. Formas como "d'alto" e "d'alma" foram conservadas. Vocábulos estrangeiros, hoje de uso corrente em português, receberam atualização (*films*, filmes; *Club*, clube; *folk-lore*, folclore, etc.); nomes de lugares, personalidades e de personagens mitológicos ganharam a grafia vigente nas enciclopédias de língua portuguesa.

A elaboração da Cronologia se valeu, em principal, de *Coelho Neto* (Rio de Janeiro, Zélio Valverde, 1942), *Uma biografia para a juventude* (Rio de Janeiro, Minerva, 1964), livros de

Paulo Coelho Neto, bem como da *Bibliografia de Coelho Neto* (Brasília, MEC/INL, 1981), pesquisa do filho do escritor e de Neusa do Nascimento Kuhn.

ÀS QUINTAS

Tudo que existe tende a perseverar no seu ser, disse Espinosa, formulando, em tal aforismo, o princípio universal da luta pela existência.

O enfeixe destas crônicas em volume obedece à lei universal enunciada pelo filósofo. O livro resiste mais do que o jornal. Eis por que estes escritos efêmeros fixam-se nestas páginas como a raízes ou a arestas de rochedos agarram-se os que são arrebatados para o abismo na correnteza das águas.

1923.

1921

VOZES MISTERIOSAS

"Um olhar lançado a uma palavra, diz Herzen, basta para que o ouvido reproduza subjetivamente a sensação que provocam as ondas sonoras da voz. À medida que se lê com os olhos ouve-se interiormente o som das palavras sobre as quais a vista vai passando."

Este fenômeno da palavra interior, tão bem estudado por Egger, não se produz apenas diante das palavras, mas em presença de qualquer objeto, desde que nele haja um pouco de tradição, poeira do tempo.

Essas vozes silentes das coisas que, assim como os átomos, só aparecem quando entram na zona de luz, apenas soam quando nos penetram n'alma, vozes que tanto aprazem aos solitários e que inspiram os poetas, levantam-se da inércia e falam, e cantam, umas tristes, outras heróicas; umas alegres, outras lacrimosas.

O que chamamos sugestão é uma espécie de encantamento.

Os narradores de histórias maravilhosas dizem-nos de árvores canoras, de rochedos suplicantes, de aves que desferem tristes racontos de sortilégios pelos quais se verifica que são príncipes em metamorfose, pedindo a misericórdia do desencanto que os devolva à primitiva forma.

Nós tudo levamos à conta de fantasia, porque não atentamos no que nos cerca, passando cegos, surdos, indiferentes pelos mistérios que nos circundam.

Nem todos têm o dom de Parsifal que interpretava o canto dos passarinhos e raros são os que possuem o sentido atilado para ouvir e entender a voz sutil dos seres mínimos e das coisas.

Eu (tomem-me, embora, por cerebrino) muita vez tenho ficado a ouvir pedras e árvores, águas correntes e até esse burburinho fremente que fazem os insetos na ervagem das campinas ou nos balsedos dos bosques.

Se duas formiguinhas param num trilho de jardim e demoram, um instante, frente a frente, como em conversa segredada, inclino-me curioso a ver se ouço o que se dizem. Mas, ai! de mim, os meus ouvidos não apreendem a voz dos pequeninos, como meus olhos não vêem os seres do microcosmo. Redes para peixe grosso não servem a pesca miúda: as malhas que a uns retêm dão passagem livre de ida e vinda nos outros. Assim os nossos sentidos.

Disse o Poeta no admirável soneto – "Ouvir estrelas":

...só quem ama pode ter ouvido
Capaz de ouvir e de entender estrelas.

Para ouvir as coisas e entendê-las é necessário ter a alma tão sensível que se comova e vibre à impressão mais sutil. O leve eflúvio de um perfume, passando-nos pelo olfato, vai ter ao fundo da memória operando, como filtro mágico, prodigiosas ressurreições.

A saudade é um exílio de sombras, uma região lemúrica como o pálido e merencório país cimério – quem a visita vê surgirem, daqui, dali, espectros e todos falam como falaram a Ulisses na estância frígida dos manes as sombras dos seus amigos e parentes.

Visitando, no "Clube dos Diários", a *Exposição de História e Arte Retrospectiva da Época Monárquica no Brasil* tive ensejo de verificar a existência daquilo que os poetas chamam a "alma das coisas".

Não há dúvida que os objetos impregnam-se do fluido de seus donos. Naquilo com que estivemos em contato mais íntimo fica, para o todo sempre, um pouco de nós mesmos.

Percorrendo vagarosa, curiosamente as várias salas mobiladas e ornamentadas com os remanescentes do Passado detive-me, muita vez, atraído, não pela beleza dum ou doutro móvel, tela ou alfaia, mas chamado, em surdina misteriosa, por vozes como as que se entrecruzam na vereda da montanha encantada por onde, no conto árabe, sobe à aventura a destemida Princesa Parisada.

E que vozes eram aquelas? De onde provinham? Que feiticeiro as tinha ali cativas como as que, no conto, surdiam dos penhascos?

De uma liteira partiu um cicio, voz medrosa de amor em timbre trêmulo, voz de alguma açafata que, timidamente, cochichava a alguém, fidalgo, sem dúvida, que, afrontando riscos, se adiantara a pedir a palavra de salvação ou de morte. Logo adiante outra voz autoritária, imperativa, voz de senhor severo; e tantas outras, tantas em burburinho confuso e tinir d'armas, sons de instrumentos, risos, galanteios, cantares e queixumes...

Enquanto por ali andei, como dentro de um sonho, vivi como Ulisses entre sombras de mortos, sombras que falavam como as que enxameam em volta do herói errante na XI Rapsódia da *Odisséia*.

20 de janeiro

A GRUTA DA IMPRENSA

Discorria certo filósofo sobre o homem quando, referindo-se ao instinto de ferocidade, nele latente como o fogo no âmago da rocha, alguém o contrariou. Sem responder diretamente às razões que lhe opunham disse, com suaves palavras:

– Não fosse Deus a própria Onisciência, para o qual não há passado nem futuro, porque a sua pupila é como um sol fixo entre dois horizontes, e o mundo há muito estaria em trevas frias porque a obra, sobre todas magnífica, da terceira jornada, já teria sido destruída. Conhecendo, porém, o Senhor o coração humano, ao criar os luzeiros do céu destinados a alumiarem o dia e a atenuarem a escuridão noturna pô-los tão alto que um dos querubins ousou observar-lhe, temendo que ficasse prejudicada obra de tanta beleza:

– Senhor, colocais tão distantes do mundo os astros radiosos que talvez não lhe chegue a claridade com que os vestis.

– Chegará, respondeu tranqüilamente o Altíssimo, e não sofrerá injúria porque descerá em pura essência, como a alma. Com o andar dos tempos verás que o que te parece erro prejudicial à vida é previdente cautela em favor da mesma vida.

E o filósofo concluiu:

– Se os astros não estivessem em tais alturas inacessíveis já o homem os teria, há muito, inutilizado, comprometendo o regime das horas e toda a força fecundadora que mantém e perpetua a vida, porque ele é, por instinto, perverso, e, quando não acha que destruir, a si mesmo destrói-se com os vícios.

Ocorreram-me à lembrança as palavras do pessimista quando li, há dias, a notícia da brutalidade cometida contra a "Gruta da Imprensa", uma das belezas da cidade, a mais interessante, sem dúvida, da avenida Niemeyer.

Era uma caprichosa construção do mar. Fizeram-na as vagas trabalhando a rocha como lapidarias. Em tempos mais poéticos aquele antro seria consagrado a Poseidon e Proteu faria dele aprisco para o seu rebanho escamoso.

Quem visse aquela imensa laje apoiada a um soclo natural, acolhendo vagas e ressoando soturnamente, à maneira das conchas, as vozes grandes do vento e do oceano, não acreditaria que outro sentimento pudesse despertar na alma de quem quer que a visse, senão o da admiração.

A forma era a de uma ostra colossal entreaberta, um símbolo marinho posto ali à praia como presente do Mar à Terra.

Não havia naquele pouso salitrado coisa alguma que ameaçasse a Vida.

Teseu, atacando o monstro netunino, ao qual fora exposta Andrômeda, não pensou em destruir o rochedo do sacrifício. Ulisses na gruta de Polifemo não estragou uma aresta combatendo o ciclope. Tristão, afrontando-se com o Morhout, deixou intactas todas as chanfras da caverna, que as pedras não são culpadas das aplicações que delas faz o homem e tanto se erigem em altar como se levantam em forca.

Na "Gruta da Imprensa" só havia encanto.

As moradoras daquele diversório eram as vagas brincalhonas que ali rolavam cantando com grinaldas de espumas como as nixes, filhas do Reno, no poema wagneriano.

Enquanto aquilo foi deserto, conhecido apenas do homem simples, amigo da natureza, a gruta nada sofreu, e os que nela se acolhiam respeitavam-na como se fora um templo consagrado aos deuses do mar.

A Civilização rompeu caminho até o sítio formoso, descobriu a maravilha, cercou-a de conforto e ofereceu-a aos que fazem a apologia da Beleza e defendem os adornos da cidade.

Mas a Civilização, correndo como Atalanta, vai sendo seguida de perto por um Hipômenes vermelho que, em vez de lançar frutos de ouro para distrair a corredora, como fazia o grego, atira bombas de dinamite a torto e a direito.

E esse Hipômenes é o Terror, que se anuncia como o Messias das gentes, que vem estabelecer a Ordem no mundo e firmar a Harmonia.

De tal sementeira a messe há de ser fresca, não há dúvida.

. . . .

E houve ainda uma voz que contrariou o filósofo.

Ai! dos luzeiros do céu se não estivessem nas alturas inacessíveis em que os colocou o Senhor.

10 de fevereiro

O MEU CANDIDATO

Ésquilo, comparecendo perante o Areópago, teria sido inevitavelmente condenado por crime de impiedade se Amínias, seu cunhado, precipitando-se, de onde se achava, entre os assistentes, não lhe houvesse rasgado a túnica mostrando aos juízes e ao povo, além do braço mutilado, as cicatrizes refranzidas no busto do que se batera contra o persa nas batalhas de terra e mar que decidiram da sorte do mundo grego.

Aquelas bocas das feridas, posto que fechadas, falaram com tanta e tão alta eloqüência que, contra elas, não prevalecerem intrigas nem razões capciosas de delatores invejosos.

Assim, mais valem sempre as provas vivas do que as palavras sonoras, que podem ser embusteiras.

Promessas, as mais das vezes, são projeções de lanternas do interesse e tanto encontram o que buscam como logo se apagam ou voltam o clarão para outro ponto.

Melhor, diz o povo, é um toma do que dois te darei.

Estamos em sazão de dares. Quantos, por aí, sobraçando cornucópias, a oferecerem o que têm e o que não têm! Dêem-lhes o que podem e verão como se muda instantaneamente a oferta e, em vez do lado das graças, virá o da ponta ferindo sem piedade aos mesmos que, momentos antes, aliciara com lisonja e engodo.

Há, todavia, entre os candidatos um que não precisa dizer a que vem nem o que fará porque todos lhe conhecem o gênio, o espírito de iniciativa; todos o sabem homem de ação, tão ousado nos empreendimentos quão fervoroso no patriotismo.

Se lançou circular, não sei, porque não perco tempo em tais leituras, menos interessantes, como mentiras, do que os contos de fadas.

O que sei, porque vejo e todos os que têm olhos vêem comigo, é o que ele tem feito desde que saiu dos bancos de Politécnica para a vida prodigiosa em volta da qual, em breve, se formará uma auréola de lenda.

Onde começou ele a mostrar-se ao povo? Em que manifesto? Em que comício? Dentro de que partido? Com que programa?

Começou nas montanhas, sangrando-as nas artérias dos rios para, em seis dias, prazo da criação, realizar o milagre de dar à cidade sedenta a água que lhe inundou, a jorros de catadupas, os reservatórios que estalavam, secos. Depois – é seguir-lhe os trabalhos.

É vê-lo estendendo trilhos pelos sertões, através de montanhas, por sobre rios, rompendo selvas para levar vida aos desertos, semear cidades, criar indústrias, transformando em núcleos de atividade o que era solidão e maninho.

É vê-lo preparando em aulas gerações e gerações de engenheiros, animando empresas com o prestígio do seu nome e com o ardor do seu entusiasmo, dando trabalho a milhares de operários. Por fim, arremetendo contra a construção enfezada e sórdida dos tempos coloniais, destruindo-a, arrasando-a, indiferente à grita carrança e avara dos que se alapardavam em locas e estufilhas, acumulando a fortuna azinhavrada em pés-de-meia, para desafogar a cidade com a avenida, que foi um exemplo logo imitado, com o qual se vai, dia a dia, tornando digna da natureza olímpica que a cerca, o que é o seu escrínio, a jóia em que vivemos.

E, não contente com haver transformado um entulho de casario achaparrado na maravilha de que hoje nos orgulhamos, ainda entrou afoitamente pelo mar, tomando-lhe as praias e substituindo o verde da onda pela verdura dos gramados e pelo florido dos jardins, cingindo a cidade com um cinto de beleza.

A circular do candidato aí está, não em palavras, em obras – é a Cidade, não só a do perímetro central como a que se dilata pelos subúrbios, a que vai pelos montes e que se aconchega nos vales, toda ela, desde a orla litorânea até a última roça do Distrito. E esse homem, que deu ao mundo a prova cabal e altiva da capacidade do brasileiro; esse homem que, com o seu incansável esforço, defende toda uma raça do labéu de inerte e lerda com que tantos a têm querido desmoralizar; esse homem que, se assume a direção de um trabalho, faz-se ubíquo como a luz; esse homem, ação; esse homem, energia; esse homem, vontade; esse que se apresenta a disputar nas urnas uma cadeira no Senado, é Paulo de Frontin.

A cidade, que tanto lhe deve, proceda como for de justiça. Sua alma, sua palma. O meu voto aqui fica a descoberto para que este, ao menos, na apuração... não desapareça.

17 de fevereiro

O SOLDADO DESCONHECIDO

As Pátrias renovam a grande cena do campo da batalha trágica em que se empenharam os sete chefes diante de Tebas e, cada uma delas, revestindo a túnica de Antígona, rebusca entre os mortos da grande guerra um cadáver para enterrar.

Há, porém, uma diferença entre o ato piedoso das Nações no giro fúnebre em que andam e a desobediência abnegada com que a princesa sombria, praticando corajosamente a religião da sepultura, incorreu na sentença de morte proclamada no decreto de Creonte.

Antígona, respigando na mortualha, examinava atentamente os cadáveres, verificando-lhes as feições à luz dos relâmpagos com que os deuses a auxiliavam na obra misericordiosa, porque só a um, um só entre tantos, procurava, e esse era o do seu irmão Polínice, o rebelde.

As Nações não escolhem, não têm preferências, buscam apenas no morto um distintivo que lhe assinale a origem e, tanto que o descobrem, tomam-no a si e, desde logo, aquele despojo anônimo da Morte, transfigurado em símbolo, é inscrito na ata da cerimônia sublime com o nome de um Povo, o Povo mártir, esse "Ninguém" que é tudo, esse tumulto que entra na História dissolvido em heroísmo, como o sal no oceano.

Essa glorificação do soldado desconhecido, cerimônia que agora, por sua vez, celebra o velho Portugal, o ninho de heróis que, desde a era obscura da dominação arrogante do romano, repelido a funda e báculo pelos cerdosos companheiros de Viriato, por toda a Idade Média batalhadora e principalmente ao clarão da Renascença, nos dias aventurosos das expedições atrevidas, tantos espalhou por terras e mares novos, é de tão magnífica beleza que o mundo, no afã ambicioso em que se agita, indiferente a tudo que não soe em ouro, detém-se comovido à passagem desses corpos tão desconhecidos na morte como o foram na vida.

Além da homenagem prestada pelas Nações beligerantes ao seu Povo com a apoteose póstuma ao soldado "Ninguém", há nesse culto um consolo poético para todas as mães e todas as esposas que perderam filhos ou maridos na guerra e que não sabem os sítios em que caíram e de onde lhes mandaram o último pensamento.

Catulle Mendés, em um dos seus mais formosos poemas, disse que o Senhor, para formar o Homem, tomou um punhado de terra de cada um dos quatro pontos cardeais, procedendo assim para que, onde quer que a morte prostrasse o adamita, ele sempre encontrasse o girão materno para repousar a cabeça e dormir.

Esse soldado desconhecido, que entra a terra portuguesa representando o Povo luso, passará ante os olhos das mulheres de luto como uma urna recolhendo lágrimas.

Todas poderão ver nele o que perderam – o sem nome terá todos os nomes; o desconhecido será o amado de todos; o anônimo será a multidão, um símbolo como a bandeira, que também é nada e é tudo.

E que monumento mais significativo e mais verdadeiro poderia, cada uma das Nações guerreiras, erigir em memória do seu Povo do que esse, constituído de um bocado desse mesmo Povo?

O bronze é metal, o mármore é pedra, e quem neles afeiçoa a figura é o estatuário. O soldado desconhecido é corpo, plasma divino em terra, foi o sacrário de uma alma, latejou nele um coração cheio de amor patriótico, amor tão grande que suplantou todos os outros amores, levando-o a morrer por ele em terra alheia, só porque para terra tal, ao apelo de outros que se ajuntavam, em enxame, em volta da Humanidade, seguira a bandeira do seu Portugal, tão pequenino na geografia e tão grande em projeção na História.

Povo, eis a tua glória. Hás de ser sempre o "desconhecido", tanto na guerra, como na paz; hás de ser sempre o "Ninguém".

És como o espaço – a imensidade sem nome, cheia de astros, de onde desce a noite criadora, onde se abrem as alvoradas de ouro e onde, no fundo, além! assiste um eterno mistério indecifrável.

31 de [março]

FILOLOGIA MANZONIANA

O estudo da "arte" de um grande escritor, desses que marcam época nas literaturas, é tarefa difícil que só deve ser tentada por quem conheça, palmo a palmo, o terreno em que a tenha de fazer.

Empreendimento tão árduo acaba de realizar, com êxito brilhante, o Dr. Otávio Augusto Inglês de Souza no substancioso estudo que tem o título de *Filologia manzoniana*.

Terreno, disse eu, quando devera ter dito idioma; fi-lo, porém, mui de propósito porque, em verdade, nada se parece tanto com a terra como a língua.

Ambas são áreas de cultura, uma, no espaço; outra, no tempo; uma, gerando a lavoura de que se nutre o corpo; outra, produzindo a seara de que se alimenta o espírito e, em ambas, florestas e montanhas: de arvoredos e alcandores ou de tradições e poemas.

Tratos sofrem ambas e não sei se a terra, quando a granjeiam, padece tantos tormentos como a língua quando nela trabalha um escritor escrupuloso e exigente, desses que se não satisfazem senão com o termo próprio e volvem, revolvem, joeiram, tamizam as palavras antes de as aproveitarem para o plantio do pensamento.

O cavão revira o alfobre, arregoa-o com o arado, destorroa-o e ainda o levanta à enxada, areja-o, afofa-o até torná-lo macio para receber e agasalhar a semente e, tanto penetra o solo com a enxada, tanto recava, que chega a profundezas, onde jazem em pousio terras velhas que, em tempo, estiveram à superfície, ao sol, ao luar, às chuvas e às orvalhadas, na vida, enfim, amadurecendo as messes que fazem de ouro o outono.

Assim, vocábulos que tiveram dias de glória em poemas e em primores de eloqüência, caídos em desuso, aquietaram-se como mortos nas camadas profundas do arcaísmo. Eis, porém, que um escritor, revolvendo o léxicon, trá-los a flux e tanto basta para que se reintegrem na linguagem dando, de novo, corpo à idéia e reflorindo em rimas, como a terra que exsurge, recebendo a sementeira, logo a fecunda e toda se cobre de verdura próspera.

Otávio Augusto, nesse trabalho de erudição com o qual, tão bem aparelhado, vai disputar, em concurso, a cadeira de italiano do Colégio Pedro II, revela-se-nos um conhecedor emérito do terreno em que o Dante construiu a sua *commedia* e Petrarca semeou o seu jardim de amor florido nos maravilhosos sonetos que exornam a vida e engrinaldam a morte de Madona Laura.

Prático no idioma, Otávio Augusto conhece-o desde os primeiros sons, aqueles que, na abadia de S. Gall, provocaram escândalo no venerável concílio quando emitidos pelo monge humilde de Novara, como nos refere Gunzo e que, parecendo solecismos latinos, eram já a harmoniosa língua em que havia de traduzir angústias o doloroso Leopardi e transcender em belezas d'Annunzio, o poeta etéreo, que, durante a guerra, voou sobre os heróis como os deuses na *Ilíada*.

Na *Filologia manzoniana*, estudando a acirrada questão da unidade da língua italiana, Otávio Augusto analisa, ponto por ponto, o trabalho hercúleo do autor do *I promessi sposi*, na revisão que fez para a segunda e definitiva edição literária do seu romance, escoimando-o de todos os dizeres e construções que lhe pareceram suspeitos, e substituindo-os por expressões e formas do puro falar toscano, no florentino sonoro que deve ser o padrão do italiano estreme.

O italiano, como é sabido, ramifica-se em dialetos, tantos e tão vários que, para ir de uma cidade a outra, torna-se, às vezes, necessário tomar intérprete. Essa dispersão verbal, que faz da península uma verdadeira Babel, é causa do pouco conhecimento que tem o povo dos seus autores, contentando-se, cada qual, neste ou naquele ponto, com o poeta da região. Essa diversidade de expressões, diluindo o sentimento, infesta a nacionalidade no que ela tem de essencial, de mais íntimo e enfraquece-lhe a literatura tirando-lhe a coesão.

A língua, como elemento estático ou fator original interno de uma nação, deve soar uma, única e invariável em todo o seu território, ligando estreitamente as almas. Esse foi o trabalho, o da unificação vernácula, que tentou Manzoni na segunda edição do seu romance, corrigindo-o em todos os lugares onde encontrou eiva, substituindo vocábulos, reconstruindo frases, submetendo toda a obra a uma pauta, que foi o toscano.

Otávio Augusto acompanha *pari passu* o trabalho formidável e, em tal estudo, ainda que sem alardo pedante, revela, não só os seus altos conhecimentos filológicos, como a intimidade que tem com os grandes autores italianos e ainda o apuro do mais requintado gosto estético.

Não se trata de uma monografia decalcada, como não raro sucede, em obras alheias, de circulação restrita, mas de construção original, que pode emparelhar com as mais notáveis que têm aparecido na Itália, suscitadas pelas controvérsias em que litigam os paladinos das duas escolas – a dos puristas e a dos independentes.

O poeta d'*A torrente encadeada* entra na liça saudado, de antemão, por mestres, como Piccarolo, o filólogo, que, em S. Paulo, se manifestou com tão altos encômios sobre a *Filologia manzoniana*.

7 de abril

O TEATRO DO CENTENÁRIO

TEATRO, na acepção literal do termo, quer dizer "lugar de onde se olha". Assim os gregos criaram um vocábulo eminente para designar a construção dionisíaca, adossada à colina da Acrópole em cujo cimo o Partenon culminava, servindo de pedestal grandioso a Atena augusta, armada e pacífica.

Esse lugar, de onde o povo clássico dominava superiormente o espaço e o tempo, era um sítio sagrado, como Elêusis ou Delfos.

Evocados pelo prestígio dos poetas, desnublando-se das tradições, ali ressurgiam os deuses e os heróis legendários, os fastos gloriosos da raça repontavam como na terra renascem as sementes das árvores caídas; as crônicas, destacadas das logografias, tomavam vulto; os homens de outrora levantavam-se da sombra e diante da tímele recapitulavam os feitos que os haviam tornado venerandos.

De tal modo a Pátria, ligando-se ao Passado pela Poesia, prosseguia unida para o Futuro. O exemplo dos antigos servia de estímulo aos novos e o ator, que interpretava a obra de um trágico ou que vibrava a sátira de um poeta cômico, mantinha, como pedia Aristófanes, "a unidade do sentimento grego", ou apontava ao povo os erros que lhe comprometiam a virtude, que lhe dessoravam o vigor, que o levavam à molície preparando pela bastardia do indivíduo a degradação da nacionalidade.

Assim o teatro foi para os gregos verdadeira escola de energia cívica.

Toda a cultura de uma nação reflete-se no seu teatro, que não é só "o lugar de onde se olha" como é também o mostruário onde se vê.

É como um litoral de onde quem nele chega abrange, em conjunto, todo o progresso de uma raça.

No teatro apura-se o vernáculo mantendo-se-lhe a legítima prosódia, escoimando-se a frase de todos os vícios que a deturpem, empregando-se os termos próprios e prestigiando-se os modismos do povo, de tanta força expressiva em certas locuções, como provou Victor Hugo na sua famosa defesa do dizer plebeu.

No teatro comenta-se a História, manifesta-se a vida da coletividade, analisam-se os costumes, exibem-se caracteres e a poesia original do povo, sempre sincera, enflora aqui, ali as cenas com as suas imagens.

O livro é mais profundo, de penetração mais difícil: para senti-lo é necessário conhecer intimamente o idioma.

O teatro expõe-se logo e das suas escaleiras, quem quer que por elas suba, avista o bastante para julgar o adiantamento de um país, ver como nele se vive e, de um lance d'olhos, apreende não só o tumulto das ruas como devassa a intimidade doméstica e nela familiariza-se com as almas, e observa, desde o trajo, as maneiras e as atitudes até as manifestações mais delicadas do sentimento.

Através das maiores catástrofes o teatro sempre esteve à tona, até quando o livro, desaparecido em subterrâneos ou acorrentado nos mosteiros, escondia-se dos bárbaros.

Na Grécia ele resistiu a todos os assaltos. Era Roma, quando os gladiadores atraíam o povo ao Coliseu e os mimos faziam a delícia da plebe nas calejas, os histriões emigraram com o repertório antigo, desde as atelanas até as comédias de Plauto, Pacúvio e Terêncio e as tragédias de Sêneca. Na Idade Média, no mais furioso período da carnificina bárbara, Chilperico arma um tablado em Soissons, entre as tendas dos seus soldados hirsutos, para representar uma comédia de Terêncio. No intervalo de uma e outra invasão as naves das basílicas ressoam, enchem-se de uma multidão curiosa e ante os altares desenvolvem-se os dramas bíblicos e sacramentais escritos e desempenhados por frades e monjas, dentre as quais se destaca a figura de Hroswitha.

Levantam-se palcos nas estalagens, representa-se nas praças, ao ar livre. Bandos de atores viajam de cidade em cidade com as suas frandulagens e, sobre os destroços deixados pela passagem das hordas invasoras, as rodas dos seus carros, feitos à maneira do de Téspis, cavam sulcos como os do arado nas terras de semeadura.

A Renascença amanhece e logo inaugura, com opulência, a representação de comédias como as que, em Florença, deslumbraram os convivas de Lourenço de Medici, o Magnífico. E, mais perto de nós, em França, durante a sangueira da revolução, enquanto funcionavam os tribunais de morte, o teatro distraía o povo oferecendo-lhe, desde a tragédia como *Carlos IX* de Joseph Chénier, até a ópera cômica *Madame Angot ou la poissarde parvenue*.

E nós...? Nas vésperas do centenário da nossa independência, cem anos de vida autônoma em dois regimes, conseguimos apenas... construir um teatro para o estrangeiro à custa de impostos cobrados ao nacional, mantendo-lhe o fausto xenomaníaco por exações praticadas contra os que lutam pela restauração do nosso teatro, como sejam pesados tributos sobre as companhias brasileiras e (*risum teneatis?*) a coima de dez mil réis por ato de peça que o censor policial (?) (que não tem olhos para aquilo que por eles entra, que são os filmes, alguns deles enxameados de moscas cantáridas) leia, expurgue e lhe ponha o "visto" para que corra na cena.

Como progresso não há dúvida que é mais do que um passo, é toda uma calcurriada, mas como as faziam os Matuius, descritos pelo poeta:

De pés virados, marcha avessa e rude,
Dedos atrás, calcâneos para a frente...

21 de abril

RELÍQUIAS NO LIXO

O que ontem aqui se publicou com o título "Religião sem templo" lembrou-me um dos passos mais edificantes de Manuel Bernardes, na *Floresta*: aquele em que o Padre refere o apotegma de S. Bonifácio mártir, bispo de Mogúncia, que, perguntado se era lícito consagrar em cálice de pau, respondeu: *Antigamente os cálices eram de pau e os sacerdotes de ouro; agora os cálices são de ouro e os sacerdotes de pau.*

O caso não é propriamente de cálice, mas de templo e este será, no meu tema, o velho Instituto de Música que, se não tinha a grandeza portentosa do que se constrói no terreno da antiga Biblioteca, possuía mais devoção e nele a religião da Arte era praticada com fervor pelos que a professavam.

Também os primeiros cristãos, que se reuniam em ágapes nas catacumbas, de onde saíam para o martírio cantando, ainda escabujavam nas garras dos leões e dos ursos e já coréias d'anjos, que os aureolavam, lhes iam levando as almas para o Paraíso, santificando-as à direita de Deus. Hoje é o que se vê. Roma, com todo o seu prestígio pontifical, só de séculos a séculos, e ainda assim com auxílio das chancelarias, consegue trabalhosamente canonizar algum espírito beato.

O novo palácio ou templo de Euterpe, ainda em obras e já coberto de limo (tal é o aspecto lutulento que lhe dá a tinta com que o alfenaram) como certos infantes que nascem engelhados com o rugoso da velhice, será uma grandeza na exterioridade, como as pirâmides, mas os que o penetrarem terão a mesma impressão que estarrece aos que entram nas construções faraônicas, onde tudo tresanda a bitume de múmias e só há sarcófagos e poeira.

No outro tudo era vida, tudo corria para o Ideal. O espírito de Leopoldo Miguez aproveitara sabiamente a casa enchendo-a de riquezas. Quais eram elas? Comecemos pelo órgão, que, segundo se disse ontem nesta folha, está desarticulado e em vésperas de ser vendido por não caber no salão preconizado em letras vazadas no frontão do edifício.

Esse instrumento, com ser um dos melhores saídos das fábricas alemãs, tem uma história que o torna sagrado.

Instituído, por proposta de Aristides Lobo, ministro do Interior do primeiro governo da República, o prêmio de vinte contos para o autor do Hino da Proclamação da República, que fosse escolhido pelo povo no comício artístico realizado no Teatro Lírico, alcançou-o Leopoldo Miguez. Chamado pelo ministro para receber o que, com o seu gênio, conquistara, disse o autor de *Saldunes*:

"Tenho o que me basta para viver como vivo e o prêmio que me oferece a República, com mais um pouco que se lhe ajunte, peço seja aplicado em benefício da Arte, adquirindo-se com ele um órgão para o nosso Instituto".

Aceitou o ministro a generosa oferta do grande músico (*o tempora....!*) e fez como lhe ele dissera, completando a quantia até o preço do instrumento, que foi escolhido na fábrica por quem entendia da matéria e que saiu do negócio como Pilatos da condenação de Cristo.

O órgão era primoroso e Saint-Saëns, quando nele executou, teve frases do mais alto louvor para o instrumento, "um dos melhores que encontrara em toda a sua vida artística". Pois bem, esse órgão, por seu vulto, era o que, desde logo, se impunha aos olhos de quem entrava no antigo Instituto.

Resolvendo-se a construção do novo edifício, ninguém se lembrou da grande peça histórica e a sala, que lá está assinalada com aquelas letras pomposas, ficou tão acaçapada que nela não cabe o que na outra folgava.

É curioso que se faça o estojo menor do que a jóia que nele se há de guardar.

O caso é que o órgão vai ser vendido, por ser grande, e vai-se com ele, além do som melodioso, uma das tradições da casa e... da própria República.

Mas o tempo é de mediocridades e, para tempo tal, um *harmonium* é bastante.

Terra de desprendimento e de versatilidade! Aqui não há idéia que persista nem tradição que perdure. Vivemos entre efêmeros, na República da volubilidade: tudo passa, porque não se enraíza. O passado é como a cinza que se lança aos ares.

Que é feito do pequeno museu de instrumentos organizado por Miguez? Uns desfazem-se em pó, outros são comidos pelo mugre e pela ferrugem, como também os aparelhos do gabinete de acústica. Os pianos emperram, as madeiras estalam, os metais azinhavram-se, as cordas rebentam. Que restará do Instituto? O salão de concertos e lá dentro...

E é com indiferença tal pelo que temos de tradicional que havemos de plantar no coração do Povo o sentimento cívico. Pois sim!

Antigamente os cálices eram de pau e os sacerdotes de ouro; agora...

28 de abril

L'OURAGAN

Nous sommes perdus, si nous ne nous hâtons de mettre le grand art au service des grandes réformes sociales et des grandes espérances de l'âme.
A. DUMAS FILS.

A terra ainda se não refez das feridas com que profundamente a golpearam durante os anos terríveis da Guerra Grande. O lavrador, de regresso ao doce trabalho arvense, guiando o arado, sente-o estacar a súbitas, com a relha a ranger no solo duro. Deixa a rabiça para verificar a causa do empeço e dá com um obuz fincado no terreno, quando se lhe não depara mais sinistro achado: todo um esqueleto, por exemplo, amortalhado em molambos de farda.

São os resíduos da catástrofe que sobem à tona e, durante muito tempo ainda, as safras virão nutridas de sangue, crescendo sobre estilhaços e ossadas e muita semente perecerá esmarrida, por ter caído, não em torrão fecundo, mas em aceiro bélico, que se entranhou onde só devera penetrar o gérmen produtor das messes.

Assim como as lavouras ainda se não restabeleceram na ordem regida pelas estações, porque os campos pedem, antes do granjeio, joeira que os alimpe da praga subterrânea, que os esteriliza e polui – ferros e ossos – assim os corações ainda ferventes do ódio que neles se acendeu e os cérebros ainda agitados pelo turbilhão em que desvariaram não podem serenar no amor que liga fraternalmente os homens e estabelece a harmonia entre eles e no pensamento tranqüilo de onde há de sair a Verdade, denunciando ao Futuro a causa desse crime, o mais tremendo, doloroso e infame cometido contra a Humanidade.

A Arte, como a terra, ressente-se do ciclone que passou pela Vida.

Os livros trazem o cunho do tempo – os *ex libris* deflagram, e o que se encontra no romance e na poesia é ódio enfuriado, são as últimas granadas lançadas de uma a outra fronteira, não mais por soldados, mas pelos que manejam a pena, cujas feridas, como as dos dardos de Hércules ou as da lança de Montsalvat, não cicatrizam jamais.

Em tal literatura rubra têm aparecido obras formidáveis, ainda que desordenadas, nenhuma, porém, pode ser comparada a esse livro *L'oura-*

gan, que explodiu ultimamente em Paris lançado por um dos que combateram na guerra e que, agora, é voluntário alistado nas fileiras da Paz: Florian Parmentier.

Barbusse deu-nos em *Le feu* uma epopéia francesa na qual, de longe em longe, em flamejo instantâneo, um clarão maior nos mostra a Humanidade. Parmentier deu-nos o libelo do Homem contra a Guerra, livro apocalítico, poema evangélico cheio da justa indignação do Espírito contra os incitadores do assassínio em massa, magarefes que arrebanham as nações e açulam-nas uma contra outra em nome do que chamam "Patriotismo", palavra mágica com que transformam em ouro o sangue e as lágrimas dos humildes.

São eles que mantêm a discórdia como se ajunta nas tulhas a sementeira para novas semeaduras; são eles os plantadores de ódio que instigam esse grande ingênuo – o Povo. São eles os responsáveis de todos os excídios e de todas as infâmias; eles que atiram exércitos contra exércitos, esquadras contra esquadras; eles os que arrasam os campos, incendeiam cidades, varejam lares, rausam virgens, orfanam crianças, desrespeitam a velhice, maltratam mulheres, profanam altares.

Foram eles que tudo fizeram e, agora, enquanto os coveiros enterram ossadas dispersas, varrendo o resto do lixo humano para as valas, e os pedreiros reconstroem sobre as ruínas, os lavradores tornam às leiras, os pastores reúnem os gados e as fábricas reacendem as suas fornalhas para a restauração do trabalho pacífico nas cidades e nos campos manchados de luto, eles, sorrindo satisfeitos, somam os lucros das grandes batalhas empilhando moedas sobre sangue e ruínas.

Parmentier, em um dos capítulos de *L'ouragan*, dá-nos, sob o título "O que vai morrer não vos inveja", a maldição da guerra escrita a sangue por um moribundo. É um epicédio heróico no qual a Verdade radiosa aparece. Diz o que vasqueja:

"Não, não é verdade que as guerras deflagram de repente. Não é verdade que nós, homens livres, fazemos ato de dignidade tornando-nos cúmplices de um crime. Há homens atrozes cujo interesse é mais poderoso do que o dos povos; há monstros formidáveis de crueldade que preparam, entretêm, adormecem e despertam à vontade as causas de ódio entre os povos. E é por isto que eu vou morrer... por isto.

Há três anos, três séculos que ando na guerra sem saber por quê. Eu tinha os olhos empanados por milhares de anos de erro. Desde, porém, que a morte se infiltrou em meu sangue, uma implacável lucidez substituiu a minha cegueira. E eis que com a Morte entrou em mim a intuição da Verdade. As fibras da minha carne tremem com a palpitação de não sei quê, grande demais para mim, maior que o Universo, que me assalta o coração, e nele se abisma, sem que eu saiba o que é nem de onde vem. Sinto que me torno imenso, que pairo acima da guerra, acima do mundo, acima de tudo que vive e de tudo que morre. Sinto que sou a Consciência do Humano..."

E adiante:

"Tu morres por tua pátria, dizem-me as vozes da mentira. Mas a pátria são os cidadãos; a pátria é cada um de nós, a pátria sou eu... e eu morro!

Não há dúvida que eles querem dizer que são também a pátria e que é por eles que eu devo morrer, por eles que não estão na guerra, mas que a conduzem e prolongam. Eles são o poder do Dinheiro, a onipotência do Roubo.

Os ladrões de um país sentem-se ameaçados pelos bandidos de outro. E os povos, eternos iludidos, entregam generosamente as suas vidas para defender o saqueio de alguns patifes de marca, agaloados de ouro.

André Felix Pimoran, rejubila! Tu és o homem de prol de um misterioso chefe de quadrilha... e vais morrer pela pátria..."

Todo o livro afina por este tom de revolta contra os exploradores da Consciência Humana, esses manipuladores de ouro que, por um ágio melhor, seriam capazes de destruir o sol, se lhe pudessem chegar à órbita com os cálculos infames da sua insaciável usura.

5 de maio

O TRIANON

De uma glória – e essa ninguém, decerto, lhe contestará – pode, desde agora, orgulhar-se Leopoldo Fróis: a de haver criado o pequeno teatro onde renasceu a comédia brasileira.

A semente de tal planta, sufocada pela exuberância bravia do carrascal de revistas, burletas e quejandas moxinifadas, parecia morta quando o autor a recolheu trazendo-a para o ar livre e a luz.

Entanguida, mirrada, ninguém a diria capaz de rebentar e espalhada a notícia de que Leopoldo Fróis ia tentar a ousada experiência riram-se os céticos e alguns, compadecidos, lastimaram o que tinham por loucura de conseqüências desastrosas.

Não se arriscou o ator a grandes aventuras: podendo instalar-se em teatro de lotação numerosa, contentou-se com um pequeno recinto, preferindo, na tentativa tão mal vaticinada, em vez de canteiro, um vaso, com o que, além da menor responsabilidade, teria sempre a planta à vista para cuidá-la carinhosamente.

Quando inaugurou o Trianon, os incrédulos pasmaram porque não contavam que ele conseguisse realizar o que prometera.

O público afluiu ao teatro, curioso do ver o milagre do faquir que fizera medrar a semente esmarrida, e tanto se agradou da primeira flor que, desde então, anunciada nova florescência, era certa a enchente.

Hoje, com a planta robusta, de raízes fortes e fronde larga, ei-lo em terreno amplo e não se estranhará que, amanhã, onde apenas florescia a comédia ligeira, se ostente toda uma literatura dramática com os vários gêneros que nela vicejam.

Aquele que, à maneira do que fez o alegre Nicolas Brazier na interessante resenha intitulada *Chronique des petits théâtres de Paris*, quiser registar os esforços que se tentaram pelo ressurgimento do nosso teatro terá, por justiça, de consagrar um capítulo copioso à obra enérgica e decidida do Leopoldo Fróis que, sem o mais leve esmorecimento, na pequenina caixa do Trianon, conseguiu realizar o "impossível" mantendo um teatro nacional sem os recursos indecorosos com que nas barracas das feiras os saltimbancos atraem multidões basbaques.

E a campanha vitoriosa de arte e de patriotismo, não só o tornou credor da estima de todos quantos prezam sinceramente as letras como até (*mirabile dictu!*) o enriqueceu com honra.

Com o desenvolvimento da planta tornou-se-lhe o vaso insuficiente e as raízes o estalariam se o cultivador não a mudasse, em tempo, para o terreno amplo em que vai prodigiosamente prosperando. E o Trianon, vazio, voltou ao que fora primitivamente. Mas o público, que nele se habituara a ver a planta viva, com flores naturais, não suportou as flores de pano do cinema, que lhe deram depois: belas, mas sem a vida da palavra, e desertou em massa.

Fazia pena ver aquela casa, dantes tão numerosa desde a tarde até horas altas da noite, silenciosa e erma como capela de cemitério.

Felizmente, porém, dois homens de coragem e experientes em coisas de teatro: Viriato Correia e Oduvaldo Viana, encontrando um terceiro de ânimo atrevido, resolveram fundar uma empresa para replantar a comédia no mesmo terreno em que ela ressurgira. A muda há de pegar de galho, como se diz em linguagem de jardineiro, e as flores virão formosas, porque a terra é propícia e os que nela se vão fixar, sobre entenderem do ofício como poucos e possuírem os melhores elementos, vão dispostos a trabalhar com afinco empenhando em tal esforço mais do que o interesse, os próprios nomes.

No elenco, do qual faz parte Abigail Maia, há figuras de verdadeiro valor e muito da simpatia do público e a peça de estréia traz no frontispício o nome de um dos mais brilhantes escritores da nova geração: Ribeiro Couto.

Estou certo de que o Trianon, que teve o seu pousio, verá, na próxima noite de 25 do corrente, reaparecer o público que o abandonou, não por ele, mas pelo que nele puseram.

E assim, graças à iniciativa particular, vai-se restaurando o nosso teatro, saindo daquela casa pequenina, que é como um seminário onde se geram os germens que se hão de espalhar por todo o Brasil.

O dia 25 de maio será de festa para as nossas letras.

19 de maio

MACHADO DE ASSIS

A prova absoluta de que a alma existe e é eterna e infinita é a capacidade com que ela tudo abrange no espaço e no tempo, contendo e conservando em si quanto apreenda.

Os olhos estacam nos horizontes, a mais tênue bruma é-lhes empeço à visão. Para a alma não há fronteiras nem sombras, não há passado e se o futuro se lhe não desvenda é porque nele, como à entrada do Paraíso, há um anjo invisível, de guarda, rasgando, com a sua espada fúlgura, o mistério da vida, noite a noite, como quem volta, uma a uma, as páginas de um livro hermético.

Dentro d'alma cabe todo o Cosmos: a terra com os seus oceanos e continentes, o espaço com os seus astros, o tempo com os seus séculos e, mais ainda: Deus, na Fé.

Nós trazemos conosco, na memória, todas as regiões que percorremos e o que nelas vimos, gozamos e sofremos, os monumentos e as multidões e destas destacamos figuras numerosas que nos impressionaram pela beleza, pela energia, pela bondade ou pelo gênio.

Para que ressurjam da inércia e caminhem basta que as recordemos.

Em nós, como no Paraíso celestial, os mortos não entram senão em essência, desencarnados, em puro espírito; é só evocá-los com o pensamento para que logo nos apareçam e assim os temos sempre presentes, sentindo-os, amando-os como se não os houvéssemos perdido.

Se os indivíduos se prendem ao espírito daqueles com quem mais intimamente conviveram trazendo-os à vida com o prestígio da memória que é, no dizer formoso do poeta, "a presença dos ausentes", convém que haja para os povos, a fim de que neles perdure a solidariedade, que é a força das raças, uma memória comum, patrimonial, que os una no mesmo culto, como uma religião.

Os elos de tal cadeia histórica são os heróis, como os da Fé são os santos.

O Egito inverteu o culto: em vez de trazer a memória da vida à tona, soterrou-a. Enquanto a Grécia no livro e no mármore conservava, para transmiti-la à Posteridade, a obra e a imagem dos criadores da sua glória, o Egito, nas oficinas funerais da Memnonia, embalsamava, enfaixava múmias e hoje a Ciência, para estudar o passado na terra faraônica, em vez de caminhar maravilhadamente ao sol, indo de êxtase em êxtase, como foi Renan, que fez com a sua admiração de artista aquelo hino oracional diante da Acrópole, terá de proceder como a hiena, profanadora de túmulos – invadindo hipogeus e revolvendo sarcófagos.

O povo precisa ter presentes os vultos dos seus heróis, que são guias como as estrelas. Vendo-os, irá pelo caminho que eles traçaram, como quem segue pela esteira de um clarão. E assim os mortos continuarão a trabalhar na vida pela glória da terra de que se geraram e à qual reverteram no giro da perpetuidade, estimulando, com o exemplo do que fizeram, as gerações que por eles passarem como as árvores que marjeiam os rios refletem nas águas a sua força e beleza.

A Academia Brasileira acaba de lançar um apelo ao Brasil para que, por subscrição nacional, desde o óbulo do mais pobre até a generosidade do milionário, seja erigido o monumento, que se deve, por justiça e honra, à glória de Machado de Assis.

Herói do Povo, saído da humildade anônima, cresceu lentamente vencendo a penúria, o preconceito e até a enfermidade, impondo-se a todos como o maior do seu tempo e o mais admirável.

Não cabe aqui o seu louvor, que já transborda de volumes, nem eu saí para repetir vozes correntes, senão para pedir aos brasileiros um gesto de patriotismo.

A Academia, disseram, com a fortuna que herdou podia, sem sacrifício, custear a obra que propõe, mas...

Quando os atenienses, alarmados com as grandes somas empregadas no embelezamento da sua cidade, entraram a murmurar contra Péricles, que, então, acompanhava a obra de Fídias no Partenon, o grande república, descendo à ágora, falou aos amotinados:

— Atenienses, empregando o dinheiro do erário na construção do templo da protetora da cidade, eu quis que fosse o Povo que lho oferecesse e ia mandar gravar no frontão a dedicatória que perpetuasse o vosso sentimento. Bradais, porém, contra o que sempre me pareceu justiça. Vou corrigir o meu ato. Custearei do meu bolso toda a obra, em vez, porém, da inscrição em que todos vós entráveis, porei esta: "A Palas Atena, para sua glória, Péricles mandou erigir".

A grita estrondou e logo protestos:

— Não! Que fique como estava e faze como entenderes. A deusa deve ser glorificada pelo Povo.

A Academia, diante de tal exemplo, fez o que devia.

26 de maio

FIGURAS ANTIGAS

Se o tempo é tão escasso para a Vida por que ainda o havemos de desperdiçar com a Morte?

Os poetas caminham d'olhos altos, procurando divisar o futuro no infinito dos tempos, e cantam as esperanças do mundo, como as aves galream de madrugada, anunciando o dia.

Os historiadores não saem dos cemitérios e, d'olhos baixos, as mãos estendidas prestigiosamente sobre os túmulos, evocam o espírito dos mortos, como os nigromantes.

Que utilidade trazem eles ao mundo, enchendo-o de fantasmas? Que lucra a Vida com as aparições que por ela transitam atraídas do Além por esses revolvedores de sepulcros?

Respondam por nós as florestas mortas que, depois de milênios do enterro, tornam à flor do solo negras, como tisnadas pela treva da Eternidade, e, em vez de flores e frutos, dão claridade e força, combatem a escuridão e ativam o progresso, como se devolvam o sol que concentraram no cerne enquanto viveram e a energia agitada dos ventos que lhes estortegavam os ramos e lhes abalavam o tronco firmado em raízes poderosas.

É assim que as florestas mortas colaboram com a Vida iluminando-a e movimentando-a.

Mais útil do que o trabalho dos mineiros que nos trazem a hulha das profundezas ctonianas é, sem dúvida, o dos historiadores que se aprofundam no Tempo, descem a milênios no passado e trazem à flor dos dias os fatos, os exemplos dos heróis que se abrem em luz e se tornam força, guiando e robustecendo as novas gerações.

O culto da História não tem ainda, entre nós, muitos devotos. Povo infante, mal amanhecido na Vida, tendo muito que ver diante dos olhos, com horizontes largos e profundos ainda por devassar, não nos preocupamos com o que passou, interessando-nos apenas com o que há de vir. Assim caminhamos sobre a terra sagrada da morte indiferentes aos tesouros das suas jazidas.

De quando em quando, porém, alguém detém-se e, diante de um fato, queda como o caminhante que estaca na trilha descobrindo no terreno palhetas de ouro, logo dispondo-se a minerar a riqueza anunciada.

Um dos mais curiosos pesquisadores de tais divícias subterrâneas e que, pacientemente, as explora, extraindo-as a pouco e pouco para o patrimônio da Pátria, é Artur de Cerqueira Mendes.

A mina que se lhe deparou e na qual vai ele, com vagar, tomando preciosas piscas é a crônica paulistana.

Veeiro inesgotável, onde poderão trabalhar turmas e turmas de historiadores que nele sempre hão de encontrar assuntos preciosos, não o quis Artur Mendes recavar profundamente e, contentando-se com o que acha à tona, vai fixando em monografias de valor, a vida exemplar dos varões de outrora, os esforçados construtores da fortuna e da glória paulistanas. A ambição do faiscador não é das que desvairam – tomando aqui, ali um tipo de virtude, um herói, traça-lhe a biografia, fazendo-o aparecer no tempo e no meio em que viveu com o que, além do estudo da individualidade, da análise do caráter varonil, dá-nos aspectos interessantes de antigas cidades dessa terra que é hoje o mais belo padrão da nossa grandeza, o mostruário maravilhoso da fecundidade do nosso solo e o exemplo da energia de um povo que se não preocupa com as ninharias da politicagem, trabalhando contente e grande e feracíssimo alfobre rubro, como se por ele circule um sangue forte, que ressuma de todos os cantos, transformando-se, ao sol, em flor e fruto.

As figuras antigas, série de biografias, das quais a última é a de *Delfino Cintra*, constituem um subsídio precioso para a futura História de São Paulo.

Artur Mendes não quis construir o Panteão contentando-se com afeiçoar algumas figuras para as suas galerias. Essas, porém, como as de Fernandes da Cunha, de Monte Carmelo, de João Crispiniano Soares e outras tem-nas ele tratado com tal carinho que nos parecem vivas e os seus exemplos rebrilham. Em tal labor paciente vai Artur de Cerqueira Mendes prestando alto serviço à História – é o rebuscador de pepitas, que reúne o ouro para a construção da obra futura.

Postado a um canto, à beira da corrente dos tempos, não o excita a cupidez da abundância, contenta-se com o que lhe cabe na bateia e assim, pouco a pouco, em monografias perfeitas, vai ajuntando o que recolhe do Passado, que será, em breve, precioso tesouro do qual se há de valer aquele que se sentir com ânimo e força bastante para construir a História de São Paulo, toda de heroísmo e de grandeza.

Fizessem outros, por este imenso Brasil misterioso, o que tão carinhosa e patrioticamente está fazendo em São Paulo Artur Mendes e não andaríamos às apalpadelas como andamos dentro da nossa própria História.

As figuras irrompem da pena do escritor, como estátuas que surgem do cinzel de um artista. Venha o monumento e já achará quem o povoe.

23 de junho

O TITÃ

No formoso artigo "A aurora de Castro Alves" com que, ontem, n'*O Imparcial*, Ronald de Carvalho acompanhou a Academia na comemoração do cinqüentenário do grandíloquo poeta d'*Os escravos* há a confirmação, brilhantemente feita, da doutrina estética formulada por Alcides Maia e preconizada por Carlos Maul com a denominação, de todo o ponto justa, de *Titanismo*.

Diz Ronald de Carvalho:

"Diante da nossa Natureza, para não ficar diminuído como o encontrou Buckle, o homem procura sobrelevar-se a si mesmo, atingir a mais alta expressão do seu poder criador. Não podemos ser discretos e sóbrios como os gregos. A terra em que pisamos é aclivosa e áspera, e, como a terra, o homem aqui não conhece aquela justa medida tão louvada pelos antigos. Milhões de quilômetros quadrados se estendem aos nossos pés, centenas de veios d'água cortam, em todas as direções, os latifúndios imensos do Brasil, as florestas do litoral e os tabuleiros do sertão refogem aos cálculos da nossa fantasia.

Temos, portanto, que dar uma medida de inteligência e capacidade criadora diferente da dos outros povos. A nossa medida quem no-la mostra é a própria terra em que nascemos."

Entendo certa crítica de míopes, ou fanáticos, que submete a obra literária ao processo estreito e tacanho dos padrões, pretendendo estabelecer paralelos absurdos entre rígidas linhas retas e curvas caprichosas, que a Arte deve ser vista e traduzida, não de acordo com o temperamento de quem a exercita, dando no verso ou no período a expressão sincera da emoção que a gerou, mas segundo a tabulatura oficial, constrangida em normas fixas de um modelo único, sem independência, sem arrojo, sem variedade.

O mesmo seria chapotarmos as florestas, corrigirmos, canalizando-os, todos os rios, desbastarmos das suas arestas todos os penhascos, ensinarmos a todos os pássaros um só canto.

Tal monotonia, pregada pelos sectários da arte por medida, teve condenação formal na glorificação do poeta grandioso.

Os que combatem a exuberância não sentem a nossa natureza, vivem fora do nosso mundo maravilhoso, são espíritos "impermeáveis".

"L'art, diz Guyau, est une condensation de la realité; il nous montre toujours la machine humaine sous une plus haute pression. Il cherche à nous représenter plus de vie encore qu'il n'y en a dans la vie vécue par nous. L'art, c'est de la vie concentrée, qui subit dans cette concentration les différences du caractère des génies. Le monde de l'art est toujours de couleur plus éclatante que celui de la vie: l'or et l'écarlate y dominent avec les images sanglantes ou, au contraire, amollissantes, extraordinairement douces. Supposez un univers fabriqué par des papillons, il ne sera peuplé que par des objects de couleur vive, il ne sera éclairé que par des rayons orangés ou rouges; ainsi font les poètes."

A verdadeira Arte deve ser poderosa como as lentes que exploram os mundos siderais. Há tanta profundidade em uma alma como no espaço infinito.

O que consegue para a visão a lente deve realizar a Arte com a sugestão.

A nossa natureza, opulenta e trágica, por mais que se fatiguem os que a tentam descrever, excede sempre as hipérboles, transborda de todas as metáforas, vai além dos mais atrevidos tropos e tais grandiosidades querem os ratinhadores que as vejamos por binóculos invertidos que reduzam os caudais a regos, os formidáveis colossos vegetais a gramíneas, as montanhas a cômoros e as almas da nossa gente autóctone, ainda semibárbara, vivendo em brumas de superstições e lendas, a "psicologias" de compêndios.

O que faz de Castro Alves o poeta brasileiro por excelência é justamente a sua irregularidade grandiosa, a sua indisciplina exúbere. Há na sua poesia, como nas *çlokas* dos poemas hindus, o desconforme e o gracioso: no cimo alcantilado onde descansa a nuvem põe ele uma pequenina flor.

A sua poesia ressuma seiva, exala aroma inebriante, arde em sol, enlanguece em luar, é meiga e, subitamente, atroa procelosa. Sai-se de uma lírica e entra-se inopinadamente pelo fragor de um canto épico com a transição violenta com que se tisna o nosso céu azul de nuvens negras e a tempestade rebenta afuzilando raios fulminantes por entre raios de sol e cordas d'água.

Esse é o poeta titânico, filho da terra, e a sua voz, a sua grande voz, é ouvida pelo povo, que a repete, porque nela sente o ritmo grandioso do coração da Pátria.

7 de julho

O GÊNIO LATINO

A inauguração do monumento *Glória ao gênio latino* que ontem se realizou em Paris firmou em beleza a solidariedade dos filhos do Lácio na campanha formidável na qual, ainda uma vez, triunfaram dos bárbaros.

Roma que, no dizer gracioso de Plínio, "parecia haver sido eleita pelos deuses para dar ao mundo um céu mais sereno, para reunir todos os impérios, aproximar as línguas discordantes e integrar o homem na Humanidade" trazendo consigo das expedições às terras rudes tudo que nelas encontrava de aproveitável: ouro, gemas, essências, calambucos, âmbar, púrpura e ainda o que recolhia nas vozes: tradições de eras imemoriais, lendas, poemas, cantos líricos, leis, costumes, fez com tais páreas de vitórias a obra eterna da Civilização.

Há nessa construção perene, que os séculos constantemente acrescentam de novos benefícios, tudo que o Passado reunira em volta do *habitat* da Humanidade para garantia e agrado da vida, regra do comércio entre os homens e meio de lhes dar ao espírito a impressão da Beleza.

Em tais despojos havia desde as narrativas maravilhosas d'Ásia até os *barditos* sangrentos dos guerreiros híspidos do Norte; desde o segredo dos magos, que estudavam, nas torres altas, a vida luminosa das estrelas, até os preceitos rústicos relativos à medrança da sementeira e dos rebanhos e, acima de tudo, como uma cúpula de esplendor, a estética dos gregos, flor que se desenvolveu no campo sulcado pela charrua de Rômulo e, zelosamente tratada, deu os frutos colhidos na manhã do Renascimento que, desde então, apurados a mais e mais, nutrem a Alma Humana, nela infiltrando, com o sentimento da Beleza, o culto do amor, que é a Bondade.

Tertuliano, referindo-se a essa cultura universal que Roma levava pelo mundo deixando-a, em gérmen, nos acampamentos dos seus legionários de onde, mais tarde, surgiram cidades, chamou-lhe: *Romanitas*.

Toda a áspera Europa, desde a brumosa Bretanha, com os seus bardos, até a Hungria hirsuta repisada assoladoramente pelos bravios ginetes hunos, da raça carnívora dos potros de Diomedes, participou das graças do gênio latino.

As legiões, avançando com as suas águias, procediam como lavradores em terras virgens – derrubando selvas, dissecando abafeiras pútridas para alargarem jeiras, lançavam a sementeira benéfica e com a seara do pão, com as ondas verdes do linho, com a vinha e o olivedo que substituíam as brenhas trágicas e os pântanos apareciam as leis novas, os altares sem sangue, os marcos de limites. E o direito punha cobro às rixas, que, não raro, degeneravam em guerras sanguinosas, e o homem reconhecia no vizinho um semelhante, um irmão: guiava-o se o via perdido, agasalhava-o, dividia com ele o pão da ucha, chamava-o para a beira do fogo e, como o mesmo deus os unia pela fé, oravam juntos diante do mesmo simulacro, fosse ainda um ídolo pagão ou já a cruz de Cristo, confraternizando na amizade e na crença.

Roma, na ânsia de aperfeiçoamento, mandava compradores aos mercados de escravos, feiras d'almas onde, às vezes, apareciam *peças* como Esopo, o corcunda frígio, não à procura de mulheres iniciadas para o amor nas didascálias lésbicas, mas em demanda de sábios e pedagogos que viessem instruir a mocidade.

E essa Itália, onde o ensino era considerado uma magistratura, com imunidades e privilégios, tornou-se o centro espiritual do mundo.

E assim Roma, depois de haver dilatado o seu domínio pelas armas, impôs-se pelo gênio e se a vitória da força teve o seu ocaso com a destruição do império, o triunfo luminoso do Pensamento prossegue cada vez mais belo, porque, sendo conquista do espírito, é eterno.

A França, herdeira do "gênio latino", continua no Tempo a obra de Roma.

As legiões com que ela conquista são os seus sábios, os seus artistas, os seus poetas e, ainda que se não destaquem em corpo, como o sol não se desprende do céu para trazer claridade e fecundação ao mundo, irradiam nos livros, que vão a toda a parte, como a Luz, espalhando o ideal da Fraternidade Humana.

Voam aos milhares, claros e magníficos, como os anjos anunciadores que, através da grande noite messiânica, entoaram, em coro harmonioso, o cântico da Esperança:

Glória a Deus nas Alturas e a paz aos homens na terra.

E essa imagem ideada por Mardrou na figura de um semeador é bem o "Gênio Latino", ideal perfeito do Pensamento que uma vez floriu na Renascença e que só se abrirá para viver eterno, no altar do templo comum da Humanidade, no dia em que os homens, obedecendo à voz dos anjos, firmarem, para o sempre, a aliança de amor que evitará novos dilúvios de sangue e extirpará da terra, até as suas menores raízes, a mandrágora vermelha da Ambição.

14 de julho

FANTASIA

O dilúculo manifesta-se em prenúncios alviçareiros.

Bem-aventurados os que antegozam e anunciam em vozes altas ao mundo tenebroso esse dealbar há tanto desejado.

Assim como os que acordam cedo, com os primeiros gorjeios das aves, vêem abrir-se no céu o botão da noite desabrochando na flor de sépalas de púrpura e pétalas de ouro – o dia, assim também os que, reagindo contra a inércia mental e contra a rotina, levantam-se do sono da indiferença, que é a pior das letargias, e, corajosamente, saem para a escuridão ou arcano, manto espesso que esconde a Verdade, como a noite envolve o dia, só esses divisam no horizonte os bruxuleios áureos da manhã sublime que há de trazer ao mundo a luz perfeita, pacífica e harmoniosa.

Toda a Humanidade espera com ânsia essa alvorada, espreita-a por frestas, porque a retém um vexame escrupuloso como se fosse ridículo aparecer à janela para ver o raiar da luz.

Inaugurando em 1820 o curso de histologia na Faculdade da Medicina de Lion, disse o professor A. Policard:

"Aquilo a que, muitas vezes, se dá o nome de tradição não é mais do que preguiça de mudar de hábitos, senão incapacidade de ter idéias. É mais fácil negar do que compreender..."

E perorou aos seus alunos e ouvintes:

"Peço-vos, senhores, que repulseis com energia esse espírito de utilitarismo de visão estreita e rasa.

Não limiteis sistematicamente o vosso horizonte.

Sois jovens, deveis levar a vossa vista ao longe, buscando ver na distância clara e profundamente."

Apesar do conselho de tantos sábios, que hoje se preocupam com os problemas do Além, ainda são em número reduzido os que se atrevem a confessar francamente que fazem a madrugada ao tempo, procurando ver no obscuro os indícios do alvorecimento, as primeiras celagens aurorais.

A massa dissimula-se timidamente, olha por entre as rexas e só abrirá de par em par a janela quando se dissolver a última dúvida, sombra derradeira do mistério, e a Verdade resplandecer triunfante, esclarecendo a Consciência Humana.

Todos pensam como Hamlet, o que viu a "sombra": "Que há alguma coisa no céu e na terra à qual não chega a nossa vã filosofia", nem todos, porém, têm a coragem de afirmar, como o príncipe, e menos ainda o ânimo forte de sair pela noite a esperar na plataforma de Elsenor a aparição da morte.

Todos sabem que há uma porta de bronze selada que se abrirá sobre esplendores à voz do predestinado que conseguir atinar com a palavra do mistério.

O querub lá está, inflexível, à entrada do Paraíso flamejando a sombra com a espada versátil, à espera do Homem audacioso que o desarme e, nessa hora augusta, todo o encantamento divino desaparecerá instantâneo e Deus, reconciliado com a sua criatura, levantará o anátema terrível, recolhendo na sua Bondade o Maldito, como o senhor das searas e dos rebanhos recebeu contente, à sombra da vinha doméstica, o filho pródigo no regresso do sofrimento.

E nesse dia sem crepúsculo, nesse dia eterno, o Homem, de volta à Perfeição, reassumirá na Vida o seu posto de eleito e conhecer-se-á a si mesmo; toda a Natureza, encantada em força hostil desde aquela hora funesta do pecado, tornará ao que era no tempo da serenidade e a lágrima secará para o sempre nos olhos deslumbrados.

Tudo se fará doçura na terra sem espinhos e no céu sem nuvens e só nesse dia, nesse dia que os videntes antevêem longínquo, no nascedouro do Tempo, Ela descerá na luz, risonha e branca, entre leões e corças, com as finas mãos abertas em raios resplandecentes e dirá, desde o Alto, aos homens redimidos, o seu nome sonoro, que é o de um anjo: Paz.

21 de julho

CANTO HERÓICO DE FRATERNIDADE

Dos Toltecas primitivos, gigantes povoadores do teu solo, ó Peru! encontraram os de Espanha apenas os vestígios.

Tais eram eles, os titãs, que os seus túmulos, enfileirados, formaram cordilheiras e, como descendiam do Sol, heliógenos que eram, tinham nas veias um sangue louro e quente que, ainda hoje, de quando em quando, afluindo em erupções dos túmulos profundos, explui em lavas pelas crateras imensas dos vulcões.

Tais eram eles, os Toltecas primitivos, que se faziam ao mar sem barcos, entrando soberbamente desde a praia até o mais profundo e atravessando o oceano a vau. E as vagas que lhes rasgavam as túnicas atálicas conservam, até hoje, nas espumas, os cadilhos de prata que lhes franjavam a fímbria.

Tais eram eles, os primitivos, que as suas construções pareceram aos de Espanha montes e cavernas naturais. Tais eram eles!

*

Quando saíam à caça nas florestas ou nas montanhas de cimos de cristal, que refulgiam cintilantemente ao sol, os seus falcoeiros levavam alcandorados no punho, à guisa de nebris ou gerifaltes, condores alipotentes.

As lanças que empunhavam eram apontadas em troncos e as frechas dos seus arcos, que poderiam servir de pontes entre as duas margens dos rios, desciam das alturas trazendo na ponta arestas de estrelas e farrapos de nebulosas.

As portas dos seus templos, ladrilhados de prata e embutidos de gemas, abriam-se por si mesmas, sonoramente, ao nascer da aurora como o Mêmnon cantava no deserto quando nele batia luminoso o primeiro raio do sol nascente.

E ao som melodioso das grandes portas girando nos gonzos começava em toda a terra solar a agitação da vida.

Os sacerdotes onipotentes saíam em teorias ao terraço, sacrificavam ao sol na ara e, enquanto o sangue escachoava em rios de púrpura fumegante, as virgens bailadeiras circunvoluíam airosamente tangendo frautas e harpas e iam prostrar-se de rosto em terra e, espalhando os cabelos floridos, formavam um tapete por onde o Inca, descendo do seu trono de ouro, alto como uma colina, encaminhava-se, entre guerreiros e concubinas, para fazer a sua oração ao sol, no altar que flamejava em fogo rogal consumidor das vítimas humanas.

Tais eram eles, os primitivos, os Toltecas, filhos do Sol, gigantes de estirpe heróica, construtores ciclópicos de pirâmides.

*

O que a Espanha encontrou à flor da terra na tradição da gente foi apenas a memória do passado e nos túmulos profundos, os restos dos corpos dos gigantes, a ossatura, que era de ouro, dos primitivos filhos do sol.

Foram despojos tais que, acendendo a cobiça dos conquistadores, fizeram a infelicidade dos descendentes dos Incas, como o ouro do Reno fez a desgraça dos Nibelungos.

Os séculos de sofrimento foram longos, mas o Deus dos primitivos saiu pelos filhos dos Toltecas, o sol dos Incas rebrilhou de novo, trazendo a madrugada em que se abriu a "noite triste" descrita por Marmontel e que o gênio enérgico e o patriotismo dos peruanos transformaram na era esplêndida que hoje, com eles, festejamos, certos de que os de agora se hão de fazer maiores do que seus avitos, os formidáveis gigantes da tradição Tolteca.

28 de julho

A LIÇÃO DAS TEMPESTADES

Levanta-se uma nuvem no horizonte e debruça-se no cimo da montanha como espia que lograsse assomar ao alto da muralha. Corre transido arrepio pela terra e pelo mar: curvam-se as gramíneas sussurrando, retorcem-se as grandes árvores medrosas, encrespam-se em madria as vagas turvas e, ao longe, surdo, o espaço atroa lúgubre.

Outra nuvem, mais túmida e mais negra, ajunta-se à primeira, correm bulcões de vários pontos, abruna-se de todo o céu e o sol esconde-se.

Tudo é negrume trágico: uma abóbada de chumbo pesa sobre a vida. Ouvem-se os primeiros trovões como o rodar arremetido da artilharia aérea e, a súbitas, o ar inflama-se, fuzis esgrimem na escuridão, relâmpagos explodem e sucessivas descargas deflagram retumbantes até que a chuva desaba grossa, ríspida, alagando campos, inchando rios, precipitando-se em cachoeiras das montanhas e correndo em caudais barrentos pelas estradas e ruas da cidade.

É a tempestade, guerra dos elementos superiores contra a terra dos homens; guerra tremenda na qual perecem vidas, aluem construções, desarreigam-se árvores, dizimam-se rebanhos e o chão fica em nudez misérrima, despido das suas lavouras.

Esvaziadas, porém, as nuvens das águas que as apojavam, recolhidas à aljava as frechas fulminantes, curva-se no céu limpo o arco da aliança, o íris, selo da reconciliação, e o azul reabre-se, torna o brilho ao céu e a terra, em vez de se mostrar sentida, como que sai da peleja mais contente e aliviada e toda desabrocha em flores.

As tempestades não se encarniçam em vinganças, não insistem no martírio, rebentam explosivamente, mas logo serenam, como se os anjos que as comandam, compadecidos do que fizeram, limpem as alturas das nuvens batalhadoras que as escureciam e dêem mais viçor à terra. E os dias que, então, se abrem são de esplendor maravilhoso, dourando o azul, as montanhas lavadas, as frescas e verdes campinas, o mar liso e a cidade que parece renovada.

Quão diferentes das tempestades são as guerras dos homens: umas terminam pelo esquecimento e trazem em si mesmas o benefício, como a triaga, que amarga e cura; outras parece que mais se acirram em ferocidade depois que os vencidos se submetem às condições da paz.

São as florinhas humildes, as boninas dos silvedos as que mais lucram com as tempestades porque, ao sentirem o primeiro raio do sol, logo se abrem tendo ainda engastadas nas corolas gotas límpidas da chuva.

E nas guerras dos homens? Que respondam os milhões de crianças nuas, famintas, tuberculosas, cordeirinhos, como os da fábula, que o Lobo do Ódio ameaça à beira da correnteza da Vida.

Que o digam essas míseras mulheres que se depravam por um mendrugo, que se infamam por um molambo, que entregam as filhas a troco de uma acha de lenha para a lareira.

De toda essa multidão inocente, as culpas são amar a terra pátria, falar ainda, por não saber outra, a língua que aprendeu no lar e chorar comovida diante dos farrapos da bandeira da sua nação vencida.

Grandes e feias culpas! Que as condenem os patriotas. E essa gente – crianças, mulheres e velhinhos, fragilidades – brada aos céus contra a inclemência humana e, esfaimada, recava, a unhas roxas, a terra dos campos buscando raízes e só encontra ossos e estilhaços de obuzes, sementeiras estéreis lançadas pela Guerra.

E a tão infame tragédia chamam as chancelarias: Paz.

Por que não seguem os homens as lições dos elementos, que são forças brutas? No coração das nuvens, passada a tempestade, em vez do rancor, que denigre, refulge o ouro do sol.

A nuvem rebenta e passa e o que se lhe despeja do bojo é a chuva, que lava e fecunda. O homem, depois de matar, de destruir, de incendiar, de violentar, ainda tripudia sobre a desgraça e gargalha satanicamente entronado em mortualha e ruínas, gozando, com delícia orgulhosa, o coro guaiado e clamoroso dos sofredores. Bela paz!

Bem hajas tu, coração brasileiro! Bem hajas tu, minha Pátria!

Também, em tempo, te inflamaste em cólera, tempestuaste em guerra de excídio para vingar a afronta de um tirano, algoz de um povo heróico. As tuas forças correram à tua voz como correm no céu as nuvens tocadas pelos ventos e foi longa e formidável a peleja, porque o inimigo era forte e intrépido e batia-se, mais do que pela Pátria: pela Fé.

A tempestade foi horrenda. A terra guarani ficou sem pedra sobre pedra, deserta e calada como um cemitério. Desde, porém, que os canhões emudeceram, abandonaste o território sem ofensa aos vencidos e, reconhecendo e apregoando-lhes o brio, procuraste auxiliá-los para que se levantassem. E, pouco a pouco, foi-se refazendo o Paraguai valente.

A terra é fértil, o povo é nobre e ativo e tanto há no solo vigor que, assim como, depois das chuvas, reviçam, com mais exuberância, os campos, assim, depois da guerra, que o livrou de um tirano, o seu progresso acentuou-se, e o Paraguai prospera.

Os dois povos, que se feriram em guerra acérrima, hoje estimam-se fraternalmente: os corações já se entendem e estreitam-se em amizade.

Agora, com o projeto do deputado Cincinato Braga, da Estrada de Ferro Brasil-Paraguai, são os territórios que se vão coser a linhas de aço.

Não é o arco de aliança que se acende depois da tempestade, é, porém, um elo forte que vai ligar duas nações amigas, dando-lhes um só caminho para que sigam juntas para o futuro. E como um só rio, o Paraná, molha as duas fronteiras, também a estrada de ferro servirá às duas Repúblicas, ligando-as para o todo o sempre.

Assim compreendo eu a paz. A outra...

11 de agosto

A FORMOSA CRUZADA

Das idéias que, até hoje, têm surgido no Programa Comemorativo do Centenário da Independência, a mais bela é, sem dúvida, a que foi lançada em pregão patriótico, pelos professores do 2º. distrito escolar deste Município:

"Na data do Centenário nem um só menino que não saiba ler."

Acho a obra mais difícil do que a do arrasamento do morro do Castelo. Uma pede apenas esforço material; outra exige devotamento.

Desloca-se um penhasco com mais facilidade do que se destrói um prejuízo: desvia-se o curso de um rio e não se consegue corrigir um vício. Tudo que tem origem na alma tem a força inflexível da eternidade. O morro, atacado a ferro e fogo, entrega-se: é massa inerte que não reage. A criança refoge ao mestre e muitas, em vez de achar nos pais a severidade que as obrigue a freqüentar a escola, encontram a complacência lerda e criminosa, quando não o preconceito obscuro de que as letras pervertem o espírito, desencaminham o pequeno do trabalho, pesam-lhe na inteligência como carga inútil. Tempo de escola é tempo perdido, dizem muitos.

Que lucra um menino em saber ler e escrever?

A natureza, na sua opulência, não precisa do alfabeto para abrir o dia e fechar a noite, trazer a tempo as estações com flores e frutos, agitar as marés e tudo que vive na terra, nas águas e no espaço.

Para que perder tempo em escolas?

Que é o livro? Tesouro que se não esgota e que, quanto mais nele nos sortimos mais cresce, como aqueles cinco pães e os dois peixes que, abençoados por Jesus, multiplicaram-se prodigiosamente fartando a mais de cinco mil homens "sem falar em mulheres e meninos", como nos diz o evangelista.

O homem que lê tem a sua independência, guia-se por si mesmo porque, em verdade, o livro é uma bússola.

Um povo de analfabetos vale tanto como uma multidão de cegos – nunca poderá gozar a Liberdade, que é luz, que só se manifesta aos que vêem.

Não sei se a idéia dos professores municipais lançada, como foi, medrará nas almas infantis fazendo com que no próximo Centenário todas as crianças tragram nas cabecinhas graciosas a mais linda e imarcescível das coroas, que é a que se pretende entretecer com as vinte e cinco flores resplandecentes, que são as letras do alfabeto.

O que, porém, posso garantir é que São Paulo, com a aplicação da lei nº 1.750 de 8 de dezembro de 1920, que reformou a instrução pública no Estado, no dia do nosso jubileu político poderá apresentar a sua população infantil expurgada da ignorância, eiva que tanto nos denigre rebaixando-nos ao estalão dos povos mais ignaros.

O projeto Freitas Valle, hoje lei, que tanta celeuma levantou no Congresso e na imprensa de São Paulo, destruiu uma tradição ferrenha que impunha ao Estado a obrigação do subvencionar o ensino literário, limitando a sua responsabilidade ao que lhe compete, que é o preparo inicial ou nivelamento das almas pela instrução primária. O dia é claridade que a todos chega; aproveite-a cada qual a seu modo, como melhor lhe pareça. Nós, porém, vivemos dentro de uma noite na qual, de espaço a espaço, brilha uma luz ou resplandece uma fulguração – o mais some-se em negrume.

As exceções geniais são cimos que culminam com as nuvens, a vida, porém, exubera na planície e mais vale uma boa terra chã granjeada com apuro e medrando em fartura nas suas lavouras do que uma eminência no deserto com um solar no cimo, arrogante de força e rútilo de riqueza, espalhando majestade e brilho na vastidão merencória.

A vontade enérgica do Presidente de São Paulo, que não é homem de transigências nem de acomodações quando se trata do benefício público, amparando-o durante o debate e sancionando o projeto nivelador, provocou os mais harmoniosos comentários e levantou animosidades árdegas.

Acusaram-no de arbitrário e a Política, que tudo vê através dos seus interesses, insurgiu-se em conciliábulos ameaçadores.

Outra fosse a têmpera do reformador e ele, decerto, teria cedido ante as vozes que o procuravam intimidar. Ele, não; estudara o problema e, convencido da sua utilidade, não teve um instante de hesitação e, a esta hora, já a lei vai produzindo os seus benefícios e estou certo de que se os abnegados professores do 2º distrito deste Município não conseguirem triunfar na campanha, de tão nobre patriotismo, em que se vão empenhar, São Paulo levantará o pendão com que eles saíram na santa cruzada, com a formosa legenda que adotaram e que se fará realidade no glorioso Estado:

"Na data do Centenário nem um só menino que não saiba ler."

25 de agosto

ANTE O GÊNIO...

A palavra, centelha miraculosa que, por prestígio divino, rebentou no cérebro do homem como a chama explodiu na sarça do Sinai, foi a apoteose da Criação.

Flor em que se abre o pensamento, a palavra participa da natureza efêmera da vida sendo, em essência, eterna.

Som é corpo, perece; idéia é alma, subsiste.

Deus, quando aparece no Gênese surgindo do Caos, para criar, chama-se Verbo e toda a sua obra setenária é uma série magnífica de palavras, desde que as invocam a luz: "*Fiat lux!*" até as que fecundam a natureza virgem: "*Crescite et multiplicamini*"!

A palavra acende-se no cérebro e, tal seja o combustível que nele encontre, assim será a sua intensidade.

Há cérebros que são como pântanos ou sepulcros fosforejando em fogos-fátuos e há cérebros eruptivos como vulcões; outros de luz tíbia, melancólicos e vasquejantes, que lembram lâmpadas místicas de sacrários. Há os que são faróis projetando claridade ao longe; há os esmiuçadores, afuroadores como lanternas furta-fogo; há os que ardem e flamejam em incêndios; há os que brilham resplendentemente e, de quando em quando, surgem nos tempos cérebros privilegiados que relumbram e ofuscam como sóis e, como o sol, de longe em longe, desaparecem em ocasos, não porque se extingam, senão porque os próprios astros pagam tributo ao Infinito e, se assim não fosse, seriam iguais a Deus, que só Ele é perene, imutável por ser eterno, não sofrendo os colapsos de sombra, intermitências de ser e não ser, ritmo em que oscilam o sol e a alma – um, entre o dia e a noite; outra, entre a vida e a morte.

Não fossem essas luzes que assinalam e aclaram os tempos e o passado teria desaparecido em noite eterna.

Assim os gênios rivalizam com as estrelas fulgurando na treva. E como, pelas estrelas, guiam-se os que navegam, são os gênios os condutores da Humanidade. Mortos, a sua obra fulgura como a luz dos astros extintos.

A História apóia-se nesses telamões formidáveis e Hugo mostra-nos tais atlantes cada um deles sustentando uma era – desde Homero até

Shakespeare, e, entre eles, acompanhando-os, as cariátides, formas da Poesia, desde a que clangorou na tuba dos helenos até a que soou na lira, cujas cordas parecem haver sido feitas com fibras do coração humano, a de Shakespeare.

As altitudes foram sempre preferidas para as manifestações divinas e para as glorificações humanas. Israel, por intermédio dos seus sacerdotes, só se comunicava com Deus, nos "*bamot*", ou lugares altos; os templos eram de preferência levantados em eminências. Os próprios anúncios de vitórias eram primitivamente feitos nas cumeadas. Foi no cimo do monte Aracne que uma sentinela, acendendo uma fogueira, deu aviso aos gregos da destruição de Tróia.

Na Bíblia duas vezes a Vida se redime nas alturas – no tope do Ararat, onde encalha a arca e no cimo do Calvário, onde expira o Cristo para regressar a reintegrar-se em Deus, elevando-se, em ascensão, entre os olhos pasmados dos discípulos, desde o outeiro de Betânia, que fora o altar do seu amor humano.

Entre as eminências iluminadoras, na teoria dos telamões, há uma cuja luz esplende em fulgor solar aclarando a madrugada da Renascença. Empunha uma trípode e levanta-a na treva da Idade Média, trípode cujas chamas relumam em cores várias: rubra, violácea e cérula – Inferno, Purgatório e Paraíso. Esse telamão, o sustentáculo de uma era, é Dante.

Na primeira luz, sanguínea, flamejam todos os horrores acumulados desde a hora tremenda em que os bárbaros sufocaram a glória de Roma até os horrores inomináveis da Idade Média: são as lutas e as superstições, as vinganças e as pestes, as perseguições políticas e as misérias, tudo isso correndo no plano das alucinações místicas do tempo, pesadelos daquela imensa noite de mil anos.

Há nesse poema apocalíptico, todo em círculos como uma cadeia, a síntese trágica das visões, desde a de Alberico até a de São Patrício.

No trípode do atlante a luz que mais impressiona é a vermelha, chama que parece arder em sangue, luz de agonia. A segunda é um dilúculo, claridade de esperança, como a aurora; a terceira é o esplendor, pleno dia, mas dia eterno, a Bem-aventurança.

Esta devera ser a preferida, entretanto, a luz que forma a auréola do gigante não é a violácea, nem tampouco a cérula, mas a purpúrea, luz de sangue, símbolo do sofrimento humano.

Dante não se imortalizou como Poeta da Esperança ou da Ventura, mas como o peregrino que desceu ao Inferno, como o que viu de perto o sofrimento, como o que foi passageiro da barca de Caronte, como o que pisou a ardência da Geena.

E por que tal preferência, entre as luzes, pela vermelha, do Inferno? Porque só a dor é grande, comovedora e eterna.

E na obra imensa do Poeta, que vale a palavra? Vale porque nela aparece um novo idioma.

A Beatriz que ele amou, levando-a ao Empíreo, foi essa mesma palavra, trazida das ruínas de uma língua morta, que ele despertou com a sua grande lira, vestiu de roupagens graciosas, aformoseou com a sua Arte, fazendo-a aparecer nessa música verbal que, pelo encanto da sua melodia e pela graça do seu movimento airoso, que parece embalar o Pensamento que conduz, ficou sendo conhecida com o título, que tão bem a define, de "Idioma gentil".

Assim foi ele que deu alma à Itália, dando-lhe a palavra, como Deus a inspirou ao homem, quando o arrancou da terra.

15 de setembro

POEMAS BRAVIOS

Se as árvores e os rochedos, as águas que se despenham acachoadas de toda a altura das montanhas e as que dormem languidamente nos lagos cobertos de flores; as dunas em que se esgalham retorcidos, na tortura que lhes infligem os raios do sol, os mandacarus, esses Laocoontes dos desertos; as colinas forradas de bogaris, e ainda os animais: os que se enfurnam em cavernas, os que se escondem em luras, os que se aconchegam em ninhos; desde os que atroam temerosamente a brenha com frêmitos raivosos até os que a abemolam com a gorjeada alegre; e ainda os insetos, cujas pequeninas vozes tremem no silêncio como as faíscas brilham na escuridão, piscando-as de cintilações efêmeras, que lhes não quebram, até tornam mais espesso o trevor; se todos os seres simples e todas as coisas, incluindo no concerto os raios do sol e os nimbos do luar, que no valo místico do Tempé acudiram ao som da lira órfica, houvessem aprendido com o divino Poeta a traduzir em palavras o que sentem a poesia que fizessem seria, decerto, igual à que, de quando em quando, irrompe em caudal tumultuoso e sonoro da alma desse gênio agreste que é Catulo Cearense.

Não falam, infelizmente, os seres simples e as coisas, deu-lhes, porém, o Senhor intérpretes que são os poetas, que vêem através do mistério e exprimem o que jaz aprisionado no silêncio eterno.

E um desses poetas privilegiados, oráculos da Natureza, é esse mesmo Catulo Cearense.

Não tem a sua poesia a disciplina da arte dos homens, é forte, insubordinada como a própria natureza. Nela o som é alto e retumba, a luz é vívida e escalda se é de sol, se é de luar sensibiliza e encanta como um filtro; o cheiro que trescala não é o de essências manipuladas, mas o aroma virgem, seivoso das matas, olência saída diretamente do cálice das flores que delicia, atordoa e mata.

Toda a obra do poeta ressuma força. Não há nela artifício. As imagens são reflexos – retratam o que fica a uma e outra margem da correnteza poética: aqui arvoredo, lírios além, ou, em abertas, o pleno céu e o sol ou a tremulina do luar.

A desordem substitui a eurritmia e essa mesma desordem é que dá caráter à poesia do grande sertanejo, tornando-a um espelho da vida bárbara nesses rudes rincões.

Abre-se-lhe um dos livros, toma-se, ao acaso, um poema, "Flor da noite", por exemplo. Começa-se a leitura, vai-se por ela docemente, em embalo de meiguice como se desce um rio ao meneio da pá do canoeiro, sob um toldo de franças cobertas de flores e chilreantes de vozes de passarinhos.

Súbito sente-se que a corrida se apressa – refervem, remoinham, espumam em raiva as águas, cresce um rumor temeroso: é a cachoeira que se anuncia – e lá vai a canoa atraída pelo abismo. É a fatalidade, é o destino que irrompe transformando o quadro, mudando o aspecto risonho em cenário trágico para, pouco adiante, depois de tropelões formidáveis sobre rochedos e penhascais, estender, de novo, o rio em leito sereno por onde prossegue suave, blandífluo, retratando a paisagem e o céu.

Assim na poesia de Catulo.

O amor começa em idílio, vai indo, crescendo, surge a desconfiança, inflama-se o ciúme e explode instantânea a tragédia, rápida como as quedas dos rios nas cachoeiras ou como as tempestades estivais que abalam a trovões todo o sertão, alagando-o em enxurradas que formam lagos e correm em rios tumultuosos, arrasando tudo que se lhes antepõe à fúria, mas, na manhã seguinte, as terras reaparecem floridas e a vida retoma o seu curso com mais vigor.

O que se encontra no último livro do grande cantor brasileiro: *Poemas bravios* não é a poesia regular, enquadrada em regras inflexíveis – é a própria Natureza soberba e nela as almas com toda a força do instinto, a selva humana com as suas belezas grandiosas, as suas insídias, as suas maravilhas que enlevam e os seus abismos que devoram.

É a terra bárbara, enfim, que se nos apresenta com a sua gente, tal como é, tal como vive, tal como a sentiu esse que trouxe para a cidade, ao som da sua lira, em prodígio igual ao que realizou Anfião, não somente pedras, mas toda a beleza, toda a grandiosidade, toda a poesia dessas regiões misteriosas onde se concentra a Alma do Brasil.

[22 de setembro]

BEM DE RAIZ

Não é à toa que andam a dizer por aí que os tempos estão bicudos: a crise rostrata vai-se agravando dia a dia e já se manifestam fenômenos da sua influência aguda em cabeças de homens e de animais.

A imprensa anuncia alarmada o aparecimento insólito de um cavalheiro e de um cavalo com chifres. Tais protuberâncias comprometedoras não costumam ser visíveis em animais das espécies dos apendiculados, principalmente nos da primeira.

Será isso um sinal dos tempos, aviso de calamidades ainda maiores do que as que já afligem a Humanidade, que anda com a cabeça a juros, ou mera teratologia, traça da natureza irônica que, de vez em quando, requinta em pregar peças de mau gosto aos pobres filhos de

Eva, que vivem neste vale de lágrimas gemendo e chorando, etc., etc....?

Ao cavalo, enfim, ninguém levará a mal que lhe tenham apontado tais apófises; o homem, esse sim, é que há de custar a roer a pilhéria, que é dura, e das que fazem perder a cabeça quando os comentários lhe dão em cima.

Cavalo de chifre há um, pelo menos, saído aos pinotes da fábula e aproveitado na heráldica e chama-se: licorne; homens só os que figuram na mitologia e alguns outros, cujos nomes são apenas cochichados ou aparecem em certas obras assinadas por Boccacio, Margarida d'Angoulême, Bonaventure des Périers, Brantôme, Bussy Rabutin, La Fontaine e outros, que se ocuparam do assunto capital.

Eis, porém, que surge um homem armado de aspas (quatro, diz a notícia) e logo, para que não ficasse a pé, apareceu-lhe um ginete nas mesmas condições, naturalmente para que os dois formem um só ser, espécie de centauro bicéfalo assinalado pelas armas.

O chifre não é coisa do outro mundo, até creio que por lá... *et pour cause* não há disso, salvo no Inferno onde toda a população traz a cabeça enfeitada com tais adornos que deram em terra com a grandeza de Tróia e têm abalado muita reputação e... famigerado outras. O chifre é desta vida e, não sendo pedra de escândalo no boi, no carneiro, no bode, no rinoceronte, não atino com a razão do espanto em que se alvoroçam as gentes quando o vêem num homem.

A natureza é caprichosa e, quando lhe dá para contrariar as próprias leis, até parece brasileira. Deus, quando fez Adão, não lhe plantou chifres na cabeça. Depois do nascimento de Eva nada se soube do que houve no Paraíso, senão que a serpente apareceu na árvore e ofereceu a fruta.

Se houve mais alguma coisa ficou em segredo de família. Agora aparece um homem com chifres (quatro!).

Não será isso um erro de revisão? O Autor da Natureza não tem culpa de que a sua obra-prima sofresse na composição aparecendo com o *pastel* que a deforma.

A impressão é desagradável, não há dúvida, mas como não se estendeu a toda edição, limitando-se a um só exemplar, em vez de o depreciar, torna-o valioso pela singularidade de *avis rara*.

O cavalo esse, com certeza, não liga, não dá importância ao caso; com chifre ou sem chifre, isso que monta entre cavalos? Com o homem, não; o caso é sério – os chifres entram pelos olhos, e é o diabo!

O da notícia tanto se incomodou com os chifres que, um dia, mandou serrar o maior, do que lhe resultou uma enxaqueca pior que a de Júpiter quando deu à luz Minerva.

Pateta! Que mal lhe fazia a excrescência? Por que havia ele de desfazer-se da cornija? Não tinha topete para trazê-la, o coitado! Outros, e mais guarnecidos do que ele, não se dão por achados e até tiram partido de tais dons e se alguém se atreve a aconselhar-lhes que cortem o mal pela raiz, ficam logo de ponta, viram bichos e investem a marradas. E deixem lá! Se lhes aproveita a coisa por que se hão de eles privar de um instrumento de cavação? Aquilo é capital a juros, bem de raiz e, quanto mais bem plantado, mais rende.

E dizem os tais com indiferença otimista: "Ora! bem me importa a mim a voz do mundo. Esteja eu quente e ria-se a gente."

Pois já não andam por aí a anunciar que o homem e o cavalo acharam empresário que os virá expor à curiosidade pública, como fez outro com o gigante Guerreiro? E de que vão eles viver, o homem e o cavalo, senão dos chifres? Pois então! Tolo é quem não aproveita o que tem.

29 de setembro

A MAIS BELA MULHER BRASILEIRA

O pleito do monte Ida, que degenerou em discórdia, posto que houvesse sido disputado entre deusas, e as mais belas do Olimpo, não vale aquele de que saiu vencedora Nitokris, que a poesia ocidental chamou a si mudando-lhe o nome em Cendrillon, nome que a fábula portuguesa crismou em *Gata Borralheira*.

Não fossem a sandália da egípcia e o sapatinho de vidro da sua descendente européia e jamais no mundo da fantasia teriam aparecido as radiosas belezas que, só pelo tamanho mínimo dos pés, lograram subir a tronos: a filha morena do Nilo alçada pelo Faraó; a loura Borralheira levada pela mão do príncipe encantado.

A Noite e a *Revista da Semana* coligaram-se para descobrir em todo o nosso imenso país a pérola da beleza brasileira.

O trabalho não é fácil e Diógenes, que acendeu uma lanterna para procurar o mais justo dos homens, não pensou jamais em sair, à luz meridiana, à cata da mais bela das mulheres e onde as havia até de sangue divino.

A idéia está lançada e, com a circulação que têm os dois órgãos da nossa imprensa já, a esta hora, será conhecida desde as cabeceiras dos rios das lindes amazônicas até a última cochilha da terra pampeana.

E as nossas patrícias – as que se enamoram ante espelhos de três faces e as que têm apenas, para mirar-se, as águas cristalinas das fontes, todas se preparam para o esplêndido certâmen do qual uma há de sair triunfante e essa será no mundo o tipo, o padrão estético da mulher brasileira.

Um perfeito concurso de beleza é de todo impossível realizar-se pelo processo fotográfico, que é o da estampa. A beleza feminina resulta sempre no conjunto: a plástica serve-lhe apenas de mostruário de encantos e, quanto mais bela for, mais realce dará aos mesmos dons. E há ainda que atender ao gosto, que forma o critério dos juízes: um que se inebria diante de uma figurinha viva e trêfega como Agnès Sorel; outro que prefere o aprumo senhoril de uma Leonor Teles, por exemplo, cognominada, pelo seu porte: *Flor de altura*.

A serenidade, que é a característica da beleza das deusas mantida na estatuária, é imóvel, impassível. As raças não só pelas linhas se distinguem como também pelo movimento, ou, digamos: pelas ondulações dessas mesmas linhas, que formam a graça ou vida da beleza.

As deusas eram eretas, sublimes de atitude, mas não graciosas.

Há mulheres rígidas, que avançam estatelarmente como se descessem de pedestais, outras que se meneiam à maneira de corças, outras coleantes, serpentinas; há as que parecem aladas.

A donairosa andaluza requebra-se em flexibilidades felinas; a francesa aligeira o andar, enfeita-o com o mesmo mistério sutil com que compõe o trajo – de um nada faz um encanto, como com um volteio de saias faz um *maelstrom* no qual se vão os olhos perdidos em espumarento turbilhão de rendas; a italiana, com o seu ardor e o recorte clássico do corpo, a vivacidade dos movimentos, parece uma figura pagã talhada em mármore de Carrara e tendo a animá-la o esto de um sol de verão; a portuguesa é um misto de força sadia e lânguida saudade, é a trigueira, filha de Ceres, amolentada pelo convívio com as mulheres mouriscas – há nela desembaraço e timidez e, de tal contraste, gera-se a ternura voluptuosa que a caracteriza.

E a brasileira? Que prestígio tem ela na beleza? Que sortilégio é esse que a torna irresistível? Qual o segredo do seu amavio? Procurem-no em uma palavra, intraduzível como "Saudade", vocábulo privativo da raça, exclusivo da mulher deste canto privilegiado do planeta onde (relevem-me a vaidade!) estou certo de que se acha escondida, entre milhares de formosuras, a mais bela mulher do mundo: *Dengue*.

E que é o *Dengue*? É uma perdição d'almas, um filtro em que concorrem todos os feitiços: o olhar, o sorriso, o leve alor do corpo, o quebranto macio da voz, o meneio lento, negligente dos gestos, a esquivança do passo tão pequenino que a terra quase o não sente e direi até, falando de tão fina flor: o aroma.

Dará a fotografia todas essas perdições, uma só das quais tem levado muita gente ao desespero e à morte? Não creio.

Todavia o concurso, tão bem iniciado pelos dois órgãos, despertará a atenção do mundo para o que possuímos e os que virem as feições da mulher brasileira hão de ter curiosidade de conhecer a alma que habita tão formosa morada e vindo por ela (o que vai haver de casamentos por este país, meu Deus!) acharão o que na mulher brasileira lhe dá maior esplendor à beleza (pondo de parte o dengue): a bondade.

E depois Nitokris e a Gata Borralheira não venceram pelo pé, ou antes: pelas medidas do pé: a sandália e o sapatinho de vidro? Por que não há de vencer pela imagem do rosto a mais bela mulher brasileira? A dificuldade será uma apenas, mas imensa – a da escolha.

Pobres juízes! Como o remorso lhes há de martirizar a alma por não poderem dar o prêmio a todas as concorrentes!...

13 de outubro

A ESPERANÇA

Certo político de muita experiência que, com as glórias obtidas em longo tirocínio de mistificações e burlas, poderia, se quisesse, concorrer à feira livre do seu bairro com ovos, batatas, nabos e bananas achou, um dia, à mão o dicionário de Chompré e, abrindo-o, ao acaso, leu a fábula de Pandora, a famosa estátua que Vulcano fez e animou e todos os deuses dotaram, cada qual com uma perfeição, menos Zeus que, para vingar-se de Prometeu que tentara, com atrevida audácia, roubar o fogo do céu, deu-lhe uma boceta na qual pôs todos os males, acamando-os apertadamente sobre a esperança, que jazia no fundo.

Com tal presente baixou do Olimpo, em missão à terra dos homens, a estátua animada, obra perfeita do dominador do fogo.

Chegando ao seu destino dirigiu-se Pandora a Prometeu oferecendo-lhe a boceta. O titã, porém, que era macaco velho, não meteu a mão na cumbuca e a emissária foi ter com Epimeteu, irmão do primeiro, e tais foram as lábias de que se serviu que, não só o conquistou para esposo, como ainda o fez cair em esparrela idêntica à que a serpente, sagaz e sinuosa, armou no Paraíso a Adão, abrindo tal boceta de onde saíram, em enxame, espalhando-se pela terra, os males nela contidos. A esperança ficou no fundo.

Fechando o volume o político sorriu superiormente, exclamando cheio de si:

"– Ora, meu amigo, isto é a história da urna, nem mais nem menos; é a lenda do 'vaso sacratíssimo da comunhão nacional'. Mude você o nome de Pandora em Política e terá a coisa com todas as letras. A estátua ou autômato fadado pelos deuses da terra, que são os governadores, é a Política; a boceta é a urna cheia de fraudes, com a esperança no fundo.

Quando a portadora da urna entra no mundo das tranquibérnias ninguém se preocupa com o que nela possa vir, porque, no fundo, que é falso como Judas, é que jaz o essencial, que é a esperança. E esse fundo falso, alçapão de maroscas, chama-se – o reconhecimento.

Apure-se o que se apurar, o fundo é tudo. Pode a urna vir atestada, até as bordas, não de males, como a outra, mas de votos, se forem contrários aos planos de certa gente, com um simples jeito de dedos, em passe destro, a verdade mergulha e o fundo falso repulsa o escândalo, que é logo reconhecido e proclamado nas mesmas vozes bradadas com que os prestidigitadores anunciam aos basbaques uma sorte ágil.

Qual boceta, qual carapuça! Urna é que é. Conheço-a! Cansa-se um homem em mover céus e terras, gasta o que tem e o que não tem, empenha os olhos da cara, enche o vaso, acogula-o, e, quando dele espera sair vitorioso... um! dois! três! lá vem acima o rebotalho do fundo – fitas, ovos, galinhas, batatas, às vezes, até surucucus, como já vi.

Ver isto é ver cenas de circo. Na Política tenho visto tudo que lá na minha terra aparece nos circos de cavalinhos: equilibristas de corda bamba, engolidores de espadas, comedores de fogo, palhaços, malabaristas, tudo. Prestidigitadores então, isto é um nunca acabar, trocando tudo, tirando coisas do bolso da gente. E é cada transformação que não lhe digo nada... Eu não sabia que Pandora era isso, agora já sei."

Nesse fundo falso é que se esconde a esperança de muita gente e, sem dúvida, a grande sorte daria o desejado efeito se o político, apesar de toda a sua experiência, longa e gloriosa, não desse com a língua nos dentes denunciando-a.

Assim, se os compadres da "mágica" contam embair, ainda uma vez, o povo por meio da mola que apertam para fazer a substituição da verdade pela mentira, enganam-se porque, antes que executem o plano que trazem engendrado, os fiscais, que hão de estar atentos à manobra, dar-lhes-ão em cima virando-se então o feitiço contra o feiticeiro, vindo a flux o que deve subir e ficando no fundo a esperança dos que só contam com os recursos da escamoteação.

A caça tem também o seu dia.

20 de outubro

OS TIROS

Narra uma lenda tebana que o fenício Cadmo, o mesmo que introduziu na Grécia as letras do alfabeto, querendo oferecer um sacrifício a Atena no sítio em que determinara fundar uma cidade e onde, efetivamente, traçou o campo primitivo de Tebas, a belacíssima, mandou por água alguns dos seus companheiros a uma fonte próxima, que era consagrada a Ares, ou Marte.

Tanto, porém, demoraram-se os emissários que o príncipe decidiu sair-lhes na trilha, e, ainda bem não se avistara com a fonte, quando urros temerosos atroaram os ares e, por entre relâmpagos, rompeu desabridamente do bosque assanhado dragão, desconforme de corpo e vomitando labaredas que incendiavam tudo em volta.

Compreendendo, desde logo, que os seus homens haviam sido vítimas do monstro, que tão furiosamente assim o assaltava, dispôs-se o corajoso príncipe para o duelo. Esperou-o a pé firme, apontando-lhe a lança ao peito e, arremessando-se a fera em ímpeto desvairado, encravou-se no ferro e, flagelando estrondosamente o solo com a escamosa cauda, expirou com um regolfo de sangue negro e pútrido que alastrou o terreno em vasto tremedal.

A conselho de Atena o vencedor de tão desigual combate arrancou, um a um, os dentes do dragão espalhando-os pela terra e deles, instantaneamente, nasceram homens armados que logo se empenharam em luta tão renhida que, de tantos que haviam surgido, cinco apenas escaparam e esses foram os *sparti*, ou homens semeados, troncos da grande e poderosa raça dos Tebanos.

A lenda cadméia serve-me de partida para um comentário muito à feição do momento.

Nós também vimos surgir da terra, repentinamente, uma legião de guerreiros, não gerados de dentes dracenos, mas apelidados pela voz de um poeta e, por virem de tão suave milagre, não se manifestaram raivosos, entrematando-se, como os de Tebas, mas fraternizando em volta de um altar como o de Atena, que é também o de uma padroeira – a Pátria.

Esses guerreiros, que surtiram de todos os pontos do nosso imenso território, foram os Atiradores.

Quem os não viu aqui galhardos, desfilando garbosamente pela cidade como a revelação de uma força nova? Quem os congregava? O sentimento do dever cívico.

Prontos ao primeiro chamamento reuniam-se nas respectivas sedes e era de ver-se o entusiasmo com que se exercitavam em manobras fatigantes, em manejo de armas, em trabalhos de sapa, cada qual mais ativo e mais contente. E quem eram eles? Os mancebos da nossa primeira linha – estudantes, jovens do comércio e do funcionalismo, a fina flor da nossa mocidade.

A emulação, que se estabeleceu entre as várias corporações, tornou-se estímulo para que todas se apurassem timbrando, cada qual, em aparecer melhor e assim, mais de uma vez, tivemos ensejo de aplaudir essas congéries de milicianos moços que se adestravam caprichosamente pedindo apenas ao Estado que lhes consentisse saírem com a bandeira mostrando que, assim como a levavam triunfalmente, de ânimo feliz, através das ovações do povo, levá-la-iam, com ardor heróico, por entre o fogo e o fumo das batalhas se a voz da Pátria assim o ordenasse.

Os "Atiradores" eram a grande reserva nacional, eram a mocidade unida e forte, formando a segunda linha da defesa da Pátria, a sua muralha interior; eram a demonstração de que, além da força dos quartéis, havia a força dos lares, onde cada cidadão era um soldado pronto a sair no primeiro instante.

E, todo o Brasil, orgulhoso dessa legião influída pelo patriotismo, aclamava-a com entusiasmo quando a via em marcha. E as mães saíam a ver os filhos nas fileiras e sorriam-lhes atirando-lhes flores e bênçãos comovidas. Tudo ia bem...

Eis, porém, que surge um atirador maior, um atirador das Arábias e, uma a uma, com a arma terrível de que dispõe, vai abatendo as corporações de "Tiro", talvez para que não fique desmentida a lenda dos guerreiros saídos da terra que, mal tomaram pé, logo trataram de destruir-se.

E vai tudo raso.

Tudo, não. Felizmente, como aconteceu em Tebas, restam ainda alguns Tiros: o da Imprensa, o 245... e quantos mais? Não chegam, talvez a 5, como os cadmeus.

Diz-se que o arrogante atirador não quer tiros e fulmina a todos com a mesma cólera com que o dragão de Marte atirou-se aos que foram à fonte que ele guardava, entendendo que mais vale o sorteio militar, cujos resultados aí estão patentes, do que a instituição patriótica na qual se inscrevia, com entusiasmo, toda a nossa mocidade.

Enfim... o que é bom não medra entre nós e deve ser assim em um país sempre em novas reformas, como os armazéns de secos e molhados.

Os Tiros deram excelentes provas e, se tanto não os houvessem menosprezado e combatido, seriam hoje uma grande e disciplinada força nacional.

E o sorteio? O sorteio é uma loteria que, até hoje, só nos tem dado bilhetes brancos. Brancos, não, pretos e alguns até beneficiados pela Lei de 13 de maio. Os brancos, com raras e honrosas exceções, passam todos pelas malhas, como os camarões. *E cosi va il mondo.*

27 de outubro

O POETA DA RAÇA

O Poeta, pressentindo a morte, apressou o regresso à Pátria para que a grande noite o não apanhasse fora do lar doméstico. Queria dormir à sombra das suas palmeiras.

Na hora extrema a vista alonga-se – a morte é uma ascensão e, como dos cimos o olhar dilata-se por extensões imensas, assim o moribundo, da altura suprema a que se eleva, vê todo o passado e avista, talvez, as lindes do misterioso futuro onde se entra por uma ponte levadiça que nunca mais é arriada para dar saída.

Não foram os ventos propícios ao navegante enfermo que nem forças tinha para sair do beliche em que jazia.

Levantou-se a procela. Bulcões escureceram tenebrosamente os ares, o mar encapelou-se, lúrido, e a barca, aos boléus nos vagalhões estalava, rangia abrindo-se por todas as costuras.

Ao estrondo tormentoso acrescentava à maruja a celeuma espavorida e, cada vez que uma onda alagava o convés, todo o cavername gemia e a barca, às guinadas loucas, infletia de proa ao vórtice.

Quem se lembraria do passageiro enfermo que, no leito do beliche, revia a terra próxima, desde o cais da cidade até as estradas brancas, e o seu outeiro natal, chamado do Alecrim, nesse encantado berço que ele descreveu evocativamente em versos que deviam ser esculpidos no brasão da cidade?

> Quanto és bela, ó Caxias – no deserto,
> Entre montanhas, derramada em vale
>   De flores perenais,
> És qual tênue vapor que a brisa espalha
> No frescor da manhã meiga soprando
>   À flor do manso lago.

E sofreria o Poeta no abandono em que o deixaram, como se já estivesse no túmulo? Talvez não.

Assistia junto dele, como solícita enfermeira, aquela que nunca o abandonara, distraindo-o nas horas de tristeza, emoldurando-lhe a saudade em esperanças quando o coração o norteava para a Pátria. Essa companheira meiga era a Imaginação que, exaltada pela febre, cercou o poeta de um círculo de fogo, onde ele ficou alheio de todo à vida, como Brunhilda na auréola em que a prendeu Wotan.

Propinando-lhe o delírio como um lenitivo, dando-lhe o desvario por viático, a Imaginação febricitada foi caridosa com o moribundo.

Aquele troar de madria e ventos, a grita da companha em alvoroço, o estalejar dos mastros e das vergas, o estraçalhar das velas, todo o estridor medonho da catástrofe chegava aos ouvidos do Poeta através da ilusão do delírio como o estrupido heróico da terra bárbara, a Pátria virgem que ele celebrou nos poemas autóctones da nossa literatura.

Era ela que o recebia festivamente com o ressôo formidável dos instrumentos, das armas e das vozes dos seus guerreiros brônzeos. Eram os seus Timbiras que, em pocema bravia, celebravam o regresso do grande Piaga, o cantor e o defensor das tabas.

E o mar e os ventos, cada vez mais iracundos, mantinham a ilusão.

Súbito, imenso golfo, galgando as amuradas, subverteu a barca e o oceano fechou-se. E assim, em sonho heróico, passou, talvez, da vida à morte, o Poeta máximo do Brasil, um dos maiores líricos da América.

Outros poderão excedê-lo no estro, no esmero da arte, no som grandíloquo da lira, nenhum o sobreleva na linguagem nem, mais do que ele, sentiu e amou a Pátria.

A sua Poesia vem, como o canto das aves, o murmúrio das águas e o perfume das flores, do seio da floresta: as figuras dos seus poemas vestem-se com as galas simples da natureza; flores e plumagem.

A cultura em Gonçalves Dias, requintando-lhe a arte, não lhe prejudicou o sentimento, como o adubo que robustece a planta não lhe modifica a natureza. Ele manteve-se sempre o "indígete", o poeta da selva, o cantor da terra e da luz, da beleza e da força da Pátria. Foi o anunciador da nossa Poesia, e, sendo dos mais estremes no vernáculo, não desprezou o idioma que soava nas brenhas, por entre os ramos floridos antes que a terra frondosa surgisse aos olhos dos seus descobridores.

Gênio augusto da minha terra, nascido ao calor das mesmas áreas, pelas quais meus olhos tanto, na infância, se estendiam deslumbrados, caxiense, meu conterrâneo, dir-se-á que escreveste para a nossa Caxias de hoje ou melhor: para o nosso Maranhão, ensangüentado pela politicalha mesquinha, os versos flamejantes de cólera que rugem na tua obra meiga.

São iambos proféticos, como os de Arquíloco:

Malditos sejais vós! malditos sempre
Na terra, inferno e céus! – No altar de Cristo.
Outra vez a paixões sacrificado,

Ímpios sem crença, e precisando tê-la,
Assentastes um ídolo doirado
Em pedestal de movediça areia;
Uma estátua incensastes – culto infame! –
Da política, sórdida manceba
Que aos vestidos, outrora reluzentes,
Os andrajos cerziu da vil miséria!
No antropófago altar, mádido, impuro
Em holocausto correu d'hóstia inocente
Humano sangue, fumegante e rubro.
. . . .
Afrontas caiam sobre tanta infâmia,
E se a vergonha vos não tinge o rosto,
Tinja o rosto do ancião, do infante
Que em qualquer parte vos roçar fugindo.
Da consciência a voz dentro vos punja,
Timorato pavor vos encha o peito,
E farpado punhal a cada instante
Sintais no coração fundo morder-vos.
Dos que matastes se vos mostre em sonhos
A chusma triste, suplicante, inerme...
Sereis clementes... mas que a mão rebelde
Brandindo mil punhais lhes corte a vida;
E que então vossos lábios confrangidos
Se descerrem sorrindo! – cru sorriso
Entre dor e prazer – qu'então vos prendam
À poste vergonhoso, e que a mentira
O vosso instante derradeiro infame!
Bradem: Não fomos nós! – e a turba exclame:
Covardes, fostes vós! – e no seu poste
De vaias e baldões cobertos morram.
. . . .

E eis como versos escritos em 1839 sobre a "Desordem de Caxias" podem ser aplicados a todo o Estado que hoje se enfeita para honrar e glorificar a memória do maior dos seus filhos!

3 de novembro

COMO AS ABELHAS

Falando aos diretores e conselheiros das Associações constitutivas da Confederação Sindicalista-Cooperativista Brasileira, assim a define o Sr. Dr. Sarandy Raposo, seu indefesso propugnador e ativo presidente:

"É honesta, patriótica e humanitária a vossa Confederação Sindicalista-Cooperativista Brasileira.

Notai que na sua própria designação nada há de mais, nem de menos. Visa o congraçamento das classes para a economia individual, em benefício da riqueza do Brasil. Preconiza indubitavelmente o mais são e o mais acatado programa econômico e político social. Nutre os estômagos e alimenta os espíritos; satisfaz a dupla necessidade das criaturas; desperta ainda os mais fraternos sentimentos gregários.

Destarte, originária da convivência trabalhista, mereceu a gloriosa sanção coletiva. Por isto, atendendo a necessidades, apostolando a cérebros e a corações, reuniu, e mantém reunidos, estadistas, homens de letras, industriais, agricultores, operários e soldados. No seu plenário canta hosanas à democracia do trabalho, através do confabular dos que legislam, governam, lavram a terra, movimentam fábricas, produzem material e intelectualmente, e votam sangue rico à integridade nacional, no culto criterioso da fraternidade humana.

Em vez de um cenáculo de doutrinários adversos, ela é a forma concreta, o corpo social de uma doutrina preconizada, revelada, interpretada por cérebros potentes a serviço das responsabilidades do Estado – trazida ao grande público, por este amada, propagada, praticada e defendida. É uma expressão impositiva do pensamento e da vontade nacionais. As associações que a constituem existem de fato e de direito, legal e eficientemente; os seus milhares de membros não são fantasmas a povoar imaginações doidivanas, não são imaterialidades a serviço de vaidades mórbidas. Vivem; são indivíduos palpáveis, confederados, conscientemente, às torturas de uma mesma dor, para as vibrações de um mesmo ideal; são conhecidos e trabalham; têm nomes, cognomes, nacionalidades, profissões, residências, até idades registadas, cooperam; constam dos talões da nossa tesouraria, porque, honestos e possuídos de convicções, concorrem pontualmente com mensalidades que interpretam como óbulos sagrados da esperança aos bandeirantes da liberdade e da justiça."

O número de associados da Confederação já atinge a cifra formidável de 250 mil e a obra que a enorme colméia começa a realizar, não nas trevas, mas ao sol, como os enxames, traduz-se no congraçamento de todos os elementos ativos, na harmonia das classes trabalhadoras, na solidariedade, enfim, de todos os que mourejam no imenso anonimato e que são, em verdade, os construtores da fortuna nacional.

A Confederação cresce dia a dia com a afluência de adeptos que, de todas as partes, lhe chegam e, em vez de levantar-se ante o capital, como força ameaçadora, cerca-o de garantias. Os rios, ainda os de mais caudal, só se insurgem assoladoramente se os rebelam cataclismos ou se os represam balseiros; livres, defluem tranqüilos, regando as terras que atravessam e ainda evaporando a umidade que ascende para encher as nuvens, que são as samaritanas da altura, abeberando as áridas regiões, com as chuvas que despejam.

Os que combatem as agremiações operárias, empregando todos os meios para dissolvê-las, são tiranos que se disfarçam com o rebuço de "ordeiros".

O que chamam pomposamente a "ordem pública" não é mais do que a defesa avara, egoística do próprio e exclusivo interesse, propósito de escravizar o proletário para trazê-lo sempre jungido à canga, de cerviz abatida, sem direito de protesto contra afrontas e vexações.

O capital é conservador... dos seus haveres. Não é por espírito de disciplina que ele tanto clama contra a ousadia daquele que, andrajoso e faminto, lhe vai bater à porta, senão porque nele vê uma ameaça ao seu tesouro, um perturbador do seu gozo.

As greves, as revoluções, todos os movimentos em que se agitam as massas operárias são tão naturais como a conflagração das vagas no oceano e o debater das franças nas florestas quando nelas passam os ventos desencadeados.

O próprio pó levanta-se em nuvens asfixiantes com as lufadas e as trombas que os tiram da humildade rasa.

O homem, esse, mais miserável que o pó, não tem o direito de protestar; é animal de labor que serve apenas para levar no carro do triunfo o ídolo de ouro.

A Confederação Sindicalista-Cooperativista Brasileira, reunindo os operários de toda a obra em volta de uma constituição ou programa associativo, que lhes garanta os direitos e lhes defenda os interesses, será uma força benéfica para o indivíduo, para as classes trabalhadoras e para a sociedade.

As fábricas progridem e desenvolvem-se como as colméias, pelo esforço comum do enxame. Infelizmente assim não entendem os zangões... humanos.

17 de novembro

O SEU A SEU DONO

Do artigo que, nesta folha, publicou analisando o projeto da fundação do Teatro Nacional apresentado à Câmara Federal pelos deputados Srs. Augusto de Lima, Nogueira Penido e Azevedo Lima, peço licença ao seu autor, o meu ilustre confrade Filinto de Almeida, para comentar o trecho que transcrevo. Diz ele:

"Construído o edifício apropriado, então sim, podemos pensar a sério na organização de uma companhia de comédia e drama, nacional, como a quer o projeto, mesmo com a cláusula restritiva do artigo 2º, letra A, que se refere à nacionalidade dos artistas, sem, todavia, se referir à do diretor ou empresário – o que não é mau, porque, desde João Caetano até Leopoldo Fróis, não houve, que me lembre, companhia durável com diretor nacional, a não serem a destes dois notáveis artistas, com meio século de intervalo. Será que não temos bastante jeito para isso, ou porque somos menos pacientes..."

E conclui:

"Para dirigir-se o povo do palco quer-se um temperamento especial que me parece não termos, senão excepcionalmente."

Não é jeito que nos falta, mas sim um pouco mais de altivez para não andarmos sempre por mãos doutrem, ou, o que ainda é pior: parecendo que assim andamos.

Caminha, falando da terra, disse o que se lê gravado no monumento dos descobridores: "A terra de si é graciosa e querendo aproveitá-la dar-se-á nela tudo."

O Tempo encarregou-se de provar que o escrivão da frota via com olhos de entendido. Ora, se o Gênese não mente, o homem é terra e, sendo assim, se o solo, além de conter em si tesouros que, apesar de longamente explorados em largos anos de dura pena, pagando com juros fabulosos o resgate que só, alfim, obteve quando, em vez de ouro, os seus filhos, à maneira do que fez Camilo ante a intimação do brenn, valeram-se do ferro, tem ainda as suas minas quase intactas e produz, multiplicando-as por centenas, todas as sementes que lhe confiam, o autóctone deve ter em si a mesma energia e as mesmas forças de fecundidade que traz do nascedouro.

E tem-nas.

Que neguem ao brasileiro espírito de iniciativa, capacidade de trabalho, coragem, fé, perseverança e resistência na luta os que o não conhecem, vá. Não é admissível, porém, que se faça voz de tal coro quem vive, desde a infância, nesta terra e nela sentiu desabrochar-lhe a poesia n'alma, e nela firmou o seu lar, enchendo-o de venturas, sob o patrocínio de uma virtude que irradia em glória para as letras que tanto a estimam e têm-na como um dos seus orgulhos.

Não!

Quem quiser conhecer o brasileiro rastreie-lhe as pegadas destemerosas por esses transvios sertanejos, procure-o nas levas dos mineiros que se entranham na terra; busque-o nos rios, nos aguaçais e marnotas do Amazonas, e nas campinas criadoras do Sul; siga-o por entre os cerrados de Mato Grosso e nos *gerais* goianos e pasmará diante da obra formidável desse titã a que só falta, para avultar em herói, a arrogância emproada.

Na Bíblia há um duelo memorável que dura toda uma noite, é o de Jacó e o Anjo, que, por ordem do Alto, experimenta as forças do que deve ser o patriarca do povo eleito, o condutor de Israel. O brasileiro bate-se, não com um só adversário, durante uma só noite, mas continuamente e com elementos vários e todos poderosos – é a terra com o seu viço asfixiante, é o sol com os seus flagelos de fogo, são as águas com as suas insídias, é a fera, é o tapuio, são os marnéis pestilentos, são os fojos sorvedouros, é a aridez adusta das dunas em lençóis micantes, e ele a tudo vence e prossegue desbravando espessuras, saneando maninhos, semeando cidades, espalhando lavouras e movimentando indústrias.

Falta-nos um Firmin Roz que escreva a história admirável da energia da nossa raça.

Para ver o milagre realizado pelo brasileiro não é necessário abalsar-se o curioso profundamente – vá, em viagem suave, ao interior de São Paulo, e veja.

Não falarei de Barretos, ativo empório industrial que, com pouco mais de vinte anos de vida, já fornece carne dos seus frigoríficos ao mundo.

Não falarei de Olímpia, campina e selva há menos de vinte anos e hoje cidade de opulenta indústria; mostrarei apenas Bauru, onde, em 1901, uma horda de índios assaltou uma expedição deixando vários feridos e um bispo morto à orla da floresta. E que é hoje essa terra de selvagens? uma das mais ricas e movimentadas cidades do grande e próspero Estado. E é, mais ou menos, assim em todo o Brasil.

O povo que dá um diplomata como Rio Branco; um Rondon, dominador da natureza; um Frontin; um Lauro Müller, um Passos, construtores de cidades; sábios e poetas, escritores e artistas, como os que temos, comerciantes de iniciativa ousada como Afonso Vizeu, um industrial do valor de Jorge Street, um homem-força como Rui Barbosa não pode dar um diretor de companhia dramática, porque (senão excepcionalmente) não há nele quem tenha "temperamento especial" para tal ofício. *Risum teneatis?*

Pois as exceções aí estão provando que não é tão difícil governar o dono a própria casa.

Leopoldo Fróis levantou o Trianon, Pedro Cardim continua à frente da Companhia Nacional e o mesmo Trianon vai de vitória em vitória com a direção de dois brasileiros – Oduvaldo Viana e Viriato Correia.

Seria ridículo que o Teatro Nacional fosse criado para ser dirigido por um estrangeiro. Isso equivaleria a um atestado de incapacidade passado pelo Governo e assim, em vez do Teatro Nacional vir provar a nossa cultura, viria dar testemunho público, com selo oficial, da nossa incompetência. Seria a tutela e, francamente, tal subordinação servil em vésperas do Centenário da nossa independência, seria a mais irrisória e afrontosa das ironias.

Não! O Teatro Nacional, se o fizerem, deverá ser dirigido por um brasileiro nato, que ame, de coração inteiro, o seu país e o queira levantar à altura dos que mais se impõem.

Amanhã, sob qualquer pretexto, poderá alguém lembrar-se de pedir a uma nação da Europa um homem de temperamento especial para empunhar, à frente dos exércitos, a nossa bandeira.

Não! O seu a seu dono. Vivamos assim e viveremos bem.

1º de dezembro

CONTRASTE

Névoas? Ou seriam anjos descidos do céu, à noite, que assim andassem errantes pelas ruas vestidos de luar, procurando aflitamente a escada luminosa pela qual pudessem regressar à Altura?

Seriam anjos? Deviam ser.

Vinham, sem dúvida, anunciar ao mundo, como fizeram, em Belém, os seus irmãos em Graça, o advento próximo do Messias, porque o mês é o do Natal.

Eram tantos, todos d'alvo, cruzando-se nas ruas como as nuvens brancas cruzavam-se no espaço.

Suave manhã, cândida de tanta alvura e de tanta inocência.

Tantos véus soltos ao vento, tantas coroas de rosas níveas. Eram anjos, sim, anjos da terra que iam levar as almas ao banquete da Eucaristia.

Era o ágape venturoso que atraía as pequeninas.

Lá iam todas, felizes, para a Primeira Comunhão. E a minha rua instantaneamente alvejou como coalhada de açucenas.

Eram as comungantes que se reuniam e, entre elas, já ia a última flor da minha vida, levando dois corações – um, que é a minha ventura e o meu orgulho... e o meu.

Que Deus lhe não falte jamais com a sua presença, tornando-lhe a meiguice natural em amor sereno e cristalizando-lhe em virtude o pudor delicado, couraça diamantina que defende com brilho a castidade.

Linda manhã de ternura!

*

Foi por ver tantas crianças venturosas que me lembrei de uma "flor melancólica" do meu *Canteiro de saudades*.

Colho-a para enfeitar com ela esta pequenina nota, mostrando aqui, em contraste com a ventura, como na vida, a desventura das crianças sem carinho para as quais, neste mês, se devem abrir os corações piedosos.

A doceirinha

Pequenina e magra, com os ossos à flor da pele cor de folha seca, uns olhos grandes, negros, tristes, entre pestanas longas, como dois corvos pousados em velho muro hirsuto de ervas, mirando d'alto a boca, vermelha como carniça, descalça e esmolambada, fizesse sol ou chovesse, todas as tardes a mulatinha passava pela minha rua, apregoando.

Era-lhe a voz tão meiga, às vezes tão dolorida, que parecia vir trêmula, chorando do fundo de uma agonia.

Uma tarde chamei-a.

A coitadinha veio sorridente e à pressa e, descobrindo o tabuleiro, quase vazio, mostrou-me um resto de doces bolorentos.

Recusei-os. Mas a coitada fitou-me de tal modo, com tanta ternura no olhar triste, que tive pena e deixei a moeda no tabuleiro.

– Tire um doce, disse ela.
– Não! respondi com asco.
– Por quê?
– Não quero.

Ela, então, tomando humildemente a moeda, devolveu-ma.

– Guarde-a para você, disse-lhe eu. É sua.

Os olhos grandes da criança tornaram-se ainda maiores, naturalmente para conterem o espanto que lhe causara a minha generosidade, depois brilharam enternecidos com um esmalte cristalino que se desfez em lágrimas.

Fechei a janela para não chorar.

E foi assim que, com uma moedinha de vintém, adquiri doçura para toda a minha vida, doçura que sinto n'alma toda a vez que me lembro do olhar de gratidão da mulatinha que, sem dúvida, só naquela tarde, desde que, esmolambada e descalça vendia doces ao sol e à chuva, encontrara alguém que se compadecesse dela.

8 de dezembro

FOLHA DE ACANTO

O Sr. ministro da Guerra mandou publicar em boletim do Exército os desenhos referentes à folha de acanto e a sua disposição na gola, platinas, quepe e botões do mesmo uniforme, com explicação do decreto que dispõe sobre uniformes dos oficiais intendentes de Guerra.
D'*A Noite*, de 12 do corrente

Outras florestas haverá tão belas, tão opulentas e variadas como a nossa, mais, não.

Deixe, por um dia, a cidade e vá o mais exigente artista à mata, leve pincéis e paleta bem composta e não lhe será fácil combinar tintas que dêem certos coloridos e reproduzam matizes que encontrará em flores e folhas; e as formas serão tantas a desafiarem-lhe a preferência que os olhos, antes de se fitarem detidamente em uma, muito hão de gozar na hesitação volúvel em que a beleza os fará andar, ora de rastos pelas alfombras, ora subindo aos ramos ou remontando às grimpas, onde se entregam ao sol voluptuosamente as aérides que vivem como em êxtase alimentando-se do ar e da luz.

Desde os fetos, que são verdadeiras rendas e certas parasitas que pendem em corimbos e em cadilhos de ouro; desde as folhas que parecem fantasias de lavrante até as flores dos mais bizarros feitios, tudo é beleza no imenso mostruário verde e, onde quer que a vista pouse um breve instante, achará encanto em que se maravilhe.

"Certo, à noite, dirá o artista, as hamadríades, rompendo os caules que as encerram, saem pela brenha apostando qual delas fará maior surpresa aos homens com uma engenhosa criação floral; e a espessura enriquece-se de lavores delicados e como o Inverno não tem prestígio nos domínios da Primavera o que elas fazem perdura e, em qualtempo, pode ser admirado."

Quem ainda não se abalançou a uma incursão nas selvas não sabe de quanto é capaz a natureza que, no limbo de uma folha, põe mais arte, caprichos de beleza, do que toda uma geração de artistas em séculos de trabalho.

As florestas em que podiam viver os deuses e os heróis do Ramaiana, e que são nossas, ainda não tiveram o culto que merecem. Quem as penetra a fundo é o lenhador que as devasta.

Esse, sim, sabe onde se erige o tronco mais possante no qual se embotam vários gumes, mas que, derrubado e reduzido a carvão, embora abra um claro na frondência víride, dar-lhe-á dinheiro bastante para viver um ano.

Esse, o depredador, conhece a mata, corre-lhe como tapejara, todas as veredas, bate-lhe todas as trilhas, sabe onde manam as fontes cristalinas, onde se espraia em lago o rio florido de açucenas; vai direito às cavernas, norteia-se pelos cipós, evita os fojos, anda, enfim, no embrenhado como senhor em casa própria. Outro, o caçador.

Esses, sim, poderiam dizer da beleza do que lhes é familiar, calam-se, porém, porque a descrição que fizessem ser-lhes-ia, talvez, prejudicial chamando a atenção dos governos indiferentes, senão ignorantes do que temos, para o que deviam zelar carinhosamente porque, sobre ser beleza, é riqueza e, além de mais – saúde.

Se os nossos administradores conhecessem os dons que possuímos, não se ostentaria a cidade ornada de árvores exóticas quando temos onde escolher formosas e aptas para todos os sítios, ainda os mais agrestes – umas que viçam em areais, afrontando-se galhardamente com os ventos salitrados e, quanto mais lhes dá em cima o sol e as areias se aquecem como borralho, mais pompeiam formosura e verdor nas copas; outras que frondejam em ramarias largas, alastrando sombras a que se podem agasalhar caravanas; as que se ataviam de flores, as que se enchem de frutos; umas aprumadas em caules lisos como colunas, outras com o tronco todo em nervos retorcidos, como ficou o corpo de -Mársias quando Apolo o escorchou por despeito depois do duelo harmonioso.

Não, os nossos homens não sabem o que possuímos nas selvas. Ignoram a existência dos modelos admiráveis de arte decorativa com os quais, se houvesse gosto, fácil seria criarmos uma estética brasileira, como provou exuberantemente o esforçado e patriótico artista paraense Teodoro Braga com os desenhos que expôs na Biblioteca Nacional.

Se soubessem...! O ilustre ministro da Guerra, por exemplo, que é um espírito brilhante, ilustrado e de gosto, não iria buscar no estrangeiro, para aplicar ao uniforme dos intendentes da Guerra, a folha do acanto grego, sem dúvida formosa, mas tomada a um túmulo pelo escultor Callimacho.

Se não tivéssemos uma folha brasileira para decorar uma farda justo seria que a buscássemos lá fora; tendo, porém, florestas como as que se estendem por chãos e montanhas, ricas em espécies e de mil tipos de folhagens, francamente...

Só nos falta pedir sol e ar ao estrangeiro, se já lhe pedimos folhas.

Enfim... cada povo com a sua mania: a de uns é julgarem-se superiores a todos os outros, a nossa é a de não valermos nada. Um país florestal a pedir folhas emprestadas. Está regulando, não há dúvida.

15 de dezembro

1922

RESPOSTA A UMA CARTA

O invejoso é um infeliz digno de lástima porque não goza um dos maiores prazeres da vida, que é o de admirar.

Quando todos se exaltam arrebatados em entusiasmo diante de uma obra-prima – seja um poema em versos perfeitos e harmoniosos ou prosa límpida; lavor em pedra ou metal; tela em que as cores reproduzam com expressão a natureza e a vida, ou um desses surtos olímpicos de eloqüência em que toda a força cerebral, animada de emoção, aflui à boca em frases torrenciais e sonoras, cheias de idéias nobres, como as águas de certos rios marulhosos que, defluindo, vão deixando as margens esparzidas de areias e piscas de ouro, o invejoso sofre atormentado.

Não tem olhos para ver nem ouvidos para ouvir porque o despeito o cega e ensurdece e quando os demais, enlevados, proclamam e exaltam a beleza triunfante e louvam o artista que a realizou tornando-se, com isso, um benfeitor da Vida, o invejoso, volvendo-se estortegadamente sobre si mesmo, raiva como o escorpião que remorde a cauda envenenando-se com a própria peçonha.

Não há maior desgraçado.

Para todos os males há remédio que, se não cura, abranda o sofrimento; para a inveja não há alívio. Ela é como o cancro que corrói às surdas, resiste ao próprio cautério e, se cicatriza num ponto, irrompe mais violento em outro.

Como lenir tal sofrimento se o paciente o não acusa e até o esconde irritando-se contra quem procura confortá-lo?

Só com o energúmeno pode ser o invejoso comparado.

O possesso, quando presente o exorcista, assanha-se enfuriado, investe aos uivos; faz-se fera afincando as unhas em grifas; ruge, espuma, atira-se de borco, debate-se, escabuja e, quanto mais o sacerdote insiste com a estola e o hissope para expurgá-lo do inimigo que o domina, mais se lhe acende a ira.

Assim o invejoso. Que encantos poderá achar na vida esse desventurado que anda por ela como faminto a quem, por castigo, forçassem a ficar num salão de festim, em ponto por onde passassem os serviçais com as baixelas de iguarias odorantes e os vinhos preciosos e de onde ele pudesse ver todos os convivas comendo e bebendo alegremente?

Não tem o invejoso o sentimento de si mesmo: é como um espelho que só vive do que reflete.

Não tem vida própria – vive da vida alheia.

Testemunha de uma vitória, quando ao herói fosse oferecida a láurea, se dispusesse da força de Sansão faria como fez o hebreu no templo filistino abalando as colunas do edifício ainda que soubesse perecer nas ruínas porque com ele pereceria também o glorificado.

Que haverá que possa dar um pouco de alegria a essa alma tenebrosa? Talvez a dor alheia, essa mesma, se o paciente a suportar de ânimo inflexível, com a serenidade com que os mártires encaravam os seus algozes, talvez o revolte porque, ainda que a tortura seja excruciante, a vítima, sendo resignada, despertará a admiração daqueles mesmos que a supliciam e tanto basta para que o invejoso, em face do heroísmo, deteste o padecente por vê-lo sucumbir entre o sussurro da multidão comovida e maravilhada.

5 de janeiro

TERRA DE PORTUGAL

*LISBOA, 11 (U. P.) – O Sr. Cunha Leal declarou
ao* Século *ter tomado a iniciativa de levar ao
Brasil, por ocasião da Exposição do Centenário,
como símbolo augusto da pátria, um pedaço
de terra de Portugal encerrado em rico cofre
executado pelo filigraneiro Valbom e colocado
num pedestal de granito arrancado das
entranhas da terra portuguesa.*
Telegrama dos jornais

O ano que desabrocha, ano em que comemoramos o nosso jubileu, deve correr todo entre alegria e concórdia, duas margens felizes, uma na Pátria, outra no mundo, com o Tempo entre elas como um rio eterno.

Não basta que celebremos festas domésticas, de fronteiras adentro, convém que as nossas vozes e o som dos nossos hinos triunfais cheguem ao longe apregoando a nossa glória e os nossos sentimentos, para que se não continue a explorar boatos que desfiguram o nosso caráter dando-nos como um povo arrogante e agressivo, que recebe de má sombra dos que o procuram e, se os acolhe, é sempre de catadura fechada perseguindo-os, maltratando-os, hostilizando-os principalmente quando os vê prosperar no trato de terra em que assentaram.

A lenda com que buscam empanar a nossa generosidade torna-nos antipáticos, atribuindo-nos sentimentos mesquinhos de xenofobia. "Que não admitimos estrangeiros na Pátria; que nos aferrolhamos em estreito e tacanho nativismo", o que seria imbecilidade se não fosse a mais refalsada e tendenciosa calúnia que, por interesse próprio, outros assoalham pelo mundo afora.

Se o indivíduo não vive em isolamento, salvo se nele domina o pensamento místico que o arreda da vida ativa para a contemplação ascética, como poderá uma nação isolar-se, repelindo o concurso social de outros povos que lhe ofereçam força, energia e entusiasmo para o trabalho; que se integrem na sua população confundindo-se com ela pelo amor; que lhe respeitem as leis e a crença, que a honrem com atos e palavras, que a estimem pelos benefícios que houverem colhido do trabalho e pela bondade do agasalho dos naturais?

O nosso sertanejo, quando se vê a braços com uma tarefa superior às suas forças como, por exemplo, o roçado de uma capoeira ou mata, recorre aos vizinhos pedindo-lhes auxílio para o que chamam "mutirão".

No dia determinado para o trabalho em comum o dono da roça manda matar um cevado, prepara refrescos, reúne violeiros e cantores e, desde cedo, começam a chegar os vizinhos e põem-se todos a eito na derrubada. É uma alegria.

Homens, mulheres e crianças, qual com mais empenho e apostados em vigor, atiram-se ao arvoredo. Estrondam os golpes de mistura com as cantigas, as trovas de amor acompanham o estralar dos troncos. Empilha-se a mataria, alimpa-se o terreno granjeado para o plantio e, ao cair da tarde, recolhem-se os trabalhadores à eira e começa o banquete opíparo, entrecortado de zangarreios e cantares, depois as danças ao luar e idílios.

A noite passa e a madrugada reabre-se dourada e sonora de vozes de passarinhos e do terreno da derrubada, que espera a sementeira, sobe o cheiro seminal da seiva dos troncos e dos ramos como o perfume da fertilidade.

Se assim pratica o sertanejo com os que o auxiliam, como há de proceder diferentemente a nação com os que a ajudaram a surgir, guiaram-na, deram-lhe forças, auxiliando-a no "mutirão" do desbravamento das suas florestas e do desencanto das suas riquezas ocultas?

O dono da roça não admitiria, decerto, que um dos seus convidados, a pretexto de lhe haver prestado auxílio, pretendesse, por paga, usurpar-lhe a propriedade.

E já houve quem nos ameaçasse com tal pretensão? Que voz aí se levantou tentando expulsar-nos do nosso Paraíso? Que me conste, nenhuma. Assim pois, porque não havemos de proceder com os povos que nos auxiliaram, e auxiliam, como procede o sertanejo com os seus vizinhos, acolhendo e festejando a todos quantos nos ajudaram a engrandecer a Pátria?

A um deles, particularmente, devemos maior carinho – não queiramos apagar com mão ingrata o que está escrito em letras indeléveis na História – e esses são os portugueses.

Foram eles que receberam de Deus a Pátria e no-la deram; foram eles que a defenderam esforçadamente das ambições que, sobre ela, competiram; foram eles que primeiro a exploraram com heroísmo admirável; foram eles que a demarcaram e povoaram.

Erraram, por vezes, excederam-se em violências, mas não fosse a bravura com que se portaram os seus heróis e hoje, talvez, o território imenso que a nossa bandeira cobre teria a dividirem-no pavilhões diversos e a língua que soa desde as cabeceiras dos rios amazônicos até a beira do arroio Chuí, seria apenas falada num canto minguado de terra onde, em pouco, morreria, como morre o arbusto cercado de árvores frondosas.

Não peço lições de patriotismo ao mais ardoroso, mas nem por amar a minha terra com toda a força de minh'alma extremosa, seria capaz de mentir à Verdade para aparceirar-me com a Ingratidão.

Somos um grande povo, somos uma Nação robusta, e os fortes são nobres e generosos.

Portugal manda-nos um presente tomado ao seu próprio corpo – carne e ossos, terra e pedra do seu território. É uma relíquia do Passado que devemos receber e guardar conosco, lembrando-nos não só do que ele fez nos tempos primitivos para garantir a nossa integridade, como ainda do que fez nos dias contemporâneos conservando no seu Panteon, com respeito religioso, os corpos dos que foram aqui senhores do trono e que, sendo brasileiros, eram terra do Brasil.

Recebamos de mãos abertas a terra de Portugal.

12 de janeiro

UMA LENDA UBÍQUA

O mês de maio de 1899 passei-o eu, quase todo, em Santa Cruz, na Bahia, com o major Salvador Pires de Carvalho e Aragão, encarregado, pelo governo do Estado, de levantar a planta da baía Cabrália e de estudar a região, determinando os pontos de mais realce na história do descobrimento do Brasil.

Instalados na casa da Câmara Municipal da Vila, sobrado de cinco janelas, cujos baixos serviam de cadeia, com um quarto para o carcereiro, o qual apenas tinha, sob sua guarda, um preso que, às vezes, saía à porta "para apanhar fresco", regressando ao cárcere quando bem lhe parecia, vivíamos como em um seio de Abraão.

O meu prazer era ficar à janela, olhando a costa e a imensa baía em cujas águas fundeou a frota de Cabral, e, andando com os olhos de um a outro ponto, guiado pela famosa e fidelíssima carta de Vaz de Caminha, recompunha *in situ*, com personagens imaginárias, mas que se moviam como se fossem reais, o grande acontecimento, com todos os episódios citados pelo escrivão, desde a primeira visão do Monte Pascoal, a descida à praia coalhada de selvagens, a missa, as cenas alegres do gaiteiro, até o triste abandono dos degredados que ficaram chorando entre as dunas, com os olhos alongados, seguindo as velas que se perdiam no horizonte.

À noite, enquanto na igreja, a dois passos da Câmara, soavam os cânticos glorificadores da Virgem, sentávamo-nos à porta, gozando o fresco de mar.

Em cima, um velho negro agitando uma toalha, aos berros, enxotava os morcegos dos nossos aposentos, para que, durante o sono, não nos fosse cobrado o tributo de sangue.

O carcereiro, que nos rondava, fazendo jus ao café e a cigarros, era um narrador pitoresco e conhecia todas as lendas da região. Uma das que mais nos interessaram e que nos foi confirmada pelo Dr. Antonio Ricardi da Rocha Castro, de Porto Seguro, dizia de um milagre em tudo igual ao que se deu na costa do Rio de Janeiro, com Estácio de Sá, o que salvou o fundador da cidade de perecer às mãos dos selvagens.

"Aí pelos anos de 1797-98, piratas franceses, avizinhando-se da costa, em três navios, encontraram um barco tripulado por um pescador do nome Reginaldo. Aprisionaram-no e, com ameaças, exigiram que ele os guiasse a ancoradouro seguro, onde ficassem sobre âncora, podendo desembarcar. Escusou-se habilmente Reginaldo ao ofício de traidor, dizendo não conhecer a costa, que evitava, por ser sempre hostilizado pelos naturais.

Não desanimaram os franceses e, remando para a Coroa Vermelha, desembarcaram em batéis, tomando pé na restinga.

Esperou-os em terra Pedro Correia, com dez companheiros e travou-se o combate com fúria igual de parte a parte. Começavam, porém, a ceder os de terra quando, do lado da igreja, na colina, rompeu a todo o galope de um cavalo branco, à frente de um bando de soldados, lindo mancebo acobertado de armadura que faiscava ao sol. Investindo com os invasores, repeliu-os levando-os, pelo mar dentro, a golpes formidáveis.

Uns conseguiram alcançar os batéis, remando aforçuradamente para os navios, e muitos pereceram no mar.

O cavaleiro formoso e rutilante, que desapareceu, com os seus homens, logo depois da vitória, não era outro senão São Sebastião, santo que é tido em grande veneração em Santa Cruz, sendo o seu dia festejado com cerimônias religiosas, cantares e folgares do povo.

Levado pelos piratas, para Caiena, conseguiu Reginaldo passar daí a Portugal, regressando mais tarde a Santa Cruz, onde morreu velhíssimo.

Falando do milagre, dizia ele que muitos dos franceses, escapos do guerreiro misterioso, morreram de gangrena, a bordo, por se haverem cortado nas conchas e nas cascas de mariscos da baixinha da Coroa Vermelha."

A lenda, tal como a refiro, é corrente em Santa Cruz e em Porto Seguro e as festas com que é comemorado na velha igreja colonial o dia do santo batalhador, que é o de vinte de janeiro, de algum modo fundamenta a tradição da terra, conservada na memória dos velhos, que a transmitem às crianças e aos que por ali passam, como no-la transmitiu, com o pitoresco da sua linguagem e os arrebatamentos dos seus arranques dramáticos, o carcereiro da cadeia de Santa Cruz.

Será, em verdade, uma lenda local ou reflexo da que fez com que Estácio de Sá, consagrasse a cidade que fundou ao glorioso mártir de Narbona?

Eis um bom quebra-cabeça para os pesquisadores. Eles que o destrincem.

19 de janeiro

PROH PUDOR!

O espetáculo que, em sua orla litorânea, oferece, em todo o correr do dia, aos que a visitam, esta linda e libérrima cidade – os de casa já estão habituados com ele – é dos mais deprimentes e dá uma prova triste da compostura da nossa gente.

Nas próprias praias de banho européias, onde a moda é, por vezes, licenciosa, e onde quer que haja aquilo que se chama – polícia dos costumes, não se permitiria o que aqui se vê, não nas areias, onde a Vênus rolou em faixas de espuma, maravilhando o mundo com a sua formosura, mas nas ruas, nas praças mais concorridas e em horas de maior movimento: o escandaloso deambular dos banhistas que, pelo fato de se irem meter n'água, vão de casa em trajos sumários de mergulho.

Os estetas da escola de Rousseau, que entendem que a natureza não deve ser jamais prejudicada, por ser o modelo de todas as perfeições, gozam, decerto, com o que lhes deparam aos olhos as ruas de beira-mar; a Moral, porém, não pode, não deve aceitar de bom grado essa exibição plástica, na qual figuram todos os modelos: desde o de Apolo e Diana até o de Vulcano, careca, ventrudo e capenga; desde o artelho fino, a perna nervosa e elástica como a de Atalanta, que se vai desenvolvendo proporcionalmente, em gracioso relevo, pela coxa torneada em fuste de coluna, etc., etc., e o colo levantado a prumo, com entono orgulhoso da sua beleza, até o batatudo joanete, as panturrilhas em presuntos, coxas em forma de troncos, ventres em badanas frouxas bambaleando aos sacolejos em calções e por aí acima, tudo do mesmo teor.

Os núcegos não se preocupam com a decência: a caminho do mar ou de volta da onda, secos ou molhados, com o exíguo trajo frouxo ou colado à carne realçando-lhes o contorno, lá vão eles, contentes de si, e tanto se lhes dá que os olhem como que os pudicos tapem a vista para poupar-lhe o vexame. Estejam eles frescos, o mais... Com uma toalhinha ao pescoço, à maneira de focale (leia-se, à antiga, *cache-nez*) – como a avestruz, que, por esconder a cabeça, tem-se por invisível –, lá vão eles, *coram populo*, com as suas carnes à mostra para quem as quiser ver.

E o estrangeiro concluirá do que vê que, se a nossa gente anda assim na rua, em casa, mais à vontade, andará como Deus a pôs no mundo.

É natural que em um país ardente como o nosso, quando o termômetro sobe a 34º à sombra, o calor convide ao banho e as sereias atraiam ao mar a gente incendida da terra, mas o calor não funde o sentimento do pudor: refresquem-se à vontade, mas de modo que outros não fiquem ardendo em chamas, nem tampouco certos corpos, mais próprios para museus, andem por aí exibindo a sua anatomia teratológica.

São crianças, adolescentes, adultos e anciãos, tudo quase em pêlo por essas ruas querendo, a pretexto de banho, restabelecer a moda paradisíaca.

Não está direito.

Leonardo da Vinci entendia que o nu humano é a expressão suprema da beleza. Garanto que se o enamorado de Mona Lisa ressuscitasse e ficasse uma hora, à tarde, na *Ilha dos Prontos*, no Largo do Machado, vendo passar o enxame dos banhistas, modificaria completamente a sua estética. Há belezas, pois não; belezas que se aparecessem ao beato Antão, no deserto, fariam o abstinente eremita, inimigo da carne (imaginem, se ele conhecesse o zebu!) recorrer às disciplinas e rugir mordendo os pulsos; essas, porém, são raras. A maioria é de estarrecer.

Vêem-se dali coisas... só mesmo repetindo o que disse o poeta referindo-se a outras vergonhas: "Não sei de nojo como conte...!"

Que dos clubes náuticos saiam para o mar os sócios em trajes de banho compreende-se: os clubes ficam ao carão das praias, deles é um passo até a água. Mas o que se não deve admitir é que continue a atravessar ruas e ruas essa população netunina mostrando o que tem e o que não tem.

Pode ser muito cômodo, mas não é decente. Foi para evitar escândalos tais que se fizeram os balneários, as barracas e os carros cubículos, onde os banhistas, sem ofensa ao pudor, trocam as roupas de terra pela vestimenta de banho. Mas o que vemos aí por essas ruas pode ser muito prático, mas como prova de civilização... é fresca demais.

2 de fevereiro

UM MONUMENTO

A obra que Portugal está pacientemente levantando para comemorar o 1º centenário da nossa independência, fazendo, ao mesmo tempo, uma eloqüente e formosíssima exposição das suas glórias – das maiores de que se orgulha a Humanidade –, será uma construção perene, erigida no Tempo, com elementos imperecíveis porque são tirados da Imortalidade. É ela a *História da colonização portuguesa do Brasil*.

O meio em que avulta é a era das expedições e conquistas ultramarinas e os operários que se afanam em tão portentosa fábrica são mestres exímios em ciências e artes que se não utilizam de instrumentos outros mais que o pincel e a pena.

Os materiais que empregam tiram-nos de documentos do Passado: códices, crônicas e cartulários, repositórios onde se conserva o que flutua à flor dos túmulos por não caber na morte: os fastos da grandeza do povo português, uns colhidos na História, outros respigados na tradição – o registo e a lenda.

Em tal edifício, de proporções colossais, só entram, como no Walhalla escandinavo, os manes dos heróis e, assim, tal monumento será um Panteon no qual, cada um no seu tempo e na magnitude dos feitos em que se celebrizou, figurarão, animando os episódios do grande século dos triunfos lusitanos, triunfos que culminaram na madrugada de maio de 1500 no cimo do Monte Pascoal, viso anunciador da Terra de Santa Cruz, todos os barões assinalados que o Poeta enalteceu pondo-os à frente do poema, na primeira estância, como precursores, que foram, da era de maior fastígio da pequenina nação que encheu o século com a sua fama.

Essa obra, sendo portuguesa em substância, concentra, em gérmen, a História do Brasil: é o acume de onde se avista no horizonte brumoso a terra de Canaã.

Todo o seu brilho concorre para iluminar os mares de onde devia surgir a região maravilhosa. É um esplendor devassando um mistério.

Geramo-nos no heroísmo daquelas páginas. Nessa obra, em que colaboram sábios e artistas, obra de erudição e de poesia, obra de pesquisa e de entusiasmo, aparecem, espanados do pó secular, os documentos preciosos que serviram de guia aos atrevidos navegadores de outrora e os relatos fiéis das esforçadas aventuras em que se empenharam tantas honras e pereceram tantas vidas; e surgem testemunhos que esclarecem episódios obscuros, passagens duvidosas, pondo em realce fatos de relevância desaparecidos no acúmulo dos arquivos, revelando ações magníficas, reaquistando glórias usurpadas, firmando, enfim, a História Portuguesa no seu verdadeiro pedestal, com os numerosos baixos-relevos que a exornam, desde a meditação do solitário de Sagres, o Príncipe Taciturno que, das arestas do promontório druídico, como que viu, em miragem, no céu, o contorno da terra verde que se escondia a Oeste; as arrancadas das naus em rumo ao Oriente e os ásperos combates com gente amouca; as travessias de desertos em demanda, do Preste João; os perlongamentos da tempestuosa costa africana, até o período do deslumbramento quando D. Manuel, o Venturoso, vê em volta do seu trono, mais rico que o de Salomão, rajás e sobas com as páreas de respeitoso tributo.

Essa obra, já no quarto fascículo, sempre crescendo em valor e em beleza, será, quando completa, um patrimônio das duas pátrias, constituído pela generosidade da colônia portuguesa no Brasil, a cuja frente se colocou o ativo e inteligente industrial Sr. Souza Cruz, homem de rija têmpera, de vontade férrea, cujo coração divide-se, com amor igual, entre Portugal e Brasil – a terra natal e a terra do amor. Outros reputados representantes do povo irmão, entre os quais os comendadores Garcia Seabra e Rainho, prestaram valioso auxílio ao iniciador.

A direção literária da obra foi confiada à competência de Malheiro Dias, em cujas veias fundem-se os dois sangues brasileiro e português, encarregando-se da parte artística um mestre que, na sua arte, lembra os famosos iluminadores medievais: Roque Gameiro.

O 5º fascículo, ansiosamente esperado, será uma maravilha. O assunto: – *A era manuelina*, faz-nos pensar em uma apoteose. É a pompa oriental no cenário tagitano.

Lisboa refulge em ouro e gemas. A corte de D. Manuel obscurece a de Harun Al Raschid. Vive-se nela como nas *Mil e uma noites*, mas os gênios que realizam prodígios ao aceno do talismã, que é o cetro, são heróis que sulcam os mares.

O fausto corre parelhas com a gentileza. As cavalgadas, que atravessam suntuosamente as ruas de Lisboa ou, ainda mais ricas, como a que levou ao Papa a famosa embaixada chefiada por Tristão da Cunha, são verdadeiros encantamentos.

Para tal luxo correm naus o oceano, trabalham as oficinas artísticas, desenrolam-se, à larga, fardos de seda e veludo e nos paços são festas e trabalhos, danças graciosas e galanteios e as músicas enchem de alegria os ares da cidade que trescalam aromas de essências levantinas.

Portugal toca o apogeu. Para evocar essa era de esplêndido fastígio só a vara prodigiosa de um mágico e essa acharam-na os editores da *História da colonização portuguesa do Brasil* na pena de Júlio Dantas.

Resta agora que a obra formosa, tão nobre e caprichosamente iniciada, se complete. É necessário que o Brasil continue do ponto em que parar Portugal dando, com a mesma grandiosidade com que ele fez o poema das suas conquistas, o poema, não menos esforçado e belo, da expansão paulista, das *bandeiras* e monções até a afirmação definitiva da nacionalidade. E, assim, a História de heroísmos com que Portugal vem a nós na hora feliz do nosso jubileu não ficará parada, prosseguindo pelos séculos adiante levada por heróis brasileiros, tendo por guia, sempre propício, o mesmo Deus que tanto protegeu a gente lusa e por expressão em que registe as glórias a mesma língua em que escreveu Camões.

9 de fevereiro

MORS-AMOR

> *Chaque année un certain nombre de jeunes gens appelés sous les drapeaux se suicident au moment de partir pour le régiment, parce qu'ils ne pouvent se résigner à se séparer de leur fiancée ou de leur maîtresse; quelque fois ils les decident à mourir avec eux.*
> LOUIS PROAL, *Le crime et le suicide passionnels*

Nem originalidade sequer há na tragédia da estrada das Furnas: o lance acha-se registado, entre os casos comuns, na obra do notável juiz da Corte de Apelação de Riom. Se, ao menos, os namorados trouxessem *algo nuevo* aos noticiários, enfim... a vida é tão comezinha, tão corriqueira que, qualquer coisa inédita que nela surgisse, seria olhada com interesse entusiasmando ou comovendo. Assim, porém, francamente... Não vale a pena gastar pólvora e balas e ainda por cima dar trabalho a tanta gente que tem mais que fazer: polícia, reportagem, médicos, serviçais do necrotério, coveiros, padres para as missas, obrigando ainda os parentes a despesas extraordinárias com o luto, estando as coisas pretas, como estão, tudo pela hora da morte.

O verdadeiro amor é nobre, generoso, dedicado e pertinaz, arrosta todos os perigos, afronta-se com todos os adversários, não admite impossíveis e, se sucumbe, como sucumbiu Leandro nas ondas bravias do Helesponto, vai-se da vida levando nos olhos a imagem do ser querido, como o nadador levou na retina a luz da torre para onde o coração o impelia, sem bradar do abismo, através da tormenta, àquela que, ansiosamente, o esperava: "Cai na água, Hero, que eu já vou indo para o fundo."

O heroísmo é sempre generoso. E onde aparece ele na cena ridícula de dois namorados que ajustam morrer juntos, não podendo realizar o que desejam, por serem fracos?

"Eu dou um tiro em você, dou outro depois em mim, e está acabado."

Isto é um ato de covardia e despeito, é deserção de quem, por lhe não ocorrer meio hábil de vencer dificuldades, vale-se do lugar-comum, que é a cova. Nem se dirá que tal procedimento é inspirado pelo desejo de ter eternamente a companhia do bem amado porque, como lá diz a canção:

Não cabem em uma cova dois defuntos.

Aquele que ama observa o que ordena o provérbio árabe: "Em uma mulher não batas nem mesmo com uma flor." Os apaixonados de agora não batem, vão logo às do cabo: matam.

Casos tais, a princípio, impressionam, analisados, porém, mostram logo a eiva. O homem que abandona a luta por se não achar com forças de nela insistir é um pusilânime da têmpera daquele pintalegrete descrito por Maupassant que, desafiado para duelo, passa a noite em claro, nervoso, aterrado com a idéia do encontro, vendo-se em campo diante do adversário, em presença das testemunhas e, vencido pelo medo, lança mão de uma pistola, a mesma com que se devia bater, e vara o crânio. Esse, enfim, mata-se só, não sacrifica outra vida.

O namorado, não. Trata preliminarmente de convencer a namorada a acompanhá-lo. Mete-lhe caraminholas românticas na cabeça, preparando-a para chupar a bala amarga; diz-lhe que a morte não dói, que é uma coisa à toa. Fala-lhe da cara com que hão de ficar os parentes quando os acharem estendidos na mesma poça de sangue, e das notícias nos jornais, dos comentários dos conhecidos.

A pobrezinha, ingênua, cede à sugestão e entrega-se ao revólver como se entregaria ao beijo se, em vez de sanguinário, o sedutor fosse um inflamado. D. Juan era, sem dúvida, mais humano com a sua guitarra do que os namorados de agora com as armas de que lançam mão como recurso extremo.

Há, em tais tragédias, um ponto sobre o qual devem meditar as namoradas sem ventura quando lhes forem feitas propostas de morte pelos respectivos noivos ou pretendentes – de tal traição não pode, aliás, ser acusado o mancebo das Furnas, que se portou como homem de palavra – é o da possibilidade do logro por arrependimento. Assim, quando o namorado propuser o tiro na cabeça ou no coração, comprometendo-se a fazer o mesmo em si, o que a jovem deve fazer é dizer-lhe o seguinte: (Seguro morreu de velho!)

– Olha, fulano, dá primeiro o tiro em ti, para eu ter coragem. Era assim que mamãe fazia quando, em pequena, eu tinha de tomar remédio – provava primeiro.

Estou certo de que, assim, se não escaparem os dois, uma, ao menos, ficará... para chorar o outro até que apareça quem a console.

Decididamente a imaginação dos namorados precisa inventar alguma coisa mais interessante – isso que por aí anda até parece, mal comparando, *fita* americana com o indefectível *cowboy* a despejar tiros a torto e a direito. É estúpido.

16 de fevereiro

CLUBES E CORDÕES

O que não conseguiram os grandes clubes gastando rios de dinheiro e pondo em competição os nossos mais celebrados artistas cenográficos que se esmeram, em sigilo hermético, na composição dos faustosos préstitos carnavalescos, vai, pouco a pouco, realizando o Povo com as suas modestas sociedades e os seus cordões pitorescos – o renovamento do Carnaval.

Por mais que se esforcem, estimulados pelos galardões da vitória, os compositores dos cortejos de Momo não conseguem trazer à rua novidade que interesse e, à maneira do que fez o discípulo de Apeles, suprem, com excesso de recamos, a falta de inspiração.

São sempre as mesmas idéias ligeiramente modificadas – carros que se alongam, alguns com alegorias elásticas que se distendem e retraem-se, dragões hiantes, aquários ou viveiros de aves, quiosques com lambrequins e lanternas, portadas infernais ou nuvens paradisíacas, quadrigas e bicharia truculenta, tudo carregado de muita cochinilha e ouro, cercado de luzes e com mulheres, algumas alcandoradas em redouças giratórias, tão tristes nos seus *maillots* e acenando gestos tão desgraciosos à multidão que mais parecem vítimas pedindo socorro do que bacantes, em tirso festivo.

Não entusiasmam, fazem pena. E de espírito...

Antigamente, nos dias imperiais — talvez, porque, então, havia mais liberdade — os clubes apresentavam sempre, com o luxo ostentoso dos carros ornados, mais do que pelos ouropéis, pela beleza das mulheres que eram disputadas a ouro em Citera, a crítica aos casos políticos do ano, comentários graciosos e caricaturas que provocavam riso e aplausos da multidão. Às vezes apareciam surpresas que valiam ao clube que as exibia a palma da vitória. Lembro-me ainda de uma guarda de honra de amazonas, de uma caravana de retirantes cearenses, sertanejos vestidos a caráter, uns a pé, outros a carro ou montados em burros, cantando dolentemente a tristeza do êxodo, e também do cômico desfile de chins quando se discutiu calorosamente a imigração de *coolies*.

Havia riqueza, havia beleza e havia espírito e a Polícia não *vetava* carro algum, ainda que neles aparecesse, como quase sempre aparecia, a famosa castanha de caju, que era a caricatura simbólica do imperador ou qualquer dos políticos mais em evidência, como Cotegipe que era infalível em todos os carnavais.

Hoje o carnaval é expurgado como as edições de certas obras *ad usum Delphini*. O Povo é que está injetando nas veias dessoradas de Momo um sangue novo; o Povo é que está dando interesse ao Carnaval com os seus *cordões* e as suas sociedades.

Os antigos *cordões*, constituídos de capoeiras, que se fantasiavam de diabos, de velhos, de morcegos e de índios e *cucumbis*, eram maltas perigosas que se aproveitavam das máscaras para resolver à navalha antigas pendências. E havia também os estrondosos, zabumbados e inofensivos zés-pereiras.

Hoje, os *cordões* são grupos corais que se ensaiam em cantos e em marchas coreográficas de evoluções graciosas. Não trazem luxo, não se impõem pela riqueza, apresentam-se, porém, asseadamente, sempre com uma cantiga satírica ou amorosa e vão, assim, despertando o interesse pela música e trazendo para a grande festa da cidade as lânguidas melodias dos sertões, a voz da terra desde as regiões dos rios até as fronteiras pampeanas.

Pode ser que outros prefiram os dragões prateados e as alcândoras de heteras; eu, por mim, confesso que acho mais encanto nas cantigas populares que por ali soam e nos bandos de dançadores que por ali circulam.

2 de fevereiro

UM ELEITOR

Não foi por falta de sentimento cívico que o Leandro deixou de votar. Não há cidadão mais íntegro e cônscio dos seus direitos e deveres do que esse patriota estreme que sabe de cor a Constituição e canta o hino, com a família, em todas as datas nacionais.

Leandro tinha o seu candidato, pelo qual trabalhou com entusiasmo e até com sacrifício da bolsa: não só mandou imprimir cartazes como, segundo se diz, conseguiu alguns votos pagando-os, não direi à boca da urna (não chegou Leandro até tal orifício), mas adiantadamente, mediante compromisso de honra, porque recibo ninguém dá de tal mercadoria.

O caso é que ele contava dar ao seu candidato quarenta votos, mas...

Como bom brasileiro, que é, brasileiro da gema, nascido e criado nesta cidade, Leandro é um carnavalesco dos quatro costados. Deixar de fantasiar-se é, para ele, tanto como deixar de votar. Na mão direita uma chapa, ou cédula, na esquerda um lança-perfume, assim deverá fotografar-se, para passar à posteridade no seio da família, esse estrênuo defensor da soberania popular e ínclito presidente do Grêmio Familiar Dançante Flor de Abril.

Ora o carnaval coincidiu com a eleição – justamente na hora em que se enterrava Momo envolto em serpentinas, aspergido a bisnagas e sob pazadas e pazadas de confete, a urna escancarava a boca chamando, em brados cívicos, os eleitores, cujos votos deviam saciar-lhe a gana.

Leandro ainda estava com os ouvidos cheios da zoada carnavalesca e não ouviu o apelo do vaso sufragante e, ainda que o tivesse ouvido, não poderia comparecer a ato tão grave, de tanta solenidade fantasiado de morcego.

Morcego não vota.

Correr à casa, meter-se num banho, vestir-se, almoçar, tomar um táxi e voar à seção seria fácil se Leandro não se houvesse excedido em certas coisas, perdendo a noção do tempo, a firmeza das pernas e até uns cobres que levara num bolso dissimulado debaixo de uma das asas do vampiro, cuja forma revestira.

Recolhendo-se à sede do Grêmio, em lamentável esbodegação, Leandro foi levado em braços para a cama e dormiu sobre os louros colhidos na terça-feira, porque o Grêmio, com a sua morcegada, levantou um dos prêmios oferecidos aos cordões de mais espírito ou riqueza.

O grêmio ganhou pelo espírito – só chope, oito barris.

Às oito da manhã de hoje a família, alarmada, vendo que o homem não dava acordo de si, resolveu despertá-lo. Não foi fácil. Enfim, depois de muito lidar com ele, de sacudi-lo, de berrar-lhe aos ouvidos conseguiu o sogro pô-lo de pé.

Leandro esfregou os olhos estremunhadamente, relanceou a vista em volta e, reconhecendo o quarto, o sogro, a mulher e os filhos, estirou os braços bocejando.

De repente, relampejando-lhe na memória obscura a lembrança do carnaval, perguntou, agarrando o sogro pela lapela do casaco:

– Quem ganhou?

– Ainda não se sabe, homem. A apuração dos Estados está chegando, agora.

– Dos Estados...?! Mas os Estados também votam?

– Homessa! Pois não hão de votar.

– Mas se eles não viram os préstitos! Se eu, que os vi, sinto-me em dificuldades para votar, quanto mais eles.

— Mas a que eleição te referes?

— A qual há de ser... a das sociedades carnavalescas.

— Ora, Leandro. Isso é história antiga. Eu falo-te da eleição presidencial. Em que estado tens tu a cabeça, homem de Deus!

— A minha cabeça não está em Estado algum, está no Distrito Federal, salvo se... O senhor é que me não parece ter o juízo assente. Eleição presidencial... Mas a eleição presidencial é hoje.

— Hoje!? Estás enganado, Leandro: foi ontem. Tu perdeste todo o teu latim no carnaval. Levanta-te, vai tomar um banho, comer alguma coisa e mete-te de novo na cama, porque ainda não dormiste o bastante.

— E o meu voto! Pois então eu... eu que andei por aí pintando o diabo, expondo a minha vida, arriscando-me a tudo e gastando dinheiro... Eu...

— Ora! brincaste, homem. A vida não é só política. Que importa este ou aquele? Deus é grande. O Grêmio levantou a coroa. Pois então? Viva o Grêmio! E o mais há de ser o que Deus quiser.

Leandro considerou um momento, coçou a nuca e, sentando-se à beira da cama, a pensar no cumprimento do dever, murmurou em solilóquio cívico:

"Foi o diabo! Também, que idéia... misturaram o carnaval com a política, fazerem da urna das cinzas urna eleitoral. Até parece coisa de defuntos. Enfim, águas passadas. Olhem, ponham-me um banho morno e dêem-me um cálice de cognac. Foi o diabo! Enfim... já agora..."

E pôs-se a assobiar a cantiga carnavalesca, aquela...

2 de março

AUTO-DE-FÉ

Cristo tinha ainda de esperar três séculos para vir ao mundo quando irradiou no trono da China um dos mais abrasadores dos muitos filhos do Sol que alumiaram aquela terra anciã antes que a República, em eclipse total, acabasse com a prefulgente dinastia helíaca. Chamava-se tal monarca Hoang-ti. Era homem de maus fígados, atrabiliário, despótico, que levava tudo à virga férrea. A Lei era ele, só ele!

Os mandarins, enrolando servilmente os rabichos, só se aproximavam do trono arrastando-se de joelhos e ai! daquele que ousasse levantar os olhos vis para o disco solar, que era a face amarela do imperador! A um golpe vibrado, a duas mãos, por um dos guardas do trono, rolava a cabeça do atrevido em jorros de sangue e os demais mandarins, edificados com exemplo tão alto da soberania, louvavam, a brados, a magnanimidade do príncipe, Luz radiosa do Império e terror do mundo.

Esse Hoang-ti, receando que os letrados do império pudessem influir no espírito do povo com o que arengavam ou escreviam, resolveu dar um golpe seguro que o livrasse de tal gente perniciosa e das suas obras subversivas. E promulgou um decreto condenando à morte todos os homens de letras e ao fogo todos os livros, excetuando apenas os tratados de medicina, de agricultura e de magia.

A mortandade foi grande, maior, porém, foi o incêndio literário. Durante dias e noites flamejaram fogueiras de poesia e de erudição, de conceitos morais e de disciplina política e as cinzas de tanto pensamento espalharam-se pelos quatro cantos do império.

Rejubilou o tirano com o seu ato, certo de que esterilizara a alma chinesa para o todo sempre. Enganou-se, porém, porque, mal se soube que ele havia expirado no sétimo palácio, que era o mais íntimo da sua cidadela de porcelana e laca, foi, em todo o império, um aforçurado exumar de livros e onde parecia medrar uma viçosa cultura de batatas tudo eram filosofias, poesias, éticas e estéticas, livros a deitar fora e o carreiro logo se revelou poeta, largando a aguilhada pelo plectro; o lavrador mandou às favas o podão e saiu doutrinando princípios; o pescador, que amorrinhava à beira do Rio Amarelo, atirou às águas o caniço e, tirando da cinta *as ollas* nas quais se achavam inscritos os conselhos de Confúcio e Mêncio, restaurou a doutrina que as chamas haviam atacado.

E nunca a China teve tantos sábios, tantos poetas, tantos filósofos como depois do morticínio e do incêndio decretados por Hoang-ti.

O pensamento é gérmen – e não há de ser sepultando-o que o hão de abafar, nem queimando-o que o hão de fazer desaparecer: a terra é berço e as chamas purificam e estimulam.

O governo espanhol, mandando queimar em *auto-de-fé* uma obra recente do escritor Gómez Carillo, por ver nela ofensas à moral, restabeleceu o Tribunal de Santo Ofício com a censura fradesca, fazendo recuar a Espanha, justamente quando o seu gênio ardente exsurge vigoroso em obras-primas, a três séculos antes de Cristo, revestindo seu rei, que é um dos príncipes mais cultos e mais liberais entre os poucos que ainda resistem à força vencedora da Democracia, dos trajos ridículos e pantafaçudos do imperador Hoang-ti.

Gómez Carillo não se molestou com a afronta e respondeu ao fogo dos puritanos do governo com um protesto irônico.

E assim, em vez de matar o livro, o governo pô-lo em foco, cercou-o de uma auréola, deu-lhe mais vida e vida esplêndida como a que Ceres quis dar a Demófon, filho de Metanira, fazendo-o passar pela fogueira para imortalizá-lo.

9 de março

HECATOMBE

Nas imediações dos morros, com a lama vermelha em que eles se dissolvem, fluida num ponto, gelatinosa em outro; aqui, irradiando em víscidos filetes; adiante, empastada em coalhos, a cidade aparenta o aspecto de uma cancha de colossal charqueada onde se abatam, sem descontinuação, em sacrifício a um deus truculento, não uma, milhares de hecatombes.

O sangue grosso, pastoso, lúbrico, alcatifa as ruas, tapiza as praças, retinge os passeios, ressalta nas paredes dos prédios, bolsa das poças à passagem dos veículos, respinga os transeuntes e, com as chuvas, a hemorragia avulta em inundação e as ruas tornam-se verdadeiras artérias, o próprio mar encarde-se coralino como imenso lagar de manipuladores de múrex.

São as montanhas que sangram, feridas de morte.

Quem anda patinha na sangueira e leva nas solas dos sapatos um pouco da força heróica das eminências de outrora. Os sagrados *bamoths* andam por aí de rasto; os altares da cidade fundem-se em lamaçal e... o que se ganha em extensão perde-se em elevação.

Nada como o terra a terra, o comezinho, a chateza. Que valem alturas? As torres mais belas não se comparam a um talhão de couves bem plantado e estrumado.

Feridos de morte, são os morros retalhados, espostejados como as reses quando abatem pungidas pelas choupas e as terras altas, como as mantas de charque postas nos varais, à seca, são lançadas no mar firmando nas areias, leito antigo das ondas, avanços de território.

O que entristece e apavora é ver todo esse copioso sangue maculando a cidade com estigma de maldição.

Há ruas, como a do Lavradio, que são verdadeiros canais de matadouro: o sangue lodoso sobe em ondas, aglutina-se peganhento, travando as rodas dos veículos, apega-se colante aos pés dos transeuntes, entope os bueiros e, galgando os passeios, vingando os limiares, invade as casas ameaçando os moradores com o dilúvio trágico.

Se a chuva bate mais rija, formam-se cachoeiras e, pelos flancos dos morros esborcinados, despenham-se torrentes rubras e, então, na planície, a levada torna-se precipitosa, violenta como de aneurisma que estourasse.

E quem não corre ante as ondas do cataclismo púrpuro arrisca-se a perecer como o tirano que foi mergulhado em sangue.

Os vulcões explodem lavas, regolfam, a jorros, o bitume inflamado das entranhas, mas conservam-se os mesmos como se mantém o Vesúvio arrasador de cidades.

Os nossos morros desfazem-se e com o próprio sangue alagam a cidade que os chacina, dando-lhe ainda a terra com que a engrandecem no mar.

Até nessa bondade se parecem eles com os bois que, enquanto vivos, trabalham sem descanso e, mortos, são carne de açougue.

O maior dos morros trouxe, desde os mais remotos tempos, através dos séculos, as sagradas relíquias da cidade, os ossos do fundador e o marco fundamental, abrigou nos seus flancos os primeiros povoadores, prestou serviço aos navegantes e nele homens comunicavam-se com os astros e comunicavam-se com Deus: no observatório e no templo.

Todos esses serviços foram esquecidos e o morro foi ferido, no coração e, feito em tassalhos, vai desaparecendo no sangue com que inunda a cidade e na terra com que a alimenta para que se faça maior, mar adentro, e mais bela.

Fosse ele vulcão e certamente ninguém ousaria meter-se com ele, mas simples morro, boi manso... vai mesmo ao corte, não há que ver.

16 de março

AOS MÁRTIRES DA AVIAÇÃO

Glória à progênie de Prometeu!

Que importa a queda de uns se os seus corpos hão de servir de degraus à escaleira atrevida que entrará em espiral pelo mistério do Além?

A árvore, zurzida pelos ventos, perde folhas às mil antes de dar flor e fruto e as que lhe caem nas raízes desfazem-se em húmus e infiltram-se-lhe no cerne em vida e força nova.

O próprio Deus só triunfou depois da morte. Só as alturas glorificam.

O canto augusto entoado nos ares pelos anjos na grande noite da Gênese cristã exaltou o Criador, não nas palhas humildes do presepe, mas no excelso, e os mais belos episódios da vida do Messias passaram-se todos em eminências – desde o idílio que lhe fez sentir a doçura do amor humano, em Betânia, até a angústia da vigília no horto de Getsêmani.

Em uma montanha pregou ele o sermão no qual resumiu essencialmente toda a sua suave doutrina, expirou no Gólgota e de outro monte alçou-se em ascensão triunfante ao céu.

Os que se levantam da terra partem como revoa a poeira nos torvelins dos ventos: sem rumo, sem esperança de pousio.

Que monta que se percam no oceano grãos de terra se alguns que se salvem no lesim de um penhasco estéril serão bastantes para formar um núcleo de fecundidade onde medrará o primeiro gérmen que nele cair?

E não é assim que se encorpam as pequeninas ilhas solitárias que, acrescidas dia a dia com o que nelas depositam as auras ou lhes atiram as vagas, desenvolvem-se frondejando em florestas, enchendo-se de cidades, tornando-se grandezas estendidas de pólo a pólo, como essa celebrada Atlântida povoada de gigantes?

A Morte não destrói como o lavrador não mata; sepulcros são covas de sementeiras.

Deixemos voar nos ventos a poeira atrevida. Acompanhemos com simpatia o surto dos átomos.

Perdem-se muitos, extravia-se a maior parte, um, porém, um só que logre alcançar o destino que todos buscam, esse firmará a conquista humana no Além, estabelecendo a cadeia universal que ligará todos os mundos.

A hora triunfal jaz ainda no Tempo: os minutos avançam lentamente caindo na ampulheta trágica, não em grãos de areia, mas em cadáveres de heróis.

Feliz do voador ousado que fizer soar na altura o hino glorioso, o brado que agitará violentamente o mundo anunciando a travessia olímpica do oceano etéreo, através das ondas das nuvens e pela resplandecência áurea do sol e, descendo entre os homens maravilhados, descrever a visão do primeiro litoral pálido ou dourado de um desses orbes que, só à noite, se nos mostram refulgentes.

Esse aventureiro ousado regressará à terra baixa como tornou à arca a colomba mensageira trazendo a nova desejada de uma estância de vida mais bela e mais perto de Deus.

Antes, porém, que clangorem as fanfarras triunfais, é justo que prestemos aos precursores caídos a homenagem ou culto que muito nos merece a memória dos seus feitos, reunindo os seus despojos em um monumento funéreo que servirá, um dia, de pedestal ao vencedor, àquele que conseguir, enfim, realizar o grande ideal humano e que surgirá glorioso do acervo do sacrifício como de um solo ríspido e pedregoso, mas porfiadamente trabalhado, rompe, por fim, dentre sementes esmarridas, uma que vence e surte, cresce, frondeja e inflora-se.

Façamos, para estímulo aos vivos e glorificação dos mortos, o Panteon dos nossos aviadores mártires.

30 de março

COMO SE FORMAM AS LENDAS

A Poesia, como a terra, tem as suas flores rústicas e selvagens, umas mimosas, efêmeras, que desabrocham em plantas débeis que, uma vez apenas, abrolham, logo secando na frincha do rochedo ou no torrão em que caiu o gérmen que as produziu; outras vivedouras, como as aérides, que se agarram aos troncos mais robustos da selva e atravessam anos e anos abrindo-se, de quando em quando, em maravilhas que fazem inveja às mais bem tratadas flores das estufas.

Entre as primeiras podemos inscrever as cantigas de amor e as canções alusivas que têm a sua hora de êxito, soam em todas as bocas e, de repente, calam-se, desaparecem, sendo substituídas por outras mais sentidas ou mais oportunas. Algumas há tão ligeiras que lembram essas ninféias que descem na correnteza dos rios em rumo ao oceano, onde se perdem.

Entre as segundas, flores eternas, que enfeitam e perfumam o folclore dos povos, estão as lendas.

Quem lhes conhece a autoria? Quem poderá dizer como surgiram e onde? Aparecem como as aérides no tronco das tradições e aí ficam agarradas, abrindo-se de quando em quando e cada vez mais lindas.

Uma de tais flores, que me foi, há dias, mostrada por uma velhinha, será o assunto breve desta efeméride.

Falávamos da sucessão de tempestades que alagaram e enlamearam a cidade, assolando lares e provocando desastres que custaram vidas, quando a velhinha, encolhendo-se no xale que a agasalhava, disse:

– Não sabem o que é isso? Pois eu sei. E contou:

– O mar, maltratado como está sendo, com o morro com que o vão entupindo, com a lama com que o enxovalham, esse tão bonito mar da nossa Guanabara, tida, até bem pouco, como a mais bela baía do mundo, chorava uma manhã, a sua desgraça, quando uma gaivota, que se balouçava nas ondas, ouvindo-lhe as queixas, perguntou:

– Por que gemes, meu amigo?

– Pois não vês, retorquiu-lhe o infeliz, como me tomam as praias, que eu forrei de areia branca para que nelas brincassem as minhas ondas? Não vês como me repelem da cidade que eu tanto amo? Como sujam as minhas verdes águas? Como me atiram em cima todo o morro, sepultando-me como se eu fosse um cadáver?

E a gaivota perguntou ao mar tristonho:

— Por que não te revoltas? Se sofres é porque queres. Se eles abusam de ti a culpa é tua. Se te levantares contra os homens eles desistirão, vencidos, da afronta com que te humilham.

— Ai! de mim, suspirou o mar. Quantas vezes me tenho eu rebelado inutilmente. Destruo, com as minhas ressacas, a obra dos homens: rebento muralhas, esborôo lajedos, alago avenidas, ameaço inundar as casas, tudo, porém, é em vão, porque os homens são teimosos e podem mais do que eu.

Lá fora é que eu os quisera apanhar com as minhas grandes vagas.

Aqui são ondas... Que podem elas? Lá fora, com os meus vagalhões gigantes, ah! isso sim... seria outro cantar.

Se eu pudesse desmantelar as muralhas, invadir a cidade... Não posso. Aqui só tenho ondas, crianças. Que valem crianças?

A gaivota não disse palavra: bateu as asas, levantou vôo, subiu ao céu e falou às nuvens. E as nuvens, que a ouviram indignadas, disseram-lhe:

— Pois o mar entrará na cidade para vingar-se dos homens. Vamos nós buscá-lo e, lá do alto, o lançaremos sobre os que o maltratam. E assim foi feito.

Desceram as nuvens ao mar, sorveram-no, tornaram ao alto e, lá de cima, despejaram-no sobre a terra, como os senhores viram. E a velhinha concluiu:

— Vão brincando, vão brincando e talvez ainda se arrependam. O mar é muito grande e as nuvens são muitas. Enfim... se vier um novo dilúvio não será por falta de aviso.

— Quem lhe contou tão lindo conto?, perguntei.

— Quem me contou? Não sei. Ouvi contar.

. . . . E assim se formam as lendas – nascem como as aérides. Quem as planta? Sabe-se lá!

13 de abril

A VITÓRIA

Homens, talvez, comentem escarninhamente o desastre que deteve o surto heróico quase no termo da trajetória em que vinha galhardamente a nave ardida, que levantou vôo da ocidental praia lusitana em demanda da terra brasileira.

Homens, talvez, haja (porque a inveja só cabe em coração humano), que achem demais os louvores que, em duas pátrias e no mesmo idioma, soam em volta dos nomes dos intrépidos aviadores que, vingando o excelso, mais do que um arrojado vôo entre céus e mares, conseguiram traçar no espaço o arco de aliança ligando, para o todo sempre, duas nacionalidades.

A crítica tacanha dos invejosos não chega à altura. Pedras não atingem os astros. Para julgar voadores é preciso ter asas.

Condores e alcíones, águias e procelárias, esses e outros transeuntes do Éter, que sabem quanto custa vencer, a golpes de asas, as ondas invisíveis que se debatem na altura, esses contemplam com admiração os náufragos aéreos que assentaram no sáxeo pedestal deixando-lhe nas aspas, como tributo, o avião traído pelas vagas.

Assim como a fadiga faz descer ao dorso espúmeo das ondas o albatroz poderoso sem que, por isso, o gigante dos espaços boreais desmereça da sua majestade, a míngua de combustível força o avião mais temerário e possante a baixar ao solo onde se abasteça para prosseguir, refeito.

A vitória, ninguém, de boa-fé, a contesta. Onde desceram os aerantes? Perdeu-se a frecha ou atingiu o alvo que mirava? É ver o ponto em que tocou: um cimo do Brasil.

Foi numa pedra solitária, sentinela perdida do nosso território, que baixou o cruzador do espaço.

Caiu como o mensageiro de Maratona que, enviado a Atenas com a notícia da vitória grega, não se deteve em caminho e, ao avistar os muros da cidade augusta, já sem fôlego para falar, agitou a palma verde que levava alçada e tombou morto.

Ainda que não entrasse a cidade, o povo, que o esperava ansioso, viu-lhe a figura triunfal; ainda que não falasse, compreenderam-lhe todos o aceno alvissareiro e tanto bastou para que a Pátria o laureasse e a História o levantasse da terra imortalizando-o na sua glória.

Vozes... Que importam vozes! Nada é mais fácil do que comentar com palavras leves o vôo que lá vai pelas nuvens; segui-lo de perto é que é, rastreá-lo, isso sim.

Que monta o sorriso dos que acompanham de longe, a binóculo, o arranque do aparelho e encolhem os ombros com descaso se o vêem vacilar no alto, desorientado, descer vertiginosamente a pique, bater em terra com estrondo, manchando-se com o sangue dos seus audazes condutores, como se do seu próprio coração jorrasse!?

A crítica procede comodamente à maneira dos generais que acompanham as batalhas de longe, como quem assiste a espetáculo. Se os exércitos vencem, a vitória é sempre devida aos planos que eles lhes traçaram; se sofrem derrota acarretam com toda a culpa. Que importa uma ou outra voz destoante? O que se ouve é o coro que, nas duas ribeiras do Atlântico, glorificam os aviadores.

Se as vagas inutilizaram o aparelho, que era o corpo em que vinha a alma lusitana, essa ainda lá está e, cada vez mais ansiosa de chegar à terra do Brasil. E com ela virá o coração do aparelho, o motor, que ficou intacto, pulsando força a ímpetos frementes.

Reencarnado em novo alerião, partirá, dentro em breve, do rochedo, o Espírito intrépido de Portugal e virá pressuroso a nós como o correio de boas novas que não olha os cavalos que deixa esfalfados pelo caminho contanto que chegue com o seu recado e o dê.

A vitória está conseguida.

A ave de Portugal acha-se em pedras do Brasil – da alcândora oceânica à terra grande é um vôo.

Esperemos com palmas os denodados aviadores.

20 de abril

DESERDADOS

Ponhamos em confronto os nomes com que dois escritores bandeirantes – Euclides da Cunha e Alberto Rangel – procuraram, cada qual segundo a sua impressão, fixar o *facies* trágico do maravilhoso Amazonas. O primeiro chamou-lhe: "Um paraíso perdido"; denominou-o o segundo: "Inferno verde".

Qual dos dois terá estampado mais ao vivo, cunhando-a fielmente, a verdadeira feição da terra estranha da qual dizia o deslumbrado autor de *Os sertões*:

"É um mundo arrancado ao seio da natureza ainda em embrião?"

Tal dúvida acudiu-me ao espírito ao termo da leitura que fiz do romance *Deserdados*, de Carlos de Vasconcelos.

Agora, de ânimo mais sereno, revendo certos aspectos de natureza e episódios de vida que, em tal livro, se me depararam, inclino-me o preferir para o Amazonas misterioso ao título de Euclides da Cunha o de Alberto Rangel.

Inferno, sim! Para Paraíso falta-lhe a Flor do Pecado, a Mulher, e, de tal falta, é que lhe advém a principal tortura.

Ó ser onipotente e terrível que trazes nas duas mãos o Bem e o Mal, se apareces, ornando a terra com a tua beleza, enfeitiçando-a com a tua graça crias a discórdia, espalhas a cizânia, acendes o ódio, fazes correr sangue, acirras o irmão contra o irmão, e os sulcos dos teus pés airosos aprofundam-se em túmulos; se não apareces a tua imagem em lembrança no coração dos homens, transforma-os em feras, embrutece-os, animaliza-os ou mata-os de saudade. Assim, quer presente, quer ausente, és sempre a agitadora da Vida, a Força suprema que impele o homem a todas as aventuras, às maiores temeridades, aos crimes mais hediondos e aos sacrifícios mais sublimes, à glória e à infâmia.

No formidável romance que, estarrecidamente, perlustrei, porque no tremendo horror daquelas páginas, trazidas da Geena, páginas ásperas, selváticas, é tal o prestígio da sugestão que, ao lê-las, tem-se a impressão de ir-se por elas, trilhando os próprios sítios das descrições, entre os seres brutos que nelas se debatem – o escritor, ao que parece, não se preocupou grandemente com as regras do perfeito estilo, se não com a fidelidade na representação do assunto. Querendo dar cópia fiel do que vira naquele mundo caótico, compôs as tintas às pressas, nervosamente, para fixar em matizes os efeitos de luz, e as cores bizarras que lhe feriam a vista, pouco se importando que, às vezes, se contrariassem, produzindo verdadeiras manchas – mas o intrincado das selvas ínvias, úmidas e obscuras, as águas verdinhentas ou límpidas, abertas ao sol ou enfolhadas de mururês, os carreiros enviesados, as barrancas fendidas, prestes a desmoronarem-se, tudo como que nos aparece no desconforme dos períodos, no exotismo de certos vocábulos, em contorsões angustiadas de frases retorcidas, concorrendo para a impressão abstrusa e fantástica que domina pavidamente a obra.

Carlos de Vasconcelos não é um artista na restrita acepção da palavra, sê-lo-á na acepção estética, porque é um criador de beleza, não o Belo de tracejo fino, de remate apurado, mas o Belo grandioso, híspido, brutal e desconcertante da natureza.

O seu desenho não resiste a uma análise, mas o conjunto da obra empolga pelo colorido intenso, pela largueza do traço, pela grandiosidade da representação.

O livro é bem o espelho da terra bárbara, daquele mundo primitivo, ainda em gestação, ora em surtos, ora em eversões, como uma figura que o escultor afeiçoa em terra plástica, desbastando-a num ponto, enchendo-a em outro, para arredondar-lhe uma curva mais graciosa; aqui tirando, sobrepondo além até conseguir as linhas harmoniosas que completem o tipo idealizado.

O leitor de tal livro não tem tempo de deter-se em exames miúdos, porque o assunto o arrebata, na violência dos períodos tumultuosos como os repiquetes dos rios levam as pirogas de roldão.

As tragédias sucedem-se! Ora é a natureza a protagonista; ora é o homem. Sai-se dum assombramento, dum caso sobrenatural e topa-se com um duelo de íncubos pela posse de uma megera. Ouve-se, na luz da manhã, o canto órfico do uirapuru, atraindo de todos os desvãos da espessura o povo alado, que acode pressuroso a ouvi-lo, e, com a noite, no silêncio imenso do deserto, escuta-se o crebro grunhido erótico dos jabutis em cio, o gasnitar dos jacarés nas margens dos rios ou o atrôo lúgubre do rato coró no campo.

Em um capítulo armam-se traições, rinham-se lutas a rifle e terçado pela posse de umas terras lácteas; em outro, a seguir, mais trágico, é pela conquista de uma mulher que o sangue jorra a golfos. E através desse *pandemonium* passa e repassa o herói, o cearense, desbravador de selvas, batedor de caminhos, ora a pé, de rifle ao ombro, faca à cinta, ora no casquinho leve, rodopiando nos rios por entre camalotes floridos, cantando saudades da sua terra, feliz na escravidão, sorrindo, a tremer de febre ou a arquejar com o edema do beribéri, sempre, porém, trabalhando para saldar a sua conta e regressar com algum dinheiro com que possa comprar o enxoval para a morena que o espera à sombra dos coqueirais, fazendo orações a Deus pela volta do noivo que definha e vai morrer por ela, tão longe.

Livro de dor, livro de agonia, livro de monstruosidades, livro brutal, mas belo e heróico; belo nos aspectos da natureza bravia, heróico nas figuras dos homens que, em cada árvore que picam a machadinha, gravam um dístico celebrando a resistência da raça robusta e resignada, intrépida e sempre esperançosa desses caboclos valentes que estão preparando um mundo novo para maior orgulho e fortuna e glória maior da Mãe Pátria. Livro de assombros. Belo livro!

22 de junho

MODOS DE VER

Se queres abranger com a vista, tomando-o todo na câmara dos olhos, um cenário opulento da Natureza, eleva-te. Não será nivelando-te com o raso que avistarás o que se amplia em aspectos vários; o que se alonga, o que coleia, o que se abisma e o que remonta – campos, oceano, rios, vales e montanhas.

A própria planície chata, mirada d'alto, alisa-se das asperezas: impressiona pelo aveludado das suas ervas, que perdem a irregularidade agreste, aparecendo em alfombra; pelo variegado dos matizes, pelo retilíneo dos horizontes cortados junto ao céu.

Para ver longo e largo é necessário subir. É das eminências que se consegue chegar com a alma a Deus e com o olhar às extremas.

Os altares são degraus para o céu; as montanhas são os miradouros do infinito.

Na lhaneza do mar os descobridores de mundos mantinham sempre no cesto de gávea uma atalaia – o gajeiro, para que varresse os horizontes com o olhar e anunciasse aos do convés o primeiro vislumbre de terra.

Não fiques rasteiro, reptando como os ofídios e os sáurios. Se queres ter a impressão da Beleza, exsurge. No rés verás apenas o que te ficar em volta, como o míope, cuja visão não vai além dum palmo adiante do... nariz.

Por que, podendo ser águia, hás de contentar-te com ser bacurau?

Por que, dispondo de todo o espaço, de onde poderás circunvagar com a vista largamente, hás de andar em farisco, rastejando piúgadas?

Lessing fala de uma raposa que atravessava diariamente certa floresta sem que jamais houvesse percebido a força e a grandiosidade das árvores. Nunca levantara os olhos para as frondes, nem até para os troncos, contentando-se com farejar as miúças do chão. Um dia, porém, seguindo pela trilha costumeira, achou-a impedida por um carvalho que tombara. Pasmou do tamanho do colosso, da grossura do caule, do abastoso das ramas, da enormidade das raízes, que, no arrancarem-se da terra, nela haviam escavado verdadeira cratera.

Perlongou a árvore de extremo a extremo, tornou e retornou maravilhada. Só, então, compreendeu que andara sempre sem ver e, no assombro que lhe produziu o formidando vegetal, exclamou:

"Nunca imaginei que fosse tão grande!"

E como havia o vulpino de sentir a possança da árvore se andava sempre de focinho em terra?

Eleva-te! Águias não ciscam: tal rabisco é próprio de aves de poleiro.

Analisa quimicamente a flor ou a lágrima e reduzirás o exemplar de beleza e a expressão da ternura a coisas ínfimas.

Se aplicares tal processo mesquinho à arte nada ficará na pintura, só acharás a trama da tela e os ingredientes das tintas; na escultura, não verás mais que pedra ou metal; na música, o som vago; na poesia, a palavra, sem que sintas a essência, idéia ou estro, porque o que te interessa não é o conjunto, mas a parcela; não é a obra, mas o material empregado na sua construção.

Contempla d'alto como artista e não raspando a figura como alvenel que só cuida de examinar tijolos e argamassa.

Não é com o microscópio que se pode apreciar o *Moisés* de Miguel Ângelo. Uma lente aplicada à *Ceia* do grande Leonardo só mostraria os lesins da parede.

Vem aqui mui à feição do caso o que li num recente volume que é um verdadeiro analecto literário, intitulado *Propos d'Anatole France*.

Diz o mestre do *Lys rouge*:

"Tous les grands écrivains écrivent mal. C'est connu. Du moins, ce sont les cuistres qui l'affirment. Les grands écrivains sont impétueux. La vigueur de leurs vocabulaires, l'intensité de leurs coloris, la hardiesse de leurs tournures déconcertent les pédants.

Pour les barbacoles, bien écrire c'est apparemment écrire d'aprés une régle. Mais les écrivains de race se font leur régle eux mêmes, ou mieux, ils n'en ont aucune. Ils changent à chaque instant de manière, sous la dictée de l'inspiration, tantôt harmonieux, tantôt heurteux, tantôt indolents, tantôt fougueux..."

E, neste tom, prossegue o grande escritor, que vê a Arte como queria Victor Hugo que todos a admirassem: em bloco e d'alto... não às migas, no terreiro.

13 de julho

O TELEFONE

Não pretendo disputar a Graham Bell, o sábio e paciente educador de surdos-mudos, a glória da invenção do telefone, e, se o fizesse, ninguém tomaria a sério o meu protesto, por inoportuno. Devo, porém, para ilustrar a história do indiscreto aparelho, que deu boca e ouvidos às paredes, referir o que me inspirou o amor e que, se eu houvesse aproveitado, talvez hoje não se laureasse o escocês, ontem falecido, com o título que o celebrizou, porque, de direito, me haveria cabido e com ele a fortuna, ainda melhor que a glória.

O inventor do telefone fui eu.

Contemos o caso, sem pormenores miúdos.

Não foi em gabinete de física que descobri esse meio de comunicação verbal pelo qual a Light, que o explora, nos faz pagar os olhos da cara. Tinha eu dez anos, idade em que o coração começa a dar sinal de si. Morava em uma pequena casa, na antiga rua do Costa, tendo por vizinha uma morena, pouco mais velha do que eu, cujos cabelos negros, em cachos, não me deixavam dormir. Amamo-nos. Que amor! Conversávamos de janela a janela, passamos depois a visitar-nos a pretexto de batizar bonecas e já nos havíamos jurado fidelidade eterna quando, não sei por quê, os nossos pais desavieram-se, cortaram relações e tivemos ordem, ela e eu (ai! de nós...), de não nos falarmos, sob ameaça de chinelas e, na reincidência, vara de marmeleiro.

Eu chorei. Ela chorou. Não pensamos em suicídio porque, nesse tempo, ainda não se conhecia o lisol e outras drogas eficazes nos casos passionais.

Mas vê-la, com os lindos cachos, sem falar-lhe, era para mim suplício comparável ao de Tristão, quando avistava na ogiva do castelo o rosto lindo de Isolda, do qual o apartava a intriga dos palacianos.

Valemo-nos de vários processos de correspondência amatória: o do lenço, o das flores, o dos ademanes, mas tudo isso, longe de satisfazer-nos, mais nos excitava o desespero.

Eu dava tratos à imaginação para tirar dela um plano. Subir ao muro era arriscado, por causa dos cacos de vidro que lhe encrespavam cortantemente o bordo. E os meus suspiros eram tempestuosos.

Um dia, deparando-se-me uma caixa de óleo de Oriza, abri-a, separando os dois tubos. Foi quando, por inspiração do alto, lembrei-me de passar por eles um barbante e, chamando em meu auxílio o moleque, que era meu confidente, dei-lhe um dos tubos, ordenando-lhe que o aplicasse ao ouvido e, distanciando-me com o outro, até distender de todo o barbante que os ligava, falei por ele, baixinho.

O moleque arregalou assombradamente os olhos, fitando-os em mim pasmado.

– Ouviste alguma coisa?, perguntei.

– Ouvi sim, senhor. Ouvi tudo. Até parecia assombração.

– Então fala agora, para eu ouvir.

E o moleque falou. Eureca! Estava descoberto o telefone. Chamando, então, o moleque, expliquei-lhe o que ele tinha a fazer.

– Olha, eu vou abrir um buraquinho ali no muro. Leva este canudo a Luizinha, dize-lhe que enfie o barbante pelo buraco e que encoste o canudo ao ouvido, como fizeste. Assim foi feito e, através do muro, eu deitado debaixo de um pé de carambolas, ela do outro lado sentada no coradouro, conversávamos horas e horas sobre amores, coisas do circo de cavalinhos, brinquedos e até gulodices, repetindo sempre o juramento que havíamos feito no tempo feliz, quando os nossos pais, ainda amigos, jogavam o solo e as nossas mães, muito íntimas, discutiam costuras e acepipes.

E foi assim que, apesar do ódio que inimizava as nossas casas, como em Verona acirrava as famílias de Romeu e Julieta, continuamos a amar-nos, até que ela se mudou para Niterói e eu segui para São Paulo.

O meu telefone de papelão e barbante data de 1874; o de Graham só apareceu em 1876. Logo...

O meu mal foi cuidar de amores. Se, em vez de o aplicar ao muro do quintal, para falar a Luizinha, eu o tivesse exibido a industriais, em uma exposição, não de Graham, mas minha, seria hoje a glória do invento e a Light, em vez de extorquir-me, havia de pagar-me a peso de ouro o direito de explorar o que saíra do meu coração em dois canudos e um barbante para satisfação do meu primeiro amor.

3 de agosto

VELHA ASPIRAÇÃO

. . . .

"O receio de novos e mais terríveis desmoronamentos, e o empenho de dar mais beleza à cidade, e de libertá-la de uma colossal muralha, que não a deixa ser francamente banhada pelos ventos de mar, tem feito com que por vezes se haja projetado e tratado de organizar empresas destinadas a demolir o morro do Castelo.

Dizem que foram ingleses os que primeiro, e ainda no tempo do rei, conceberam tal idéia, e o povo rude, a gente menos sensata, pensava então que os espertalhões ingleses queriam demolir o morro para enriquecer-se com os tesouros deixados pelos jesuítas em vastos e profundos subterrâneos.

A magnitude da empresa, a necessidade de estudos completos sobre a utilidade e condições da obra, e sobretudo a falta de dinheiro, têm impedido a demolição do morro histórico.

E até hoje não consta que alguém se tenha posto em campo defendendo o Castelo, senão o Sr. Varnhagen, que, na sua *História geral do Brasil*, mostrou-se armado do ponto em branco e de lança em riste, declarando e sustentando que a sua demolição 'tornaria a cidade do Rio de Janeiro mais monótona e menos fresca do que se em suas encostas se plantassem árvores, destinando-as para passeio público da cidade'.

Mas o Sr. Varnhagen não tem conseguido fazer prosélitos: nem ao menos os frades barbadinhos italianos se lembram de erguer a voz para impedir a destruição da igreja de São Sebastião, e para defender as suas elásticas propriedades do morro.

Que têm com isso os barbadinhos? Se for demolido o Castelo sempre há de haver para eles um suave asilo: os barbadinhos italianos arranjam-se em qualquer *cantinho*, até porque sabem o segredo de transformar em poucos anos um pequeno *cantinho* em um grande *cantão*.

O que vale ao morro do Castelo é a anemia da praça. Não se faz fogo por falta de pólvora. E no entanto, como a ameaça da demolição é a espada de Dâmocles, que continua sempre suspensa sobre o *morro* desamado, o governo não empreende obras sérias para impedir um desastroso desmoronamento, que, aliás, está muito na ordem das coisas possíveis, e se contenta em mandar especar aquele colosso!

Ah! muita coisa neste *menino-velho*, chamado Brasil, anda por espeques."

....

O trecho acima exposto, extraído da obra de Joaquim Manuel de Macedo intitulada *Um passeio pela cidade do Rio de Janeiro*, mostra que a idéia, hoje vitoriosa, de arrasar-se o morro do Castelo, primitivamente chamado de São Sebastião, já era velha no tempo do romancista d'*A Moreninha*.

Se uns a queriam pôr por obra pelo engodo lendário do tesouro dos jesuítas que, segundo diziam, o morro entranhava em subterrâneos, outros, com interesse menos ambicioso e de mais generosidade, propugnavam-na para que a cidade ficasse livre de ameaças de novos esbarrondamentos, como os que se deram nas encostas do morro em abril de 1759 e em fevereiro de 1811 com as grandes chuvas que, então, caíram.

Houve desastres: prédios que ruíram esmagando os moradores; desbarrancamentos nos quais ficaram soterradas numerosas vítimas e lama enxurdando as ruas, transformando-as em tremedais, como aconteceu, há pouco, com a do Lavradio que, com o barreiro do morro de Santo Antonio, ficou em imenso atascal, com as casas barradas, algumas invadidas pelo enxurro cenagoso a ponto dos habitantes serem forçados a sair pelos telhados sob pena de perecerem atolados nos próprios lares.

O receio, talvez, de ser posto abaixo fez com que o Castelo se comedisse ou, quem sabe lá – os morros têm também coração – escrúpulo de poluir a linda cidade que se lhe encostava às abas, tão rutilante ao sol, e alegremente agitada e, à noite, toda emperlada de luzes, com os seus fúlgidos colares e os edifícios esplêndidos faiscando na sombra como grandes broches.

Mas o seu destino estava escrito – não pela mão misteriosa que traçou as palavras fatais na frisa do palácio de Nabonahid, mas pela mão de um Prefeito – e havia de cumprir-se, como se está cumprindo.

Já agora não há vozes, como a de Varnaghen, que protestem contra as trombas d'água com que o mar, derretendo-o, atrai a si o grande corpo, nem contra as caçambas que o escorcham e lá vai, aos poucos, estendendo-se em chão liso, a eminência aonde subiam em penitência os nossos avós carregados de promessas para desabafar a alma no seio dos barbadinhos que realizavam milagres prodigiosos.

A cidade ficará sem o quisto monstruoso em cujo acume havia, a par do templo, que era o baluarte da Fé, guarnecido por templários de longas barbas, como os *nabis*, que fulminavam a bênçãos e aspersões de hissope os demônios perseguidores dos homens e das mulheres, das mulheres principalmente, e restos de uma fortaleza ou castelo, que deu nome ao morro, de onde canhões abocados ao mar defenderiam a cidade de possíveis invasões.

Tudo isso é hoje terra caída. Realiza-se, enfim, o velho sonho da cidade. Vai-se o morro e vão-se com ele as velhas construções que culminavam em seu cimo. Fortalezas, tem-nas a cidade e melhores do que a que foi demolida, mas quem defenderá os seus habitantes das adversias: o mau-olhado que quebranta as crianças e envolve os adultos num halo de desdita; as várias desventuras que fundem em lágrimas o coração; as mandingas que atrasam a vida, embrulham os negócios, desfazem amores, dissolvem matrimônios, todos esses males para os quais os barbadinhos tinham remédios eficazes na farmácia miraculosa do convento?

É verdade que os barbadinhos não tiveram a sorte da fortaleza, que foi parar no mar porque, como bem disse Macedo, eles "arranjam-se em qualquer *cantinho*, até porque sabem o segredo de transformar em poucos anos um pequeno *cantinho* em um grande *cantão*". O pequeno *cantinho* eles já o têm, para gozo da Ordem e consolação dos crentes, o *cantão* virá com o tempo e com as mercês dos devotos. Amém.

10 de agosto

A GATA BORRALHEIRA

Se tomassem corpo as interjeições com que, expansivamente, se manifesta o estrangeiro que nos visita, desde que se lhe apresenta aos olhos o panorama maravilhoso da cidade, seria quase impossível andar por ela pela hispidez dos espinhos da admiração que a tornariam mais eriçada do que um ouriço. Felizmente as interjeições esvaem-se em ohs! e ahs! e não ficam em espetos, crivando os areais das lindas praias, os sinuosos caminhos das montanhas, os bosques, as bordas dos lagos onde se despejam as cascatas, todos esses sítios de beleza que tornam esta cidade sem igual em todo o mundo. Dá-se, porém, com ela um caso singular – a sua beleza é tímida e, tanto que nela põe o homem a mão, retrai-se como a sensitiva. Será pudor? Não é. Então que é?

A "Sociedade Central de Arquitetos" encarregou-se de responder à pergunta e fê-lo em memorial que entregou ao Prefeito, memorial em que pede proteção para a cidade protestando contra a depredação com que se vai criminosamente entulhando de monstruosidades este modelo estético, deformando-o com as construções absurdas dos chamados mestres-de-obras.

A paisagem é patrimônio comum, que ninguém tem o direito de prejudicar. As ruas não são apenas trâmites, são também os bordados das cidades, e, assim, devem as suas habitações ser construídas com regularidade e gosto, sobre um desenho, como se fazem as malhas floridas de uma renda.

Ver-se, como aqui vemos, a variedade disparatada de edificações sem simetria – casotas metidas entre prédios de cinco e seis andares, baiúcas sem aspecto engasgadas entre construções artísticas, fachadas ridículas afeando quarteirões de estilo, diante de um palacete um quintalejo sórdido, embandeirado a ceroulas que espernegam, a camisas que fraldejam, a saias que se tufam com o vento, abalonando-se, com galhardetes ensaboados que são meias, peúgas, lenços e outros panos, é mais do que ridículo, é sujo.

E isto vê-se, não em bairros pobres, mas nos que de mais aristocráticos se presumem.

A lavagem de roupa é um meio de vida e não se deve tirar ao pobre o seu ganha-pão. De acordo, mas nem todos os misteres podem ser exercidos *coram populo*: o carpinteiro não acepilha no passeio; o sapateiro não põe a tripeça na calçada; o barbeiro não escanhoa à esquina, como no tempo em que o Arco do Teles era uma feira de Fígaros africanos.

O trabalho do homem deve ser feito como o da abelha, cada qual no seu aivado, e não às escâncaras, com escândalo.

Enfim, não foi propriamente disto que trataram os arquitetos na conferência que tiveram com o Prefeito. Eles cuidaram apenas do aspecto exterior, não entrando nas casas. Esse aspecto, que constitui, como eles disseram, o problema da estética da cidade, foi sempre descurado por todos os prefeitos. Houve um, o grande Pereira Passos, que os pretendeu atacar, esse mesmo, apesar da têmpera enérgica que o caracterizava, foi vencido pelos Fídias de trolha, os mestres-de-obras, que têm sido, e ainda serão por muito tempo, os empreiteiros da deformação do Rio.

O arquiteto, antes de lançar os alicerces de uma construção, estuda o meio em que ela deve ser erigida e faz o seu plano adaptando-o, tanto quanto possível, sem estragos da natureza, ao terreno que tem – veste-o, digamos assim, sob medida e o edifício ajusta-se ao local, enfeita-o e, em vez de comprometer o que nele existe de beleza própria, põe-no em realce.

O mestre-de-obras é como o adelo que vende roupa feita – o que ele quer é fazer negócio – saia a coisa como sair, ancha ou apertada, enjorque-se o freguês, o mais pouco lhe importa. E o aspecto do Rio de Janeiro, não há negar, é o de uma linda cidade mal vestida, com uma roupa nova, mas de retalhos e, aqui, ali um rasgão por onde se lhe vêem mazelas, como estalagens, lavanderias, cocheiras e outras imundícies.

Contra os arquitetos levantam-se os proprietários de terrenos dizendo que cada um tem o direito de construir como quer. Não há tal.

Assim como se não permite que, em uma sala, penetre um lambuzão descalço e arremangado, não se deve consentir que, em dado trecho construído com apuro, um cavalheiro qualquer, só porque adquiriu uns metros de terreno, atarraque uma chatice mal amanhada por um mestre-de-obras.

A cidade precisa vestir-se decentemente para aparecer com o esplendor que pede a sua beleza. Livrem-na do mestre-de-obras que faz com ela o que as desnaturadas irmãs faziam com a Gata Borralheira.

Atenda o Sr. Prefeito ao que pedem os arquitetos e fará mais pelo Rio com um lance de pena do que está fazendo e prodigiosamente com o formidável trabalho, em que se empenhou, de arrasar montanhas e construir palácios.

17 de agosto

OS "CENTENÁRIOS"

Andará, por acaso, aí por essas ruas e praças, algum Anacharsis entre os inúmeros centenários gebos que chegam diariamente de todos os rincões do Brasil, uns por mar, outros por terra, todos ainda ressentidos da viagem longa a que se aventuraram; este, caramunhando enjoado, porque o estômago, que tão graves abalos sofreu com o jogo do navio e que tanto antipatizou com as comedorias de bordo, ainda não aceita sólidos e vai-se restaurando com magnésia e noz-vômica para poder entrar a fundo nos acepipes arrasadores dos hotéis e pensões; aquele, valendo-se de arnica, água végeto ou outro líquido de virtude na cura de contusões e sevícias para reparar os estragos da sela ou do lombilho em que se abalou, aos sacolejos do chouto da bestinha estradeira, desde os cafundós do seu povoado sertanejo até a mais próxima estação da estrada de ferro?

Eu, francamente, nos rostos dos "centenários" que tenho visto na Avenida e alhures (e eles são facilmente reconhecíveis), ainda não descobri os olhos curiosos, bisbilhoteiros, afuroadores do jovem cita que, com a pena erudita de Barthélemy, descreve, tão ao vivo, a viagem minuciosa e pitoresca que fez à Grécia, poucos anos antes do nascimento de Alexandre.

Os que por aí vagam a passo lento, enjorcados em andainas de brim, com o chapéu até as orelhas e borzeguins amarelos, alguns com os atilhos das ceroulas de rasto ou com a presilha da camisa espichada em língua por baixo do colete, fugindo espavoridos dos automóveis, desconfiados, volta e meia apalpando o bolso, a ver se nele ainda lhes reboja a carteira, porque, ao mais leve esbarro, pensam logo no conto do vigário, esses não me parecem capazes de escrever para a Posteridade as impressões que os boquiabrem, plantando-os de pernas abertas e olhos pasmados diante dos edifícios ou junto das vitrinas cintilantes de jóias.

Alguns ficam horas e horas a ver o arrasamento do morro do Castelo e pensam lá consigo:

– Povo danado mesmo...! É verdade! A gente, lá na roça, para fazer um aceirozinho à toa, para derrubar um cupim ou um formigueiro, pensa... pensa... cansa de'maginá e, às duas por três, acaba não fazendo nada; e eles aqui comem um morrão deste tamanho como a gente tira um punhado de farinha da cuia para o prato. Povo danado! É por isso que o mundo está virado duma vez.

Outros vão para os cais e estatelam-se diante do mar:

— Sim, senhor. Isto é que é... Água aí é mato... e já com sabão. Isto é que é! Qual! Não há como a capital! Lá fora tudo custa, é um trabalhão para a gente arranjar qualquer coisa. Aqui, não; tudo está aí. Tem fome? Está aí o hotel. Tem sede? Está aí a bebida. Não falta nada. Há até demais, porque a gente, às vezes, nem pensa nas coisas e elas estão chamando, beliscando, puxando um filho de Deus e a vista de todo o mundo, na rua, nos bondes, nas confeitarias. Isso eu não acho direito, mas, enfim, é costume da terra, ninguém repara.

Mas o mar, sim senhor! Benza-te Deus! A gente vai contar isso e hão de pensar que é mentira. Sim, senhor. E aqueles bobos enchem a boca com um riozinho à-toa, com um açude de nada... Que diriam se vissem este mundão!

À noite é que é vê-los como mariposas atraídos pela luz, andando em volta dos lampiões, aos dois e aos três, comentando o fulgor e calculando o preço da iluminação resplandecente.

Um deles, disseram-me, andava por aí, há dias, servindo de *cicerone* a conterrâneos chegados uma semana depois, porque tiveram de esperar a vez de embarque, tanto é o povaréu que lá está aguardando comboios.

O "centenário" veterano mostrava uma coisa e outra aos companheiros embasbacados, quando um deles, de espírito econômico, comentou o desperdício de dinheiro em luzes:

– Isso há de custar os olhos da cara. É... Mas vocês pensam que são eles que pagam esse despropósito? Pois sim! Quem paga isso somos nós, nós que não temos lá fora nem uma candeia de azeite e só vemos luz nos caminhos quando Deus Nosso Senhor abre o luar lá em cima.

Mas o "veterano", assumindo ares, replicou ao novato:

– Cê é bobo, rapaz! Essa luz não custa nada. Procura aí acetileno, gás, querosene ou azeite; não tem. Isso é como planta. Eu vi. Eles abrem uma cova, puxam uma raiz, fazem o enxerto num lampião destes e, à noite, está pronto. Lampião de querosene para dar luz é preciso a gente acender com fósforo. Aqui não. Assim que a noite vem caindo tudo se acende de uma vez. Você já viu alguém andar pelos campos abrindo as flores? Não; elas abrem sozinhas. Pois é o mesmo aqui. Se a gente fosse pagar todas as flores que se abrem aí por esses matos nem todo o dinheiro do mundo chegava. Os lampiões são as flores da cidade.

– Ah! eu logo vi, porque se fosse coisa de pagar... nem sei...!

De tal massa de observadores não sairá, decerto, o Anacharsis que descreverá as impressões da sua viagem à capital da República durante as festas do Centenário.

Daí, quem sabe? Também o jovem cita de Barthélemy tinha simplicidades como o nosso Jeca e, às vezes, de onde se não espera é que sai a caça. Esperemos.

24 de agosto

PROVA REAL

Se vida é sinônimo de atividade, não seria exagero contarem-se como séculos os últimos meses decorridos nesta cidade. Digo – nesta cidade – porque o Tempo, que por ela voa vertiginosamente, mal lhe deixa as portas, retoma o passo natural no ritmo sereno dos minutos.

O que se consegue atualmente aqui em vinte e quatro horas, já não digo os contemporâneos de Matusalém, mas a boa gente descansada de quarenta anos atrás, não realizaria em um mês e trabalhando a valer.

Não me quero referir ao que por aí se faz com ferro e pedra, barro e cal – construções e arrasamentos; o trabalho que se não vê é tão intenso (senão mais) como o que nos maravilha aí por essas ruas e praças, praias e montanhas que, da noite para o dia, aparecem modificadas.

A azáfama é geral, a vertigem envolve a todos, a freima do exterior redobra-se nas oficinas, nas lojas e nos lares. Não há mesteiral sem trabalho, artista em folga, fâmulo de mãos abanando e, colaborando com o homem nessa movimentação fantástica, todas as máquinas funcionam, giram todos os veículos, a eletricidade e o vapor concorrem com a mão do operário e tudo isso ainda é pouco para o muito que há a fazer.

Deixemos, porém, as grandes indústrias e o grosso comércio e vejamos, de relance, o que se dá nas pequenas oficinas, nas casas de varejo e nos lares: alfaiates, costureiras, sapateiros, camiseiros, chapeleiros, etc., todos quantos fazem o ofício de vestir o homem e a mulher, esfolando-os, como Apolo escorchou Mársias, não têm mãos a medir. Nos hotéis e nas pensões, verdadeiras latas de sardinhas, os empregados estafam-se e não dão conta do recado. Os caixeiros, por mais que se aforçurem, não chegam para as encomendas. Nas confeitarias é um atropelo de atarantar; os táxis correm dos fregueses, recusam-se aos chamados porque os choferes, às vezes, só conseguem descanso para almoçar... no dia seguinte. E tudo é assim.

Nos lares, do mais opulento ao mais pobre; no palácio como no casebre, a atividade parece impulsionada pela mesma força.

Em uns, são os mobiliários e o alfaiamento que se substituem ou reparam, são as costureiras de fama que exibem figurinos, escolhem fazendas, tomam medidas, cortam, provam, etc.; em outros, são as próprias donas que fazem as suas compras modestas e com elas, como Mimi Pinson, compõem os trajos com que hão de aparecer graciosas e, quiçá, suplantando com a beleza que Deus lhes deu – e que os institutos, ainda os mais estéticos, não conseguem dar, a muitas das que se cobrem de sedas e jóias passando por elas, e com inveja mal contida, nas almofadas macias das suas limusines. É a febre do Centenário.

Além da comemoração patriótica, que exige certo apuro, porque estamos com a cidade cheia de estrangeiros e é preciso provar, a muitos deles, que já não aparecemos às nossas visitas como apareceram a Cabral e aos seus homens os donos da terra, em 1500, têm, ainda, os ricos, a responsabilidade elegante de encher o Municipal, onde começa o rouxinoleio lírico, de ir à exposição, aos banquetes e a todas as demais festas que constam do programa oficial e de outros pequenos programas particulares.

O pobre, esse ficará contente com a andaina que fizer e com o jantar melhorado, e com vinho, com que celebrará o dia do centenário.

Mas a verdade é que para tal apoteose o que se tem feito nesta cidade é verdadeiramente prodigioso. Agora é que eu queria que o azedo Sr. Bryce nos viesse ver, a nós, povo lerdo, povo de incapazes, indignos da terra que nos deu o Senhor, para que se convencesse de que o brasileiro poderá ser moroso, contemplativo, indiferente enquanto a mostarda não lhe chega ao nariz, dado, porém, como agora sucede, que se torne necessário provar a sua capacidade de ação, não o faz como qualquer povo, senão como faria um bando daqueles gênios, ou *djinns*, que, nos contos de Scherazade, constroem cidades ao aceno de um talismã.

E para responder aos que nos detraem com palavras como as de Bryce, aí temos a vida admirável dos últimos três meses, que tantos foram os que bastaram para construções como, por exemplo, a de um Coliseu, como é o estádio do Fluminense e de outras que por aí surgem.

Um povo que faz milagres, como os que se vêem, em que pese aos maldizentes que o visitam, merece bem o Paraíso que Deus lhe deu.

8 de setembro

INDEPENDÊNCIA...?

Cada vez nos convencemos mais da necessidade urgente, imperativa, de fundarmos escolas primárias de... patriotismo, não tanto para que amemos o Brasil, que isto deve ser assunto para os cursos superiores, mas, pelo menos, para que o forasteiro que aporta a estas plagas, decantadas em prosa e verso e, atualmente, festivas pelo motivo auspicioso da passagem do 1º centenário da nossa independência, não julgue que nelas, como escreveu o epistológrafo Caminha: "dá-se tudo"... menos gente.

Em verdade parece que aqui não nascem homens – e melhor será que assim pensem os nossos hóspedes para que não levem do Brasil a amarga impressão de que o seu povo é constituído de indiferentes, que só têm olhos de avistar e não de ver, alongando-os para o longínquo sem atentar no que tem perto.

A nossa xenomania ridícula agravou-se nestes últimos tempos e, em pleno período de exposição, quando devíamos timbrar, com empenho, em exibir ao estrangeiro o que possuímos, em pôr em realce o que nos deu a natureza, é que mais lhe impingimos o que recebemos de fora.

Vai um deles a um hotel, curioso de conhecer a cozinha nacional; dão-lhe logo um *menu* em francês araviado e os pratos correspondentes temperados com especiarias de importação. Pede frutas, queijos, compotas, vinhos e licores, trazem-nos estrangeiros.

As vitrinas atufam-se de modas parisienses; os alfaiates só expõem casimiras inglesas; os chapeleiros, chapéus, idem; idem, camisas, os camiseiros. Se vai a uma livraria, as rimas de brochuras são de novelas francesas.

Nos salões o *chic* é trocar línguas e se, entre um *rag-time* e um *fox-trot*, lembra-se o visitante de pedir a uma senhorita que lhe recite algo, ela atenderá sorrindo, tirando do seu escolhido repertório alguma poesia francesa para arrastar, com elegante sotaque parisiense, os *rr*.

Coisas nossas são para a intimidade: não merecem as honras da mesa e muito menos as do salão. E assim é com tudo e em tudo.

Independência não consiste apenas em ter o senhorio do território, mas em sentir e em fazer sentir a nacionalidade, em ter autonomia, em viver por si, e um povo que não ama a sua terra, que não se orgulha da sua história, que não honra a memória dos seus heróis, que não vibra com os altos feitos dos seus contemporâneos, que preteré o seu vernáculo formoso pela primeira geringonça em que lhe tartamudeia a língua, que deprecia o que lhe dá a natureza própria, será um povo arrincoado, mas não um povo independente; terá solo, mas não pátria.

Agora mesmo temos exemplos tristes do nosso descaso ingrato e impatriótico na indiferença com que deixamos passar atos de nobre audácia que teriam acendido em entusiasmo o coração de outra gente: – o vôo ousado da senhorita Anésia Pinheiro Machado e a travessia aventurosa dos jangadeiros cearenses.

A primeira, como uma valquíria, arremeteu ao espaço e, por cima das mais altas montanhas, rompendo nevoeiros, vencendo ventos, rumou à capital, trazendo o seu coração de brasileira em asas para que batesse uníssono com os dos seus patrícios no âmago da Pátria, quando a bandeira livre subisse pela driça, como uma aranha de ouro pelo fio, até o tope, na hora secular da nossa emancipação política.

Os outros, homens da terra arenosa, da antiga taba balsâmica de Ubirajara e Iracema, criados no mar roleiro, que é o treinador dessa raça heróica do Ceará, flagelado no interior pelo sol e no litoral pelo mar, pescadores, querendo trazer a sua oblação de amor à Pátria, lançaram-se afoitamente às vagas em jangadas e vieram velejando e cantando, montados em fragilidades, mais como náufragos perdidos do que como viajantes de fito a um porto. Chegaram, sem ruído, modestos; desceram na praia, ferraram as velas úmidas, torceram as roupas encharcadas, ataram as alpercatas e entraram na cidade sorrindo, como se apenas tornassem de uma pescaria às suas choupanas em volta das quais o bogari recende.

Como foram recebidos esses brasileiros? Que o diga a cidade. Mas, quem sabe! é até possível que ela não tenha notícia de tais feitos quanto mais dos obscuros heróis que os praticaram... está tão cheia de estrangeiros, a coitada...!

14 de setembro

O SAPATINHO DE CRISTAL

Tornam de volta às suas nações as bandeiras que vieram confraternizar com a nossa na hora jubilar do nosso centenário.

À medida que chegavam, na alcândora dos mastros dos couraçados, como aves que desferissem cantos, o hino de cada qual enchia os ares e, assim, os dois símbolos confundiam-se com os nossos em manifestação harmoniosa de sons e de cores, formando um concerto polifônico sob a cúpula cromática dos pavilhões desfraldados.

Os dias que passaram conosco os homens que aqui vieram, com os seus "lares" sagrados, hão de ficar na memória de todos, porque foram verdadeiramente venturosos.

Chegaram em bom tempo, que este mês é de germinação; é o mês da Primavera, mês em que a terra se abre em sorrisos de flores, em que o céu se tinge de um azul suave, em que o sol é tépido e as estrelas cintilam com mais brilho. E eles levarão da terra a lembrança do agasalho com que foram acolhidos, não só pelos homens como pela própria natureza e quando, em suas pátrias, referirem o que aqui viram, certamente se não hão de esquecer de falar da beleza da cidade, abaluartada de montanhas e defendida na sua orla oceânica por um dos titãs, que nela se petrificou em cordilheira, como o outro, em África, no dizer do poeta, se metamorfoseou em cabo, perpetuando a fúria com que arremetera ao Olimpo em tormentas constantes e em pavores.

Mas do Brasil, do grande e misterioso Brasil, que dirão eles? Viram a cidade primorosa, garridamente adereçada para as festas do Centenário, poucos, porém, foram os que ultrapassaram as suas divisas para ver o que há no interior do território imenso: as florestas frondosas, os campos extensíssimos, os rios largos, de caudal profundo, as cachoeiras possantes; e as lavouras, as minas, a grande vida industrial, cidades que nascem, póvoas que se instalam e ainda, nas selvas virgens, tabas da gente primitiva, os remanescentes das tribos que vão sendo repelidas para os rincões mais profundos da terra, outrora assenhoreada pelas hordas sempre em guerras.

Esse é o Brasil que devia ser visitado porque ele é que é verdadeiramente a Pátria, a terra de Promissão, a Canaã de que falam os poetas.

Mas não se julgue que as nações se tenham abalado para vir ver apenas a cidade, cuja fama de formosura, como a das princesas nas histórias, corre mundo.

Foi-se o tempo em que os homens se deixavam vencer pela beleza, tempo em que a fama de um lindo rosto trazia a certo castelo, das regiões mais remotas, amadores que disputavam, com o preço da própria vida, um sorriso da castelã.

Hoje o que se quer saber é se a donzela tem dote e a quanto monta o mesmo e ainda se tem parentela rica de quem possa herdar, e que outras prendas possui. Isso de rosto formoso é secundário.

A *Gata Borralheira*, deixem lá dizer, se houvesse aparecido no baile com os farrapos com que mourejava na cozinha, onde a refugara a família, nem à porta do palácio lograria chegar, porque os guardas não permitiriam que uma lambuzona tisnasse com o seu desmazelo o brilho da recepção principesca. Se ela entrou no salão resplandecente, se dançou com o príncipe, realizando o ardil de perder o sapatinho de cristal, foi porque a sua madrinha, que era fada, forneceu-lhe os meios de apresentar-se suntuosamente.

Não há dúvida que um lindo rosto influi, mas os "teres" valem muito mais.

Fosse eu como Ariel, alado e invisível, e iria em vôo por esses mares ouvir as conversas dos que regressam e ver o que fazem, agora que se acham em família, longe de ouvidos e olhos indiscretos.

Estou certo, porém, de que não vão por aí comentando as festas que aqui tiveram e revendo a cidade nas fotografias e cartões-postais que levam como lembranças, mas examinando relatórios e pautas, cuidando do que interessa e do que distrai.

E bom é que assim seja porque o Brasil só será o que deve ser no dia em que houver nele o número bastante de trabalhadores que o façam produzir o que a sua fertilidade encerra.

A exposição foi um meio de atrair e as nações vieram por ela ao Brasil como o príncipe foi à Borralheira pelo sapatinho de cristal.

Tudo está em saber lançar o anúncio. Se a linda moça se houvesse deixado ficar junto ao fogão não chegaria ao que chegou e é até possível que uma das tais irmãs invejosas, apesar de vesga uma, e outra coxa, a esta hora ocupasse o trono em que se sentou a dona do sapatinho.

21 de setembro

ORAÇÃO EUCARÍSTICA

Graças vos sejam dadas, Senhor, por todo o bem com que nos tendes amerceado e amerceareis ainda o sempre: pelo bem que nos fizestes no passado; pelo bem que nos fazeis no presente e pelo que, afirma-nos a Esperança, nos fareis pelo tempo adiante.

Graças vos sejam dadas, a Vós, que assinalastes a nossa Pátria, no céu e na terra, com o vosso cruzeiro: no céu, formando-o de estrelas; na terra, figurando-o na bandeira cristã dos navegadores e ainda com o primeiro tronco cortado na floresta virgem, e levantado em cruz, diante da qual chefes, soldados, marujos e selvagens ouviram a missa, que sagrou a descoberta chamada, desde então, Terra da Vera Cruz.

Graças vos sejam dadas, Senhor, que nos acompanhais da Altura para o nosso destino, como a estrela acompanhou os Magos ao berço de Belém.

Graças vos sejam dadas, Senhor, que nos guiais do Céu, realizando por nós milagres maiores do que os de outrora, quando encaminháveis e protegíeis o Povo israelita no êxodo em que se abalou da terra da opressão, atravessando, a cantar, por entre as águas do Mar Vermelho, levantadas em muralhas; vencendo, em Faran, todas as calamidades da aridez – com os rochedos estanques rebentando instantaneamente, não em lavas vulcânicas, mas em jorros de mananciais; com o orvalho condensando-se em aeromel; com as nuvens de cotovias oferecendo-se-lhe em generoso apisto e com as armas abençoadas levando de vencida a todos os dibras do deserto, abrindo passagem para a fertilidade de Canaã.

Graças vos sejam dadas, Senhor, que nos aconselhais nos dias obscuros, que nos animais nas horas tormentosas, que nos assistis nos instantes doloridos, que velais por nós na treva como fanal e que nos inspirais as obras que vamos realizando em paz.

Graças vos sejam dadas, a Vós, que vindes do céu em carisma sempre que vos invocamos, manifestando-vos, quando bradamos por Vós, em carne e em sangue, na mesa da Eucaristia.

Vós que sois o principal alimento da Vida, porque a nutris para a Eternidade entrando n'alma como entram no corpo o ar e a luz; Vós que mantendes a Esperança, arrimo dos sofredores; Vós que acendeis a Fé, claridade que nos guia ao Céu; Vós que sois substância e calor na hóstia e no vinho; Vós que sois para o espírito necessidade tão grande como é o hálito para o corpo; Vós que sois Tudo dentro do Nada; Vós que realizais no coração do Homem milagre idêntico ao que realiza a semente na terra que, de pequenina, em chão nu, sobe em tronco frondoso, enflora-se e frutifica; Vós que sois a Onipotência e a Misericórdia; Vós que sois a Fartura na terra, a Saúde no ambiente, a Luz no Espaço, o Amor na Eternidade, fazei-nos a Graça de tornar a nossa bandeira, onde se acha, como em altar, a constelação simbólica da Redenção do Homem, eterna e invencível como a própria cruz, do alto da qual, na hora em que vos desligastes da condição efêmera de Homem, reassumindo gloriosamente, pelo transe da morte, a vossa glória celestial, deixastes, para salvação dos crentes, a carne branca do vosso corpo e o sangue rubro das vossas veias, que são os viáticos com que a alma faz o seu trânsito para a Eternidade.

Graças vos damos, Senhor, por todo o bem que nos tendes feito, e à nossa Pátria à qual impusestes, como resplendor, a vossa própria cruz feita de estrelas.

           28 de setembro

O NOSSO TEATRO

Quando Antoine declarou falido o Odeon, o admirável teatro que é o verdadeiro seminário da dramaturgia francesa, em vez de o assetearem com ataques, um deputado levantou-se na Câmara, não só para fazer-lhe o elogio como para pedir lhe fosse reforçada a subvenção, a fim de que o grande reformador continuasse à frente do teatro, onde tanto realce dera ao repertório clássico, acorçoando, igualmente, os novos autores, que tinham nele um verdadeiro paredro.

A França que, em matéria de teatro, possui os melhores padrões nesse mesmo Odeon e na Comédie, para citar apenas os oficiais, não cogitou jamais de lucros de bilheteria, considerando, como principal, a propaganda da sua literatura e o que dela resulta, tanto em benefício da cultura do povo, na manutenção do espírito de nacionalidade, como na difusão do gênio da raça, que tanto se tem imposto ao mundo pelo estro dos seus poetas e pela arte dos seus atores.

A França não deixou jamais de patrocinar o teatro, à maneira do que fez a Grécia que, ainda assediada por inimigos, com o erário militar exausto, não ousava tocar no "teórico" ou tesouro dionisíaco, com o qual eram custeadas as representações dramáticas.

Nos dias sangrentos da revolução, quando a carreta sinistra atravessava as ruas de Paris com as levas de condenados à guilhotina, o teatro funcionava e, entre as peças que, então, apareceram uma houve, notável, de André Chenier, *Charles IX ou l'école des rois*, representada, pela primeira vez, a 1º de novembro de 1789.

E foi nesse tempo que surgiu espaventosamente o tipo da célebre peixeira *Madame Angot*, "caricatura grosseira e ridícula, como diz Geoffroy, da plebéia enriquecida que, no esplendor dos salões, não esquecia os gestos desabridos e o calão descomposto do tempo em que vendia à banca, no mercado".

Essa virago fez época, conquistou a platéia popular desde que a lançou em cena o seu criador Antoine-François Eve, por alcunha Maillot, e a sua famosa *Filha*, nascida na opereta de Clairville, para a qual Lecocq escreveu a célebre partitura, depois de correr triunfalmente o mundo, veio ter aqui e, traduzida por Artur Azevedo, com a graça que lhe era própria, alcançou êxito sem igual no gênero ligeiro.

Napoleão sofria os rigores do inverno na desastrosa campanha da Rússia quando lançou as bases da reforma da Comédie.

Sem continuidade de ação nada se consegue. Não basta o impulso inicial, é necessário perseverar no esforço, insistir no alento. Não se vive de um fôlego, mas de respiração contínua.

Machado de Assis assim entendia, e disse-o, lastimando a decadência da cena brasileira:

"Todavia, são palavras do mestre, a continuar o teatro, teriam as vocações novas alguns exemplos, não remotos, que muito as "haviam de animar."

Isso, aliás, é vezo nosso. Somos um povo volúvel, não assentamos em propósito algum. Para ímpetos, experiências e novidades não há como nós, tudo, porém, se nos frustra, fica em meio ou muda de destino se o acabamos.

Quantas pedras fundamentais há por aí enterradas ou cobertas de mato? Quantos alicerces esbarrondados, quantas ruínas de construções abandonadas em começo, quantos prédios levantados para um fim e, logo depois, modificados para outro? E tudo é assim.

Somos como as crianças que desejam um brinquedo, choram para que lho dêem e, mal o ganham, logo o aborrecem pensando em outro, quando o não escangalham para ver o que tem dentro.

A Comédia Brasileira foi mais uma tentativa de restauração do teatro nacional: viveu pouco, à custa de uma injeção. Já se lhe vão apagando as gambiarras e sobre o palco, como à frente de um mostruário de exposição, começa a baixar a cortina férrea do esquecimento.

A feira vai levantar-se porque os donos do terreno querem-no para outra ocupação.

Diz-se que o esforço não correspondeu ao sacrifício, que não houve ali coisa alguma que compensasse o dinheiro gasto e o tempo perdido. Quem tal diz é a crítica sensata, que sabe como é difícil levantar um teatro?

Não! Essa andou sempre com generosidade, animando, não só os escritores, como o elenco que se reuniu para interpretá-los.

A reforma do teatro alemão, apesar de ter na direção da campanha um homem da estatura de Lessing e valores cênicos como a Neuber, levou anos de persistente esforço para realizar-se.

Exigir peças magistrais e artistas impecáveis de um dia para outro é querer milagres que se não podem produzir por falta de santos.

Façamos obra humana, com as forças de que dispomos, pouco a pouco, com paciência perseverante.

Pedra a pedra é que se levantam muralhas e torres: gota a gota é que se enchem mananciais. A lira de Anfião, que atraía blocos de rochedos para construir as muralhas de Tebas, é instrumento que já não soa e macaréus que enchem rios em minutos são fenômenos que não podem servir de exemplo.

Só perseverando conseguiremos ter um teatro digno da nossa cultura, mas, para o brasileiro, o verbo perseverar não é só irregular, é absurdo em modos, tempos e pessoas. Nunca, jamais ele o conjugará.

2 de outubro

AS TAIS EMBAIXADAS...

Muito concorreram os grandes "agons", ou jogos sagrados, para aproximar os povos dos vários Estados gregos, tornando fortes entre os mesmos os vínculos de amizade.

Infelizmente, porém, nem sempre as competições atléticas, apesar da rigorosa disciplina que as presidiam, mantida severamente por oficiais chamados alitarcos, findavam harmonicamente. Vezes houve, e freqüentes, em que o empenho pela vitória de um favorito, ou do representante de uma teoria, agitou ardidamente a arquibancada.

Eram, a princípio, injúrias aos que se mediam na arena, trocas de palavras entre os espectadores, afrontas de parte a parte, conflitos e, por fim, rastilhando a raiva, era toda a assistência que se conflagrava em tumulto.

Debalde manifestavam-se os epiméletas, ou juízes; debalde o agonóteta procurava impor a sua autoridade; debalde intervinham os helanódices ou chefes de embaixadas agonísticas, a luta continuava violenta e, com o escoamento do povo, que se precipitava dos ginásios, bradando contra atletas e juízes, nas ruas, nas praças os partidos defrontavam-se e o que começara em festa, em honra de um deus, degenerava em batalha alarmando a cidade.

Alfredo Mauri, no estudo que fez das *Festas religiosas e jogos agonísticos na Grécia*, diz, comentando certas dionisíacas e panatenéias no correr das quais eram disputados jogos atléticos:

"Não eram festas religiosas, mas verdadeiras guerras."

E transcreve a opinião de notável orador, Máximo de Tiro, sobre tais certames, tão do gosto dos helenos:

"É um encanto ver aqueles airosos mancebos exercitando-se, nus, em jogos de destreza e força e em danças as mais graciosas. Mas, infelizmente, o que se nota é que Agesilau tem inveja de Lisandro, Agesipolis não suporta Agis, Cinadon arma ciladas aos reis, Phalante aos éforos, os Parthenios aos Spartiatas. Só acreditarei na conveniência e utilidade de tais festas no dia em que, em vez da discórdia, eu vir o que nelas sempre deverá existir: o sentimento de amizade."

Se Máximo de Tiro houvesse adormecido como Epimênides, e só agora acordasse, acharia os jogos no mesmo pé em que os deixou, com os mesmos defeitos que os viciavam, criando ódios entre os homens e até comprometendo velhas amizades entre nações.

Não quero comentar o que aqui houve durante as olimpíadas. Algumas das embaixadas que nos honraram com a sua visita deixaram em tal estado as casas em que se hospedaram, que foi quase necessário reconstruí-las. E – diga-se a bem da verdade – muitos dos que vieram defender cores nacionais em nossos campos não conhecem as regras de viver que tanto enobrecem o povo em nome do qual se apresentaram.

Os campeonatos não são apenas demonstrações de agilidade e força, senão também, e principalmente, de cultura moral, de polidez, de boas maneiras. Não basta vencer a muque, é necessário, também, conquistar pela educação, impor-se pela compostura, porque os povos prendem-se mais pelo espírito do que pelas garras dos seus homens de força.

Energia não é sinônimo de brutalidade. Apolo vencia dragões e abatia lutadores e era, entretanto, o deus, entre todos, gracioso.

Se, na organização das teorias, ou *teams*, como agora dizemos, à inglesa, as comissões cogitassem de uma boa representação nacional, muitos dos que aqui vieram, como atletas, talvez nem como carregadores de malas houvessem conseguido lugar nas mesmas embaixadas. Ganhar em campo, à custa de violências, respondendo às manifestações da assistência com acenos como os que foram feitos da arena do Estádio para as arquibancadas, cheias de senhoras, poderá ser uma prova de força bruta e de grosseria, demonstração esportiva isso é que não é.

A mais bela vitória, a única que, em verdade, prevalece pela conquista da simpatia, é a da cortesia. O cavalheirismo era a doutrina dos paladinos e, por mais fortes que fossem e mais destros os manejadores de lanças, não se esqueciam jamais das regras que lhes eram impostas pela moral da Ordem.

Felizmente para os povos amigos, que foram aqui tão mal representados por arruaceiros depredadores, nós sabemos que tais embaixadores foram constituídos com pessoal... de uso externo, porque nos centros cultos das suas próprias pátrias nenhum deles jamais entrou nem tentará entrar pela certeza que tem de que não será recebido.

Não têm culpa os países do que fizeram os seus mandatários – a escolha da gente para tal representação é que foi malfeita: em vez de a tomarem na sociedade, apanharam-na na rua. Foi isso.

9 de novembro

AO SOM DA LIRA

Chacun se trompe ici-bas;
On voit courir après l'ombre
Tant de fous qu'on n'en sait pas,
La plupart du temps, le nombre
Au chien dont parle Esope il faut les renvoyer.
LA FONTAINE

Abocanhando um naco de vitela, ia um cão, mui ancho, procurando refúgio onde, fora das vistas e longe do faro de gaudérios, manducasse em sossego, quando se lhe opôs ao passo um córrego, límpido, mas não tão raso que pudesse ser transposto a vau.

Pôs-se o rafeiro a pensar na travessia e, já se decidira a fazê-la a nado quando descobriu uma pinguela, que lhe facilitava o trânsito, poupando-o ao molho e ainda garantindo o bocado apetitoso, que lhe podia ser arrebatado pela correnteza. Foi-se.

Logo, porém, que pôs pé na estreita estiva, olhando a água que corria embaixo, viu nela não só a própria sombra como a da carne que levava e que lhe pareceu, não só maior em posta, como mais gorda. Foi um tudo abrir a boca largando a presa certa e atirar-se ao córrego para abocar o reflexo e só lucrou com o mergulho encharcar-se e beber um gole d'água. Quanto à carne verdadeira, essa desceu ao fundo, onde a tomaram os peixes, ou foi-se de roldão no rolo da corrente.

Ficou-se o cão com a fome e mais com o arrependimento do que fizera e logrado, vexado, passou à outra margem, onde se pôs a uivar entre as ervas e naquele dia, por muito querer, apertou-se-lhe o ventre em jejum de quaresma.

Esta fábula do escravo frígio sugeriu-me outra que eu só não ponho em forma porque não disponho do dom que deu renome eterno ao moralista giboso. Todavia, aqui vai, mal amanhado, o que me ocorreu à mente ao pensar nas famosas adicionais com que a tabela Lira, de som abemolado, encantou a gente burocrática.

Vivia o povo do funcionalismo na corda bamba dos prestamistas, fazendo prodígios de equilíbrio entre o ativo e o passivo, quando ressoou no Senado o instrumento poético afinado em cordas de ouro.

As cordas eram, em verdade, sedutoras e começaram todos a trabalhar para ouvi-las de perto. Conseguiram o que tanto desejavam.

Caso estranho, porém, tais notas, que pareciam ser como as da harpa de Davi, que abrandavam a cólera de Saul, enfureceram, ainda mais, a Carestia, tornaram a vida mais difícil, porque, tangidas no instrumento do legislador, ecoavam tonitruosamente no balcão dos fornecedores, e, cantando em bemol, repercutiam em sustenido.

O aumento do benefício provocou maior gravame – a sombra fez-se dez vezes maior que o corpo e assim o que fora meditado para melhorar a situação do aflito tornou-a mais aflitiva. Tudo subiu na proporção da tabela – o que antes custava 10 passou a valer 100 porque, disseram os fornecedores:

"*Sol lucet omnibus*. A tabela não há de ser só para eles: se eles foram aumentados, nós fomos tributados e, como o tributo novo veio pelas cordas da lira, que o paguem os diletantes do instrumento abonador. As pautas devem correr paralelas: o ativo ao lado do passivo; paralelas, mas não iguais, porque o ativo deve ser sempre mais comprido ao menos em nossas contas. Nada de injustiças; se ganham mais, paguem mais."

E tudo sobe. Já a burocracia brada contra o pouco que lhes foi dado, acha que a tabela Lira não basta, quer uma tabela Harpa, que tem mais cordas, e, se lha derem, os fornecedores acharão meio de levantar ainda mais os preços e a tabela passará a ser de dois e mais instrumentos, até chegar a uma orquestra, mais numerosa do que a de Viena, e ainda assim será pouca para os gastos.

O círculo vicioso dilata-se cada vez mais. Melhor será ficarmos como estamos, porque, se forem aumentando os benefícios, será pior porque, dando o governo a vantagem de 10% e cobrando o fornecedor os gêneros com o ágio sombrio de 20%, quanto mais receber o funcionário mais se lhe tornará insuportável a vida e no dia em que os honorários lhe forem pagos com 500 por cento de adicionais ele só terá um recurso e esse será comprar uma arma com que se suicide para sair do labirinto em que o meteram... ao som da lira.

17 de novembro

UM MINISTÉRIO

Falou-se, há tempos, na criação do Ministério de Instrução Pública e das Belas Artes, ao qual ficariam afetas à vigilância e defesa da estética da cidade.

Os artistas alvoroçaram-se com a notícia e um grupo de ruskinianos, que se preocupa com árvores centenárias, fontes manando em carcavões de montanhas, edifícios em ruínas, pedras recomidas, carrancas de chafarizes coloniais, costões de praias e quejandas baboseiras, chegou a espalhar convites, impressos em folhas de amendoeira, para um ágape silvestre nos alcandores da Tijuca.

A nova morreu em boato.

Faria, entretanto, obra meritória, de verdadeiro patriotismo, o governo que criasse tal departamento administrativo, provendo-o de abcedários em profusão, dotando-o com um orçamento para manutenção de escolas, aquisições artísticas e dando-lhe prestígio e mão forte para que se opusesse às depredações dos que estão transformando a fisionomia da cidade, destruindo-lhe a beleza, sacrificando-lhe os maravilhosos recantos: a uns, entupindo com verdadeiras moles imprestáveis, vazadouros de dinheiro, que só serviram para enriquecer, à ufa, empreiteiros apadrinhados e dar lucros em barda a um bando de galfarros, chacais ladinos que acompanham os leões nas caçadas fartando-se com o deventre das presas devoradas; a outros, e dos mais aceitosos, derrubando impiedosamente o arvoredo, desmantelando bacias de cascatas, todas de pedras aveludadas de musgo, dinamitando fragas, aplainando acidentes para reduzir tudo à chatice e... a dinheiro.

Se já funcionasse tal Ministério certamente a cidade não teria hoje, em vez da curva graciosa da sua tão celebrada baía, aquele promontório de lodo, que as ressacas fariam bem se dissolvessem, levando para o oceano todo o barro do morro, que foi a vítima do quatriênio extinto.

E o que há de obras começadas! O que há de andaimes, o que há de paredes, o que há de construções em meio aí por essa cidade! E ao peso dessas ruínas precoces quanta tradição soterrada!

O Passeio Público... Enfim...

Já agora não há remédio, o que está destruído, foi-se! Rezemos-lhe por alma.

O Ministério, se o criassem, viria, talvez, salvar o pouco que ainda existe, defender o que resta e ainda, para que o estrangeiro, que aqui viesse, atraído pela fama da beleza da cidade, não bradasse, indignado, contra o logro, o Ministério poderia criar uma seção de informação histórica, com pessoal instruído na Delenda do Rio, para que fosse explicando ao visitante:

– "Aqui onde o Sr. está vendo esta casa malacabada era o antigo terraço do Passeio Público.

Eu ainda o alcancei: era de ladrilho branco e preto e dava sobre o mar. Sobre o mar, sim senhor, porque esta Avenida, por aí fora, tudo era mar.

O Passeio Público era o logradouro do povo.

A banda dos alemães tocava, à noite, ali onde há agora um teatrinho e corria a rodo a cerveja da Guarda Velha, a cruzado a garrafa.

No terraço dançava-se. Bom tempo...! Agora é isto – uma obra de Santa Engrácia, feita para Cassino, mas que vai ser aproveitada para Necrotério ou outra coisa qualquer."

E lá iria o cicerone, com o estrangeiro, dizendo-lhe do que houve e mostrando-lhe o que não há: sítios que foram formosos e que são hoje lugares-comuns.

Infelizmente, porém, a idéia do tal Ministério morreu como o pinto: na casca, e a cidade continua indefesa, à mercê de todos os machados e de todas as picaretas, até que apareça um Prefeito corajoso, que, pelo menos, faça a coisa com suntuosidade, à maneira de Nero, entronando-se no cimo de um morro (se ficar algum de pé), tendo à mão o botão elétrico de um aparelho de terremoto, adquirido na América por muitos milhões de dólares, emprestados e, em dado momento, ao som do hino, calcando soberbamente no tal botão, será uma vez o Rio de Janeiro, desde o mais remoto subúrbio até o esborcinado litoral.

E o americano, retirando o colossal entulho, diante do qual o do Chile será menos que um punhado de terra, construirá na planície uma cidade, *yankee*, com a estátua da Liberdade ao centro iluminando o mundo.

30 de novembro

DINHEIRO HAJA!...

A Avenida oferece, há dias, aos seus transeuntes, um espetáculo deveras interessante, que deve ser aproveitado, como lição, pelos administradores da fortuna pública (e o momento é oportuno por estarem na berlinda os orçamentos) – é o do aviltamento, ou diga-se: da prostituição da moeda, ou moedas, porque são várias e de estampas diversas, as que se arrastam, mendigas, pela mais rasa das baixezas.

Feirantes, aos magotes, carregados de papéis pintados, apregoam fortunas a dez réis de mel coado, não em bilhetes de loterias, mas em cédulas que representam coroas da Áustria, marcos da Alemanha e rublos bolchevistas.

É tal a esmola que a gente desconfia e, se muitos não compram a reles mercadoria, é porque se lembram dos famosos contos-do-vigário e temem que o *paco* se lhes transmude nas mãos em embrulho de papel sujo.

Mas não: o negócio é limpo; fazem-no os mascates à luz do sol e aos olhos da polícia, com pregão alto, provando que, com um punhado de tostões, pode qualquer pé-rapado ficar com o bolso mais cheio do que a cornucópia da Fortuna.

Licurgo, para acabar com a avareza em Esparta, instituiu a moeda de ferro que, pelos modos, era uma espiga, porque, segundo Plutarco, "era tão grande e tão pesada que, para guardar a soma de dez minas, era necessário um quarto e, para transportá-la... um carro de bois".

Para entesourar em marcos, rublos ou coroas quantia correspondente a mil contos da nossa moeda seria, talvez, pequeno o Palácio das Festas da Exposição.

Mas, francamente: de que servem papéis tais que andam por aí às toneladas, como serpentinas em quarta-feira de cinzas?

Que lucram os países falidos com essas emissões que, em vez de os tirarem de aperturas, ainda mais os arrocham e desacreditam? Mais vale um óbulo de cobre de bom cunho do que uma cédula milionária, dessas que por aí circulam.

Não foi com o intuito austero de conter a avareza, que inspirou ao legislador lacedemônio a idéia das moedas de ferro, que as nações, dessangradas pela guerra, fizeram as emissões que transbordam pelo mundo; foi, ao contrário, para disfarçar, com ouropéis e dobletes, a miséria que as oprime.

Pobres cédulas! São bem a imagem comovedora da decadência: valores em títulos, e nada por dentro; brasões cobertos de teias de aranhas, fidalguias rebentadas, como as de certos nobres que ostentam trapalhos de veludo cobertos de insígnias e condecorações e dormem em palheiros, roendo famintamente côdeas e ossos.

O espetáculo que nos oferece a Avenida com a derrama de dinheiro, vendido a granel, deve ser olhado, como exemplo, pelos economistas de certo país, onde tudo vai à matroca.

Aos que andam por aí a vender o seu dinheiro por esmolas foi a guerra que os malbaratou; ao outro, quem vai aniquilando é a indiferença por um lado e a incúria por outro – duas inércias que se ajustam.

O pregão dos feirantes da Avenida soa sinistramente como aviso. Ouçam-no os que passam e aproveitem-lhe a lição.

Por enquanto o dinheiro que se almoeda é de fora. Praza a Deus que não suceda o mesmo ao de casa, não porque a guerra tenha minado o erário público, senão por desídia, ou coisa pior, daqueles que o deviam guardar e que reduziram o lastro ouro do país a barro; esbanjaram as economias; dissiparam, alagadeiramente, em festas, todo o arrecadado; lançaram-no à rebatinha a todas as vaidades e manirotos, perdulários, pródigos, etc., etc., não só rasparam o tesouro, como exauriram todas as fontes de renda, empenharam todos os haveres existentes, comprometendo ainda as safras do futuro com o que ficou o país amarrado de pés e mãos pelos cordões da bolsa de Shylock.

E se amanhã, em outras praças, feirantes apregoarem, por ceitis, as notas do tal país, que, segundo os dizeres dos otimistas, é mais fértil do que a ubertosa Canaã da Bíblia, não se queixem os seus homens porque Deus lhes pôs ante os olhos um espelho límpido.

Por enquanto a proclamada fertilidade do tal país só lhe tem trazido desgosto como a gordura aos obesos: corpanzil de gigante, mas de saúde, nada.

E o pregão continua na Avenida: rublos, coroas, marcos. São as barbas dos vizinhos que ardem. Borrifem-se, ao menos, senhores financeiros.

Mil coroas! Quinhentos réis! E há quem venda a quatrocentos... Cuidado com a prata de casa!... Enfim, Deus é brasileiro.

7 de dezembro

SALTEADORES DE NAÇÕES

A polícia anda no rastro de uma quadrilha sinistra que, se não fosse descoberta a tempo, talvez lograsse realizar o crime nefando de roubar ao continente sul-americano a sua maior riqueza, que é a paz.

Não se compõe a horda de salteadores comuns, desses que os romances de capa e espada nos mostram mascarados, com rebuços dramáticos de mantos negros e chapéus de abas largas, clavina ou bacamarte à mão e punhais à cinta, alapardados entre fragas, em desfiladeiros, ou de tocaia em bosques, à beira de estradas, surgindo, de improviso, à frente do caminhante, logo o ameaçando com a arma e intimando-o ao desvalisamento à voz imperativa de: "A bolsa ou a vida!"

Esses tais revestem de certo heroísmo a rapinagem, são, pelo menos, audaciosos e arriscam-se, muitas vezes, a deixar a pele na aventura, porque nem todos os assaltados são covardes e muitos, contando com entrevindas estradeiras, vão apercebidos para defender a bolsa e a vida e o fazem com galhardia.

Não são, porém, bandidos de estradas esses que, por mercê de Deus, estão sob as vistas da polícia. Não se trata de ralé como a da Falperra; não são bravos de façanhas românticas, com uma caverna como a que o esperto Ali Babá descobriu e onde se amaquiou de ouro e preciosidades, por ter ouvido, no fundo do esconderijo em que se metera, a palavra encantada que fazia girar o rochedo, porta do misterioso antro da farândola aladroada.

Os meliantes que estão na berlinda são homens de boa sociedade, freqüentam o grande mundo e, com artes sutis de dissimulação, insinuam-se em todos os meios e, o que mais é, em vez de roubarem bolsas, atiram-nas, e recheadas, à direita e à esquerda. E com tal prestígio caminham e vencem todas as dificuldades.

Tal bando entendeu que o material que sobrara da grande guerra não devia enferrujar-se e cobrir-se de *mugre* ao tempo.

Pois haviam de arruinar-se, reduzindo-se a ferro-velho, tantos navios escapos das insídias do mar, tantos canhões, tantos fuzis, tantas baionetas e ainda aeroplanos e munições em barda? Não! Tudo isso representava dinheiro, todo esse alcaide valia milhões... a questão era saber aproveitá-lo.

A Europa, depois da grande sangria que sofreu, escarmentada da luta formidável, não se meterá, tão cedo, em outra areosca.

Juntaram-se, então, os traficantes em conselho e, depois de haverem estudado as condições de fortuna de vários povos, decidiram voltar as vistas para a América do Sul, continente rico, habitado por gente nova e, ao ver de tais patifes, árdega e explosiva. E o mais sutil disse logo, antegozando a melgueira:

"Ponhamos em jogo a intriga, um rastilho de cizânia que vá de uma a outra República e, com ardis que não nos será difícil entretecer, teremos a obra feita. O ardor de tal gente é pólvora – inflama-se com uma fagulha e, logo que se der a explosão, meus amigos, é entrarmos com o nosso material, e o ferro-velho, o rebotalho inútil da grande guerra valerá o seu peso em ouro."

Tal foi a combinação da quadrilha e, desde logo, puseram-se em campo os que deviam estender o tal rastilho entre nações da América feliz, transformando-a, de uma hora para outra, em balcão sangüento de negócio.

Que importa a essa corja que a tranqüilidade em que vivemos nesta doce região, moça e sadia, se conflagre por aleivosia interesseira? Fiquem as cidades em ruínas, os campos talados e desertos, os lares tristes; chorem as mulheres em viuvez e as crianças em orfandade; pereçam todos os homens válidos, restando apenas os dois extremos frágeis – a infância e a velhice contanto que eles enriqueçam... e o negócio será excelente.

Sangue, lágrimas, ruínas, isso que monta! A vida não se faz com pieguice, senão lutando. Que lutem, pois, os povos em proveito dos empreiteiros de guerras; que se estraçalhem nações para que a cainçalha se farte no seu encarne; que se transforme em ódio a amizade multissecular de povos da mesma região; que tudo pereça, que tudo se desmorone à metralha – os tiros que estrondarem em terra e no mar na luta fratricida tinirão no cofre dos movimentadores de exércitos.

As bandeiras desfraldadas no fumo das batalhas serão, para eles, como letras a prazo e quanto maior for a catástrofe melhor será o negócio.

E os ferros-velhos volverão aos que os mercadejarem em ouro novo, amoedado, que fará a fortuna de muitos, ainda que tais moedas, partidas ao meio, vertam sangue e lágrimas.

Os grandes negociadores de catástrofes têm, sobre a moeda, a opinião de Vespasiano. Venha de onde vier, se for de bom ouro, será bem-vinda.

Felizmente, porém, a Polícia descobriu o negócio a tempo e, em vez dos ferros dos canhões e das couraças, dos fuzis e das baionetas, dos *schrapnells* e dos obuses se transformarem em ouro, à custa do sangue e das lágrimas de povos irmãos, fundir-se-ão em algemas que acorrentem as feras que, desonesta e cruelmente, conspiram contra a vida e contra a harmonia.

E digam ainda que são exageradas as palavras com que Parmentier, no seu admirável romance *L'ouragan*, fulmina os negocistas:

"Il y a des hommes atroces dont l'intérêt est plus puissant que celui des peuples; il y a des monstres formidables de cruauté qui préparent, entretiennent, assoupissent et réveillent à leur gré les causes de haine entre les peuples..."

E foi de uma quadrilha de tais homens que, felizmente para a Paz americana, a Polícia descobriu, a tempo, o rastro sanguinário.

14 de dezembro

ANO NOVO

*9 – Que é o que foi? É o mesmo que o que há
de ser. Que é o que se faz? É o mesmo que
o que se há de fazer.
10 – Não há nada que seja novo debaixo do
sol, e ninguém pode dizer: Eis aqui está uma
coisa nova; porque ela já a houve nos séculos
que passaram antes de nós.*
Eclesiastes, cap. I

Por mais que a experiência amarga nos demonstre que tudo de hoje é o mesmo de ontem, que a roda do Tempo gira no mesmo ponto, sem jamais deslocar-se, como a polia que revolta sobre si mesma, no eixo, pondo em movimento toda a engrenagem da oficina, dizemos sempre, obstinados na esperança: novos dias, ano novo, novo século.

Tudo é o mesmo revolutear vertiginoso.

A vida passa no Tempo como a correia na roda motriz: desce, sobe; vai e torna e, ajustada nos extremos, não tem princípio nem fim.

E insistimos em dizer: começa, acaba, quando, aludindo à continuidade, devêramos dizer: prossegue. E essa força, em atividade perene, é que nos propulsiona, a nós e aos mundos, a toda a criação.

E que se faz de novo nessa oficina que Cohelet percorreu, recanto a recanto, achando em todos apenas vaidade? Fez-se ontem o mesmo que se fizera na véspera e o que se há de fazer amanhã e assim pelos dias, anos e séculos a fio.

Por que havemos de apregoar novidades, quando sabemos que "nada há de novo debaixo do sol" senão reprodução do efêmero, porque tudo que existe data da primeira hora do gênese, todos os elementos, todos os seres, todas as coisas, o que jaz ou se move na terra e no ar, na água e nas profundezas, como também os sentimentos que agitam o coração, que logo se manifestaram em amor e em ódio; e as idéias que latejam no cérebro, idéias que, ainda nos primeiros clarões, alumiaram o homem no exílio a que o condenou o Altíssimo, guiando-o e industriando-o na defesa e granjeio da vida?

Se o homem criasse tornar-se-ia igual a Deus; se a Natureza inovasse seria essencial, tanto como a Divindade.

O que chamamos novo "é o que foi e o mesmo que há de ser", e vale tanto como o que faz o lenhador que abate um tronco na floresta, fende-o em achas, empilha-as, chega-lhes lume e acende uma fogueira; chamas que amortecem em brasas, brasas que se desfazem em cinzas.

Criar é tirar do nada alguma coisa.

Ano novo. Novo, por quê? Porque é necessário dar ao homem versátil a impressão de mudança. Eternidade só é admissível depois da morte, a vida exige movimento e variedade.

Prossiga-se, ainda que se caminhe como os ponteiros dos relógios – em círculo, avançando sempre no mesmo ponto; percorrendo, em volta, as mesmas horas, ao ritmo do pêndulo, que vai e vem.

Enfim, como não se vive sem a ilusão, comecemos pela maior, que é o Tempo, festejando-lhe o renascimento, como, há pouco, comemoramos o Natal que é o renascimento de Deus.

São forças eternas, que é necessário manter, e porque não suportaríamos a continuidade, sem horas, nem culto sem crepúsculo, matamos o Tempo para renová-lo e sacrificamos Deus para ressuscitá-lo. Questão de novidade sem a qual a vida seria enfadonha e a religião monótona.

Tudo, enfim, se resume nesta verdade: "Para que haja alegria na vida e revice a esperança, alento do coração humano, é necessário apelar para a morte."

Assim mata-se um ano para que se possa comemorar o nascimento de outro.

E em que consiste a cerimônia, toda imaginária, da sucessão, no Tempo, de um ano por outro? Na simples substituição de um bloco desfolhado por uma folhinha intacta.

E, com isto e danças, luzes cambiantes, flores, parabéns, votos de ventura e a consoada opípara da meia-noite, contenta-se o homem enchendo-se de esperanças e satisfazendo a vaidade com imaginar que fez coisa nova com o Tempo, que é o que há de mais velho neste... e nos outros mundos.

28 de dezembro

1923

ANGUSTIOSO APELO

Fio que o Sr. Prefeito, que é um sincero e decidido propugnador da cultura física, envidará meios de atender, como de justiça e direito, à representação que lhe foi levada pelos diretores dos quatro clubes de natação e canoagem que têm as respectivas sedes na rua de Santa Luzia. São eles – *Boqueirão do Passeio, Natação e Regatas, Internacional* e *Vasco da Gama.*

Núcleos de preparação eugênica e escolas práticas de reservistas da nossa marinha, tais clubes, que se mantêm a expensas próprias, sem favores oficiais de ordem alguma, porque os próprios prêmios, instituídos pelo Governo, raramente lhes são entregues, prestam à Pátria serviços inapreciáveis.

Neles reúnem-se, solidária e disciplinadamente, os jovens que se dedicam ao esporte aquático, treinando-se em exercícios metódicos nos quais, não só educam o espírito, encorajando-o nas competições em que se empenham, nas travessias ousadas que realizam a nado, nas provas de agilidade, força e calma que disputam, como se retemperam energicamente revigorando-se no mar, onde adquirem saúde, força e beleza para orgulho e melhoramento da raça. Tempo houve em que tais clubes tinham o mar às portas. O nadador, em dois saltos, alcançava a onda, ia-se por ela ao largo e as guarnições desciam às praias com os seus barcos, punham-nos a flutuar, partiam e, de volta, tomando-os facilmente aos ombros, em segundos, recolocavam-nos nos cavaletes dos estaleiros.

O esporte tomou incremento. Os campeonatos internacionais estimularam os afeiçoados do mar e os clubes, procurados por grande número de sócios, trataram de melhorar as suas instalações, de aumentar as suas frotas onerando-se com as construções que realizaram e com as encomendas, que fizeram ao estrangeiro, de aparelhos e barcos de vários tipos.

Justamente quando mais careciam de favores e de facilidades para os exercícios dos seus associados, eis que surge a idéia de estender-se na linha litorânea a terra tomada ao morro do Castelo avançando, com ela, a planície, com o que ficaram os clubes distanciados da sua arena verde de exercícios.

Não foi isso bastante: a Exposição, levantando os seus palácios na área conquistada e inscrevendo-se em recinto vedado, fechou aos mesmos clubes todas as saídas para o mar.

Protestos e representações, rogos, empenhos, tudo foi tentado junto ao ex-Prefeito e S. Exa. sorria prometendo sempre resposta favorável aos solicitantes, e a resposta que lhes dava era a que saía do morro em vagões, terra à ufa, que, cada vez mais, alongava a distância. Por fim, para encerrar as requestas, que o importunavam, a ele, que se dizia, sempre sorridente, propagandista dos mais entusiastas do esporte, fechou com a muralha da Exposição o caminho do mar aos clubes.

Todo o movimento esportivo, nos últimos anos operado entre nós e que tão excelentes resultados nos tem dado, é exclusivamente devido à iniciativa particular. Os esportes terrestres, o futebol por exemplo, podem contar com a renda da bilheteria. Não se dá o mesmo com o esporte aquático, praticado francamente nas águas, de sorte que a manutenção dos clubes é feita pela quota dos associados que não só os sustentam como ainda ocorrem às despesas das festas que realizam, nas quais se revelam os ágeis e resistentes nadadores e os fortes remos que aqui se medem em páreos e em regatas e ainda vão competir no estrangeiro com vencedores olímpicos, dando prova do que somos como povo culto e forte.

Pois são justamente esses clubes os que menos ou nada merecem; clubes, cujos sócios vestem galhardamente a farda de reservistas navais, fazem o seu tempo de serviço a bordo, formam em paradas nos grandes dias nacionais e sairão briosamente pela bandeira se para tal forem chamados; clubes, que desviam do vício tantos moços aos quais ministram educação enérgica e incutem princípios de moral cívica; são eles os que mais sofrem, os mais desprezados e esquecidos de todos os governos.

Não lhes dêem favores, não os prestigiem, neguem-lhes tudo, menos o direito de viver. Deixem-lhes uma aberta por onde passem, uma nesga que lhes sirva de trânsito para o mar – não os entaipem, não os emparedem para que não ganhe foros de verdade e que já por aí circula como boato "que o governo quer dar cabo dos clubes náuticos como aniquilou as linhas de tiro".

Felizmente o atual Prefeito é um entusiasta do esporte e sabe o bem que de tal cultura resultará para a nação. E o que pedem os clubes é tão pouco que, certamente, não desequilibrará as finanças da Prefeitura. É só isto, conforme reza a representação: "passagem no portão que fica junto ao pavilhão japonês, entre 5 e 9 horas da manhã, quando não há absolutamente movimento de visitantes na Exposição".

Esse pouco é muito, é tudo porque sem isso os quatro grandes centros de energia desaparecerão, em breve, asfixiados.

Não responda o Prefeito ao pedido dos atletas com a indiferença com que os césares ouviam o brado dos gladiadores que o saudavam para morrer.

11 de janeiro

MÃES E FILHOS

O caso é, realmente, grave e, pelos modos, visto que a ciência da terra não o pode resolver, o remédio é apelarem os interessados para o outro mundo, retirando-o dos leitos da Maternidade para a mesa falante de uma loja espírita, na qual invoquem, como tira-teimas, o espírito esclarecido de Salomão, que, em pleito quase idêntico, lavrou decisão famosa, aparentemente cruel, mas, em verdade, sutil, porque, conhecendo, a fundo, o coração materno, contava com ele para esclarecer o caso, como aconteceu.

Agora, porém, se há duas mães em cena, há também dois filhos... e um escândalo.

Eis o problema, tal como foi lançado, a cores, pela *A Noite*.

Recolhidos à Maternidade uma portuguesa e uma mulata, ambas a termo, chegado o instante imperativo, deram conta do recado que ali as levara e, cada qual, comovidamente, e aliviada, aperta ao seio o que nele andara durante nove meses.

Satisfeita a natural ternura, as enfermeiras trataram de pôr os recém-nascidos em faixas e tanto os envolveram, tanto os cintaram e enrolaram que resultou, de tantas voltas, um embrulho complicado no qual, mais do que as mães, estão em aperto os pais.

A páginas tantas achou-se a mulata mãe da filha branca e a portuguesa, quando deu por si, tinha, a chuchar-lhe o peito heróico lusitano, uma mulatinha das de caroço no pescoço.

Que baldrocas se teriam dado durante o natal para que os petizes mudassem de cor nos braços maternais, ficando o escuro claro e o claro escuro?

A ciência atribui a pigmentação colorida da filha da portuguesa à insuficiência das cápsulas supra-renais. E como explicará, a mesma ciência pitoresca, a alvura da filha da mulata?

O marido da portuguesa esse é que, certamente, não engolirá, sem náuseas, as tais cápsulas, porque, deixem lá, por mais crédito e respeito que mereça a ciência, olhem que sempre deve ser uma espiga para um homem fazer a coisa de uma cor, com tinta própria e o seu pincel, e sair-lhe a droga de cor diferente. E para subir-lhe a cor ao rosto de vergonha e acender-se-lhe em fúria de indignação o brio.

Por mais que a mulher se defenda, com cápsulas e quejandos argumentos técnicos, há de a pulga ficar atrás da orelha do homem, a mordicar-lhe o pundonor.

Terá havido troca de infantes, por descuido das enfermeiras, lá dentro, ou a troca terá ido de fora, já com as cores indiscretas do escândalo? Só o espírito de Salomão poderá fazer luz no caso escuro, pondo as coisas em pratos limpos e dando o seu a seu dono.

Ou houve passe malfeito, e as enfermeiras trocaram as bolas, ou as bolas já estavam trocadas e as enfermeiras podem lavar as mãos, porque estão limpas de culpa.

E o caso encrenca-se (o verbo entra aqui muito a jeito) porque as mães, que deram do seu leite às crianças, já agora não as querem largar e agarram-se com elas: a portuguesa com o mulatinho, a mulata com Branca-Flor.

E os pais? Estarão eles dispostos a endossar, com os respectivos nomes, documentos tão suspeitos? Aí é que o caso muda de cor e começa a tornar-se preto.

As enfermeiras afirmam que lavaram as crianças em água e não em tinta e se elas mudaram de cor queixem-se as mães das palhetas, que as tingiram. As mães, por sua vez, não querem abrir mão das crianças e aceitam-nas com a cor que têm, porque já se habituaram com ela.

E a questão está neste pé, sem que se saiba, ao certo, se a portuguesa degenerou e a mulata apurou-se ou se houve engano das enfermeiras.

O que entra pelos olhos é que em toda essa cambiagem andou a mão sorrateira do diabo, a mão ou outra coisa, porque o branco não pode sair do preto nem o preto do branco.

É verdade que o dia sai da noite e a noite sai do dia. Quem sabe lá! São os tais segredos indecifráveis da natura. Aqui só mesmo o espírito de Salomão, porque essa história de cápsulas – tem toda a razão o marido da portuguesa – pode ser muito científica, mas é deveras difícil de engolir.

4 de janeiro

UM PRÓDIGO

O jornalista moderno dá-me a mesma impressão que me causam os prestidigitadores hábeis que, de uma pequena caixa, por artes que só eles sabem, tiram quanto lhes pedem os espectadores, cada qual segundo o seu capricho ou gosto.

Este quer vinho; aquele prefere leite; a outro apetece-lhe cerveja; tal contenta-se com café; ao lado pedem chocolate; já de longe reclamam refresco; de mais fundo bradam por um sorvete e assim se vão multiplicando os pedidos e o prestímano a todos satisfazendo.

O jornalista, quando se assenta à mesa da redação, não leva notas nem programas e há de escrever sobre os fatos à medida que forem ocorrendo; relatando-os, comentando-os, temperando-os conforme o assunto – a este com o conceito, àquele com a pilhéria; já sisudo, logo faceto; ora ligeiro, ora ponderado.

Com a mesma, pena que lança o artigo doutrinário, há de deslizar pela crônica, resumir a notícia mantendo, porém, o cunho impressionante, formular a reclamação, vibrar o protesto, florir o epitalâmio ou enlutar o necrológio, analisar a situação política, dizer sobre o esporte, fazer a crítica literária, dar a impressão do espetáculo da véspera, e, sendo preciso, conduzir o entrecho de um romance bem intrigado para gozo dos leitores do rodapé.

Deve estar preparado para fazer tudo isso e mais o que dele possam exigir as circunstâncias e os azares terríveis de um plantão.

Por mais que dilate o meu otimismo não conseguirei, todavia, nele envolver a todos quantos militam em jornais, mas não há dúvida que a muitos dos que se refolham em modéstia e passam pela imprensa quase ignorados do grande público, poderia, sem exagero, ser aplicada a divisa de Pico Della Mirandola *"De omni re scibili"* e ainda com o apendículo que se atribui a Voltaire do *"et guibusdam aliis"* porque tais homens prodigiosos, se ignoram o assunto que lhes cai sob a pena, não se dão por vencidos e, entrando por ele, destrinçam-no à maravilha.

Um de tais polígrafos, e esse excepcionalmente preparado, possuindo cultura verdadeiramente rara, que transparece, como areias de ouro, sob a limpidez de um estilo fácil, correto e suave, homem que se poderia assentar na escaleira que lhe aprouvesse no anfiteatro das letras, se optasse por uma forma, em vez de dividir-se em tantas feições quantas requer do seu talento prestadio o jornal, é Vítor Viana. Desde quando se dispersa em artigos de primoroso lavor, de fina observação crítica, de erudição vária e sempre profunda sobre os mais diversos assuntos o espírito formoso e dúctil desse escritor de raça?

Durante a guerra muitos dos seus artigos diários soaram como oráculos. Ele não só acompanhava os exércitos em terra, as esquadras nos oceanos, os aviões nos ares como ainda nos dava, em quadros de viva cor e movimentação frenética, a faina laboriosa das indústrias bélicas, a cargo, quase exclusivo, das mulheres; e o que se fazia nos campos para que não faltassem pão e lã aos combatentes; e o atropelo doloroso nos hospitais de sangue; o êxodo das populações em miséria; os horrores da fome e do frio, à neve; e ainda as formidáveis operações financeiras das quais, a quando e quando, rebentavam escândalos; e os debates parlamentares, e as intrigas das chancelarias, toda a tragédia, enfim, da Europa em fogo, encharcada em sangue, de mistura com moedas de ouro que rolavam, tinindo, das mãos dos profitentes.

E tudo isso, que exigia, para ser tratado com segurança, leitura constante de obras e o conhecimento diário dos telegramas, não comprometia a assiduidade do seu labor costumeiro de crítico literário do jornal, porque, em dias certos, aparecia a sua crônica sobre livros, com a regularidade e a perfeição caprichosa com que sempre é lançada desde que, em boa hora, lhe foi confiado, no grande órgão da nossa imprensa, o posto que tanto honra e ilustra.

Agora, felizmente! – e por tal serviço às nossas letras merece louvores o Dr. Homero Batista que, como Ministro da Fazenda, encarregou o operosíssimo escritor de redigir a obra que lhe há de guardar o nome que, há muito, devera ser dos mais acatados entre os dos mais notáveis dos nossos homens de letras – dá-nos Vítor Viana, condensada em volume, sob o título: *Histórico da formação econômica do Brasil*, uma verdadeira gema, de alto valor intrínseco, realçado pela forma lapidária na qual resplendem as múltiplas facetas do escritor, tão profundo no estudo quão brilhante na forma.

Não há aqui espaço para minúcias de crítica, e no que comporta esta seção fiquem apenas louvores à obra, que é de horizontes largos, e, com aplausos sinceros ao seu autor corram, igualmente, parabéns às letras por haverem, enfim, conseguido obter, entesourado em livro, um pouco das riquezas que esse pródigo, diariamente, espalha à rebatinha.

18 de janeiro

BLOQUEIO

Disse-me, há dias, um cavalheiro muito viajado:
"O clima da Europa modificou-se sensivelmente depois da guerra. Quem passou um inverno na Suíça, antes da grande catástrofe, não lhe reconhece agora os lagos e as montanhas nos quais a neve, nos dias mais frios, é tão parca que não há patinador ou *skieur* que nela se atreva a fazer esporte.

Os trenós são raros, raríssimas as tróicas e as peliças, que outrora davam aos homens o aspecto hirsuto de ursos, às senhoras a aparência de enormes e graciosos casulos e às crianças o de borlas rolando sobre a neve, são hoje tão ralas que se confundem com os astracãs comuns usados pelo povo.

Certas geleiras eternas, onde apenas aparecia o edelvais, já agora se enfloram garridamente e ostentam pinheiros e abetos. A própria *Jungfrau*, cuja virgindade resistiu, até bem pouco, a todas as seduções do mundo, parece que também cedeu à força das circunstâncias e deixou cair o véu níveo que era o seu manto de castidade.

A guerra não se limitou a arrasar cidades, destruir relíquias, talar lavouras e dizimar populações, chegou com os seus malefícios à própria natureza transformando-lhe o caráter."

Tem razão o cavalheiro. Que houve extraordinárias mudanças lá em cima não há dúvida e a prova é que começamos a senti-las com grande gáudio dos vendedores de galochas e de guarda-chuvas.

O Inverno, que é a estação do repouso, não viu com bons olhos a guerra. Pois justamente quando ele carreava do pólo os gelos e espalhava das nuvens flocos de neve, punha carambina nas árvores, pendurava estalactites à beira dos telhados, deram os homens para despejar metralha, atear incêndios, abarrotar minas de explosivos, encher os ares de aviões tonitruantes, espalhando fogo por toda a parte.

De que lhe servia arriar a coluna do termômetro a dezenas de graus abaixo de zero, pôr em circulação os ventos gélidos, acumular o céu de nuvens se o fogo lhe desfazia toda a obra? Assim não valia a pena. E o Inverno, que é rabugento, resolveu mudar-se, porque as coisas, lá pela Europa, ainda não estão seguras.

Pediu os odres de Éolo, encerrou neles os ventos e, fazendo de um *iceberg* jangada, navegou para os trópicos.

Ao avizinhar-se do Equador, deu-lhe o sol em cima frechando-o valentemente. E o navegante, suando a jorros, esbaforido, notou que a sua álgida almadia adelgaçava-se, diminuía, fendendo-se em taliscas, abrindo-se em brechas e, por fim, fragmentando-se em miúças, que logo se derretiam.

Vendo-se malparado, em risco do soçobro, recorreu aos odres aproveitando-os como salva-vidas e, assim, conseguiu chegar à vizinhança do nosso litoral, que lhe pareceu formoso. Chegou, viu... mas não teve a sorte do general romano porque, encontrando o sol pela frente, não logrou cantar vitória.

Enfurecido, resolveu vingar-se e, então, do meio do oceano, ajuntando os blocos de gelo que flutuavam em volta do seu corpo imenso, pôs-se a bombardear a terra, que lhe parecera boa, decidido a tomá-la à força.

Felizmente, porém, temos o sol como escudo e todos os blocos arremessados pelo Inverno encontram-lhe o disco ardente e fundem-se.

Eis como se explicam essas cargas de água que, todas as tardes, nos encharcam e os trovões que retumbam estrondosamente são o abalrôo dos blocos hibernais no sol.

É o Inverno europeu que se quer introduzir, como conquistador, em nossa terra, dela expulsando a Primavera verde e nublando-a com os seus nevoeiros, forrando-a com a sua neve, assoprando-a enregeladamente com os seus ventos e enchendo-a de melancolia.

O sol, porém, não o perde de vista, não lhe dá quartel e, todas as manhãs, surge no céu, radiante, abre-se em luz, despede raios de ouro como a dizer-nos d'altura:

– Não tenham medo. Cá estou eu. Deixem-no comigo. A Primavera não perderá o seu reino.

E, apesar das chuvas, na hora do combate, as cigarras cantam e as acácias gotejam flores. O Inverno que vá pregar a outra freguesia.

25 de janeiro

TIPOS DE OUTRORA

> *Vários gabinetes de antiguidades, entre os quais o da Biblioteca real, possuem pequenas estatuetas de bronze representando Maccus, um dos atores das farsas atelanas, tipo evidente do nosso Polichinelo. É o mesmo nariz em forma de bico, o mesmo alor jovial e estróina. Pois bem, o nome de Maccus parece haver significado na língua etrusca "frangote ou galinho". E os napolitanos, conservando esse símbolo da fatuidade ruidosa, não fizeram mais do que traduzir o nome de Maccus pelo seu equivalente Pulcino, Pulcinella. Os próprios atenienses, ao que parece, conheceram esse tipo. Aristófanes, referindo-se, nas* Vespas, *às antigas danças de Frínico, diz: "Ele bate os calcanhares à maneira dos galos."*
>
> MAGNIN

Eis o Polichinelo, o alegre histrião, na sua origem campestre, com a dupla corcova, como dois odres, que tanto podiam ser de vinho, lembrando a dança dionisíaca em que se desnalgava, ao som de crêmbalos, o vinhateiro feliz, celebrando a abundância da colheita em volta da dorna, onde o mosto refervia espumoso, como de azeite trazido do lagar pelo oleário mascarrado de brulho.

Essa figura cômica que, das latadas pampinosas ou dos pálidos olivais, subiu ao estrado das atelanas e daí passou ao palco das comédias, tornou ao meio do povo achando-se, mais à vontade, na multidão do que entre atores disciplinados, atendendo a contra-regras e outros diretores cênicos.

Eu ainda o alcancei nesta cidade, a ele e aos seus companheiros, Pierrô e Arlequim, que ainda resistem, não porque o povo os estime, senão porque a Poesia os tomou a si, principalmente ao primeiro, para o romance de amor volúvel em que aparece a graciosa e airada Colombina.

Polichinelo foi-se, desapareceu com as gibas, regressando às suas terras. Era um tipo regional que só podia ser entendido e estimado onde nascera.

Nós tivemos os nossos tipos tradicionais, autóctones e adventícios: índios e cucumbis, que por aí se espalhavam em tribos e congadas, com muita pluma, bicharia, rouquejos e tarambotes de instrumentos selvagens ou tripúdios batucados e rebolinhados por farândolas de negros que simulavam, em danças, guerras de cabildas ou festanças bárbaras.

Esses tipos vão também desaparecendo. Os cordões de índios ainda desfilam aos pinchos, espanando a cidade com enduapes e arazóias, mas dos bandos negros resta apenas a memória – foram substituídos pelos ranchos de vários nomes floridos.

De tudo, porém, que passou com o tempo, o que recordo saudoso é o casal de velhos negros que, nos dias do carnaval de outrora, aparecia cedo nas ruas entre as legiões dos diabinhos e os velhos de cabeça grande: *Pai João e Mãe Maria.*

Esses sim – eram bem nossos e, como o Maccus dos campos da Etrúria, representavam figuras rústicas: eram símbolos da escravidão que concorriam às festas da cidade: ele, com a vassoura de ramas, varrendo as ruas; ela, com uma urupema ou caçarola, e sempre às turras.

Havia, porém, na histrionice do casal, alguma coisa de sátira à instituição cruel.

Os dois negros comentavam a vida triste e de vexame que levavam nas fazendas: as maldades dos senhores, a preguiça voluptuosa das sinhás, o desrespeito dos nhonhôs devassos, que afrontavam a virtude das mucamas, os castigos e, em cantos melancólicos, às vezes lindíssimos, relembravam a terra pátria, da qual haviam sido arrancados para o cativeiro.

E assim esses *negrinhos* – e muitos deles eram rapazes dos mais conhecidos nas rodas carnavalescas do tempo – faziam, a seu modo, a propaganda abolicionista.

Com o 13 de Maio desapareceu o casal de negros, ficaram, porém, os seus descendentes e são eles que saem em farranchos de *bam-bambans*, não mais cantando tristezas nem saracoteando em batuques, *cortando jaca* ou arremetendo, um a outro, em umbigadas violentas, mas cultivando a poesia futurista em trovas estrambóticas e dançando, com remelexos lânguidos, os trotes americanos mais em voga.

Decididamente não conservamos tradição alguma: o Maccus etrusco ainda vive nos campos napolitanos e os nossos negros velhos foram-se para o todo sempre, desapareceram no esquecimento. Mas, deixem lá! quem sabe? Talvez seja melhor assim.

8 de fevereiro

OS RANCHOS

Não me queiram mal as grandes sociedades carnavalescas – quem avisa amigo é – por lhes eu dizer o que por aí se boqueja: "que elas estão sendo batidas pelos ranchos". E acrescento de meu: se não deixarem de vez os moldes serôdios com que, todos os anos, mudando-lhes apenas os nomes, saem à rua, dentro em breve terão de ceder o campo aos que chegam, porque nisto de arte e seus relativos a riqueza tem o seu lugar, não há dúvida, mas não o primeiro, que esse compete à Imaginação.

Os ranchos modestos, não podendo competir em fausto com tais congregações, recorrem à Poesia e com ela, posto que pobremente vestida, começam a interessar o público, conquistando-lhe a simpatia, porque a Beleza não precisa de atavios para vencer, até sem eles mais depressa triunfa, como provou Hipérides, arrancando do corpo divino de Frinéia a túnica que o envolvia e expondo-o nu aos olhos dos heliastas.

As sociedades, presas à rotina, exibem, ainda hoje, com ligeiras modificações e um pouco mais estirados (naturalmente por haverem crescido com a idade), os mesmos carros que, há trinta anos, rodavam na rua do Ouvidor, sob os arcos de gás: as grutas, os açafates e os quiosques giratórios, aquários e aviários, peixes e dragões alados que espichavam a língua ensangüentada a cochonilha e outros espécimens de fauna truculenta.

Lembro-me, entretanto – e com que saudade! –, dos préstitos com que, outrora, disputavam a láurea da vitória carnavalesca os três clubes sempre em emulação: Democráticos, Tenentes e Fenianos.

Havia neles gosto e espírito e os principais acontecimentos do ano decorrido eram tratados com arte e, se alguns comoveram, como no carnaval de 1889, o desfile dos retirantes alusivo ao êxodo do sertão cearense flagelado pela grande seca chamada dos três 8, outros provocaram o riso pelo imprevisto da farsa, às vezes verdadeiras sátiras aristofanescas ou mimos cômicos, à maneira dos de Roma. De tal gênero cita-se, ainda hoje, a troça hilariante feita ao projeto da imigração chinesa, na qual apareciam tipos, dos mais burlescos, de *tankias* e *coolies*, os salamaleques, como lhes chamavam, de blusa sarapintada, chapéu cônico, rabicho às costas, apregoando "piche, camalô"! ou, mais práticos e raposeiros, escafedendo-se, com o que haviam preado nos galinheiros.

E as alusões políticas – nas quais sempre figurava a castanha de caju – passavam através da gargalhada do povo, que eram os aplausos que disputavam e que lhes eram dados com sonora e desbarrigada franqueza.

Hoje... *quantum mutatus ab illo!*

Enfim... os ranchos ali estão para estimular os clubes que poderão, querendo, dar nova feição ao nosso carnaval.

E que fazem eles para que eu assim os louve, propondo-os, como exemplos, a essas grandes sociedades, nas quais tanto se divertiu a minha mocidade, sem preferências partidárias, porque, em todas, era acolhida com a mesma gentileza e, por isso, a todas é grata e estima? Renovam o carnaval, trazendo-lhe, todos os anos, alguma coisa inédita.

São os praieiros do Índico que mergulham até as grutas profundas onde jazem incrustadas as ostras – arrancam-nas, emergem com elas e as pérolas que recolhem passam aos que as pulem e destes aos que as encarnam em jóias.

É o que estão fazendo os foliões dos ranchos: mergulham na tradição, digamos: no folclore, e trazem à tona, não só a poesia como a música, poesia e música da nossa gente, da nossa raça, para que outros as aperfeiçoem e lhes dêem brilho. E agora, ainda mais, iniciam os ranchos o culto dos nossos heróis, começando pelos poetas, com os quais ornam o cortejo com que um deles, o rancho denominado "Mimosas camponesas", sairá hoje, prestando homenagem à Poesia Brasileira.

O cortejo, dividido em duas partes, terá as seguintes consagrações alegóricas: "As pombas", a Raimundo Correia; "Ouvir estrelas", a Bilac; "As três irmãs", a Luiz Delfino. Abrirá a segunda parte uma alegoria ao "Navio negreiro", de Castro Alves, seguindo-se-lhe: "Círculo vicioso", de Machado de Assis; "O caçador de esmeraldas", de Bilac.

"Fechará o préstito, diz o programa, a orquestra fantasiada com esmerado capricho, simbolizando a Poesia espontânea e rude, tão apreciada nos desafios dos nossos habitantes do sertão."

Os "Caprichosos da estopa", outro rancho, tomaram para tema do seu carnaval o assunto de um folhetim de pessoa a quem me prendem poderosos vínculos de alma e de corpo, tão íntimos que falar dela é o mesmo que falar de mim e como o "eu", na opinião de Boileau, é detestável, limito-me a agradecer aos *Caprichosos* a gentileza desejando-lhes vitória mais estrondosa do que a dos argonautas em Lemnos.

Tornando, porém, ao assunto. Não é verdade que os ranchos estão desbravando caminhos novos, explorando a mina da nossa Poesia e oferecendo o que dela trazem aos que podem cinzelar as jóias?

Se temos ouro e gemas conosco por que nos havemos de servir do plaquê e dos dobletes de fora? Inspiremo-nos nas fontes próprias, que são límpidas e copiosas, deixemo-nos de imitações e empréstimos, de que não carecemos. Sejamos patriotas, mesmo brincando.

12 de fevereiro

GOMES LEITE

ESCUDO MÁXIMO

Vê como a tua senda é toda espinhos,
Morrem-te agora os últimos rosais...
Plantaste flores e sonhaste ninhos,
Para ir da maneira por que vais?

E, como o teu, são todos os caminhos...
Quem mais te amava é quem te fere mais.
Os teus gestos de pena e os teus carinhos,
Recebem-nos em pontas de punhais.

Mas, continua bom, malgrado a gana
Das invejas, dos ódios detratores.
São lesmas: não sairão do caracol.

Mesmo rodeado da maldade humana,
Sorri – perdoando os apedrejadores,
E abre a tua piedade, como um sol.

Inscrevendo-se este soneto no túmulo de Gomes Leite, poder-se-á dizer: "Ele aqui jaz", porque, em verdade, ali estará todo ele em corpo e alma: o corpo na terra, a alma nos versos.

Os que tiveram a fortuna de privar com esse suave e desventurado poeta podem afirmar que conheciam a Bondade. A alma cândida refletia-se-lhe no rosto, iluminando-o de simpatia. Não era, porém, somente a doçura do olhar, que tanto fugia para os longes da vida, em êxtase, era também o sorriso que lhe floria os lábios, flor triste, mas flor; era o som da voz, branda e acariciadora; era o gesto lento, macio, sempre de afago; era ele todo que irradiava Bondade como uma flor, pétala a pétala, exala o mesmo aroma.

Era poeta porque era bom. Os versos saíam-lhe do íntimo do coração e eram metrificados pelo ritmo cardíaco. A sua inspiração chamava-se sofrimento. Mágoa era a sua musa.

Trazia a dor disfarçada em sorriso. Alguém que aprofundasse aquele olhar tristonho e vago pasmaria, decerto, encontrando, em vez de lume, uma lágrima cristalizada no fundo da pupila. Quem desfolhasse aquele sorriso havia de arrepender-se de o haver violado ao dar com a tristeza fúnebre que ele vestia.

Quantas vezes, na turbulência das festas, para as quais tanto o requestavam, instantaneamente se lhe conturbava a fisionomia! Era o rapto, não místico, como o dos santos: doloroso.

Ia-se-lhe a alma para onde constantemente a reclamavam.

O coração dos maus é um covil de víboras que se enroscam, enleiam umas nas outras, remordendo-se: são os remorsos perseguidos pela Consciência inexorável que se empilham e esfervilham como vermina em carniça.

O coração dos bons é um templo aberto a todos os sofredores, com o Perdão à porta, como antiste, para dar entrada àqueles mesmos que o apedrejaram, o injuriaram, o inflamaram e o procuram, convertidos pelo arrependimento.

O poeta chama-lhe "Sol" e o sol, em verdade, não escolhe o que ilumina – abre-se para tudo e a todos. Assim a Bondade.

Todos os que padecem buscam-na porque a sabem misericordiosa: vão por amparo ou consolo, alívio ou esperança.

Quando é a multidão anônima, provinda de vários pontos da treva, o piedoso sofre por amor do próximo. Mas quando as vozes que bradam são conhecidas, quando os corações que clamam vivem da mesma vida que circula nas veias do que se comove ouvindo-os, a dor deve nele pungir como própria e...

Mas onde vou eu?

Por que desrespeitar o segredo que, agora, tem, sobre si, além da terra funérea, o peso de uma lápide e uma cruz selando-o?

Tantas vozes, talvez, bradavam dentro do coração do poeta naquele instante trágico, tantas vozes queridas, tantas...! Quem sabe se não foi pelo atordoamento do íntimo clamor, por essa acusma dolorosa que lhe estrugia no coração sensível que ele não pressentiu o ruído da morte a avançar, pérfida, na treva, para o colher e prostrar? Como o navio naufragado que ele descreve na "Última ancoragem":

Fragmento de navio
Resto de casco rebentando, entre cachopos,
[no alto-mar...

três dias esteve ele encalhado na vida a esfacelar-se até que afundou, e em que águas? Nas do batismo, sacramento de início, que foi para ele o viático.

Levado nas ondas puras do Jordão foi-se da terra para o céu o espírito suave, deixando na Lírica uns cantos melancólicos e nos corações dos que o conheceram e amaram uma eterna saudade.

8 de março

PRECOCIDADE

No seu passo regular traz-nos o Tempo pelo caminho da Vida e não há fugir-lhe da vista. Como não pára nem se apressa, sempre no mesmo andar viajeiro, aos que se fatigam deixa-os onde caem; aos que se precipitam não persegue, certo de que os há de encontrar adiante pondo os bofes pela boca, porque ninguém resiste a longas marchas aceleradas.

A precocidade é uma travessura. Em vez da criança correr em prados, saltar muros, sebes e barrancas, deita a correr pelas horas, galga os dias, vinga afoitamente os anos.

Por fim vai-lhe faltando o fôlego, respira a haustos e pára cansada.

Em vez de alegrar-se por se haver adiantado, sucumbe em tristeza sentindo-se só, fora do seu meio próprio, longe dos companheiros da sua idade, que vêm vindo a passos, brincando pelo caminho.

E o Tempo, que é impertinente, quando encontra tais tresmalhados, em vez de imitar o pastor da parábola com a ovelha perdida, resmunga de má sombra:

"Ah! estás aí a esbofar-te? Quem te mandou correr? Por que não vieste comigo? Quiseste ser o primeiro. Pois agora arranja-te. Se pensas que te vou levar ao colo, estás enganado. Quem corre cansa. Correste e já nem andar podes. É assim".

E vai-se, deixando o pobrezinho esquecido com os ramos dos seus triunfos emurchecidos aos pés, porque são todos eles feitos com aquelas rosas efêmeras de Malherbe.

Assim se explicam os surtos rápidos e as quedas repentinas desses prodígios que, tanto como esplendem, apagam-se. Relâmpagos.

Se tal é a regra geral há, todavia, exceções que merecem [ser] citadas: a de Mozart, por exemplo.

Mas por que tão depressa definha e esgota-se o precoce? Por falência de forças? Por vingança do Tempo? Quer-me parecer que não. O motivo é o abuso dos que o exploram.

Mal aparece um de tais fenômenos logo lhe toma a frente, acenando-lhe com a bolsa de ouro, o empresário que o contrata para excursões, prometendo-lhe fortuna e glória. E lá vai a vítima para o sacrifício.

O empresário só quer do seu contratado o esforço e suga-o, vampiriza-o até o deixar exausto. Furta-o ao sono, não lhe consente repouso e, se um brinquedo o atrai ou crianças o reclamam para uma travessura alegre, logo o explorador lhe toma o passo opondo-se com as cláusulas leoninas do contrato. E o botão estiola-se antes de desabrochar, como o da flor esmarre se lhe dá em cheio, e com rigor, o sol.

Haja cuidado, carinho e método no trabalho, horas de ensino e horas de recreio, disciplina no estudo e liberdade na folga e o precoce desabotoará em genialidade se nele houver viço para tanto.

Isto se dará, decerto, com a pequena sertaneja maranhense Maria de Lourdes Argolo, que nos chega de Viana com os seus nove anos alegres e um violino.

Quem a acompanha é o próprio pai, que a não exibe com interesse de lucro, senão para que a ouçam e animem no início de uma carreira de vocação, na qual, decerto, triunfará.

Tudo nessa criança é espontaneidade. Tendo aprendido rudimentos de música com o tocador de pratos da filarmônica da sua terra entendeu de ensaiar-se ao violino e tomou o instrumento, como se fora um brinquedo. Meteu-se com ele a um canto, pôs-se a examiná-lo curiosamente, empunhou-o a jeito, dedilhou as cordas, correu por elas, de leve, o arco.

Surdiram os primeiros sons ásperos, rebeldes. A surpresa da criança tornou-se em enlevo. Insistiu e, como nas lendas, os que achavam um talismã e, ignorando-lhe a virtude, só com o atrito dos dedos, atraíam o gênio que o servia, a pequenita, com o passar e repassar do arco, sentiu a revelação da Melodia. E foi assim que aprendeu o que sabe.

A sua puerícia foi como o arroubo daquele monge que viveu tempos esquecidos na cerca do convento ouvindo cantar um pássaro celestial.

Temo-la conosco, a pequenina Maria de Lourdes; é um botão que desabrocha, é uma revelação artística que nos encherá de orgulho se não for sacrificada pela sofreguidão à ânsia de glória, sempre fatal aos que começam.

Felizmente, para defendê-la de todas as explorações, tem ela a guiá-la o espírito paterno, que só a deseja ver triunfar na Arte, para a qual nasceu predestinada.

Que assim seja para brilho do seu nome e glória do seu formoso Maranhão.

15 de março

PURIFICAÇÃO

4 – Levantou-se da ceia, e depôs suas vestiduras, e pegando uma toalha cingiu-se.
5 – Depois lançou a água numa bacia, e começou a lavar os pés aos discípulos, e a limpar-lhos com a toalha com que estava cingido.

Em religião todos os atos que concernem ao rito têm corpo e alma: corpo, a evidência; alma, o sentido esotérico. No símbolo há sempre a parte visível e uma essência recôndita. Dos atos do culto cristão, um dos que mais revelam essa dualidade é, sem dúvida, o que a Igreja hoje celebra, rememorando o que fez Jesus antes de sentar-se à mesa da ceia pascoal, chamando Pedro e os demais convivas para lavar-lhes os pés.

Não há intenção de humildade em tal procedimento, como, à primeira vista, parece, senão a fórmula inicial da redenção, que deve ser interpretada, e assim no-lo deu a sentir o próprio Cristo, como "desapego da terra, expurgo da vida material para merecimento e alcance do céu".

Nos dias apostólicos aquele que, incompatibilizado com uma cidade, onde tentara, perseverantemente, semear a boa doutrina, sendo sempre repelido com afronta e ameaçado pelo gentio, resolvia abandoná-la à cólera divina, ao chegar-lhe às portas, desligava as sandálias, sacudia-as até expungi-las de todo o pó e, pondo-se a caminho, não voltava o rosto para as muralhas das quais, para o sempre, se apartava.

Era o divórcio do Justo.

Quis o Messias que os seus discípulos, antes de comungarem com Ele, se purificassem e valeu-se da ablução simbólica, não lançando água à cabeça, como no batismo, mas em pedilúvio, para significar-lhes que o que lhes cumpria, para que, com Ele, pudessem entrar no Reino de Deus, era desfazerem-se de tudo que neles houvesse da terra. E assim os pés, que se firmam em contato com o solo, que o percorrem, trilhando todos os caminhos do pecado, que se cobrem de pó e se empastam de lodo, esses é que deviam ser lavados e enxugados com a toalha que lhe cingia a cinta.

Quando Pedro, escusando-se ao chamado do Mestre, exclamou: "Senhor, tu a mim me lavas os pés?", que lhe respondeu Jesus? Respondeu: "O que eu faço, tu não sabes agora, mas sabê-lo-ás depois." Ao que retrucou o apóstolo: "Não me lavarás tu jamais os pés." E Jesus, com a mesma serenidade: "Se eu não te lavar, não terás parte comigo."

Só então iluminou-se o espírito do pescador para a inteligência do símbolo e aquiesceu, não à humildade, mas ao perdão para o qual o chamava o Redentor, bradando: "Senhor, não somente os meus pés, mas também as mãos e a cabeça." Ao que ponderou, o Messias: "Aquele que está lavado não tem necessidade de lavar senão os pés e no mais todo ele está limpo."

Em verdade, se Cristo houvesse concordado com o discípulo teria contrariado a sua própria doutrina reincidindo em um sacramento que se não repete – o batismo, quando o que pretendia era libertar os apóstolos da vida material, limpá-los da poeira, ou apegos da carne, que tanto era afastá-los do mundo, aliviá-los, enfim, do lastro terreno para que se levantassem ao céu.

O sentido oculto, ou esotérico, de tão expressiva cerimônia, com que foi iniciada a marcha para a redenção, não tem a dificuldade dos arcanos maiores. Os que atentam apenas no gesto, digamos: na exterioridade, não apreendem a intenção divina, o sigilo sagrado.

Se o batismo lava do pecado original, o sacramento de hoje depura dos pecados adquiridos ao longo dos caminhos da vida. É a primeira unção lustral com que o viador se asseia para receber, em graça, a eucaristia; é o abandono da terra pelo céu, é a renúncia do amor do mundo pelo amor de Deus.

Cristo, depois de enxugar os pés ao último apóstolo, investiu-os a todos do sacerdócio, conferindo-lhes o poder de perdoar os pecados da carne, fruto da terra, tornando o que transita de uma para outra vida apenas essência, digna de entrar no céu.

E assim disse o evangelista rematando a narração do episódio, que a Igreja hoje comemora:

– E depois que lhes lavou os pés, tomou logo as suas vestiduras; e tendo-se tornado a pôr à mesa, disse-lhes: sabeis o que vos fiz?

– Vós chamais-me Mestre e Senhor; e dizeis bem, porque o sou.

– Se eu logo, sendo vosso Senhor e Mestre, vos lavei os pés, deveis vós também lavar-vos os pés uns aos outros.

– Porque eu vos dei o exemplo, para que, como eu vos fiz, assim façais vós também.

29 de março

DATAS... MÓVEIS

É sina do nosso amado Brasil andar sempre à matroca, em mudanças e reformas e, seja dito por amor à verdade, não são somente os políticos, exuviáveis como as serpentes, que, com os seus passes e cambalachos, manejos e artimanhas, mudam de idéias, transitam de uma situação para outra, negam à noite o que apregoavam de manhã, complicando a vida do nosso mísero torrão; também os graves historiadores e filósofos o trazem tonto, fazendo-o andar aos boléus no calendário e na ortografia.

Um país que perdeu o nome de batismo, nome que, sobre ser formoso, o aproximava de Deus, adotando o que lhe impuseram tintureiros por motivo da cor de uma das suas madeiras; país cujo surgimento, registado por testemunha ocular e fidedigna, porque era o escrivão da frota, no dia 22 de abril passou a ser comemorado em 3 de maio; país cujo nome adotivo ainda se não firmou graficamente aparecendo ora com *s*, ora com *z*, não há dúvida que trouxe genitura complicada e há de sempre viver aos trancos, sem acento, como a Maria do adágio que acompanhava a primeira que lhe aparecia.

O registo civil, que é a carta de Vaz de Caminha, diz: "...e a quarta-feira seguinte (22 de abril) pela manhã, topamos aves a que chamam fura-buchos; e neste dia, a horas de véspera, houvemos vista de terra, a saber: primeiramente de um grande monte, mui alto e redondo e de outras serras mais baixas ao sul dele, e de terra chã com grandes arvoredos; ao qual monte alto o capitão pôs o nome de Monte Pascoal, e à terra o de Vera Cruz".

Tais são as palavras da carta. Razões de calendas atrasaram ao Brasil a data genetlíaca, remetendo-a ao mistério até a profundidade de doze dias, que tantos contam de 22 de abril a 3 de maio, para que a terra nova viesse à flor da geografia, não como e quando aparecera, maravilhando aos que a avistaram, mas quando conviesse aos historiadores que se mostrasse com o seu arvoredo e os seus tupiniquins.

Lembra, tal adiamento, o que, freqüentemente, acontece em teatrinhos mambembes quando, por atropelo do contra-regra ou azáfama atordoada do maquinista, o pano sobe antes da cena achar-se arranjada e com atores em mangas de camisa dispondo, às pressas, móveis e alfaias reles.

O remédio, e não há outro, é baixar o pano sobre o desmantelo e o arremangado das figuras para fazê-lo subir mais tarde sobre a conveniente disposição da cena.

A carta de Caminha, apesar do registro, ficou para aí sem valor, como acontece a muitas outras que transitam pela posta.

Se os motivos alegados para a mudança da data do descobrimento do Brasil são de ordem imperativa, que podem destruir o testemunho histórico, por que não prevaleceu com relação a outros documentos da mesma época como, por exemplo, os que se referem à chegada de Colombo a Guanahani?

O genovês firmou o seu feito no dia 12 de outubro e essa data permanece na história e é comemorada festivamente por todos os povos colombianos sem que voz alguma contra ela se levante.

A nossa... não resistiu à mania das reformas. Se, à imitação do que fizemos, o mundo todo se resolvesse a corrigir o calendário, modificando todas as grandes datas da História da Humanidade, dentro em pouco seria tal a balbúrdia que não nos entenderíamos nos dias, nos meses e nos anos e tudo andaria como, entre nós, de reforma em reforma e cada vez mais desbaratado.

Nem sei como ainda se mantém o registo de certos acontecimentos nas suas próprias efemérides: o 7 de setembro, o 13 de maio, o 15 de novembro, o Natal... É que não ocorreu, por enquanto, a algum paredro a idéia de propor a mudança, justificando uma emenda e mandando-a à mesa, com apoio da maioria...

Seriam favas contadas.

Nem se compreende que, em um país de reformas, como o nosso, haja datas seculares. A História é feminina, dizem os nossos pró-homens, e *souvent femme varie*.

3 de maio

FRUTAS

Que praga terá assolado os nossos pomares, dantes tão férteis, que, desde os primeiros dias de maio, todos se tornavam de ouro, como o jardim das Hespérides? Ter-se-ão Pomona e Vertumno desavindo, deixando as árvores ao abandono e estéreis ou haverá outro motivo que explique a falta de frutas em nossos mercados?

Laranjais de serra abaixo, quem hoje vos visse como eu vos vi nos dias venturosos da minha meninice, quando o Engenho Novo era roça longínqua e falava-se de Cascadura como hoje se fala do Acre!

O tempo das frutas era justamente este, quando, nas fazendas e sítios e também em algumas chácaras da remota Tijuca e do Andaraí distante, começavam os preparativos para as festas de junho, aos santos milagrosos que se invocavam ao ar livre, ao clarão alegre das fogueiras, nas quais eram lançados feixes de canas, aipins e batatas para regabofe guloso dos devotos.

Em volta desses altares deslumbrantes reviviam cultos antigos, reapareciam fantasmas de religiões extintas. Eram cantorias e danças como nas dionísias campestres; modinhas e trovas ao desafio, como deviam ser os cantos amebeus das eras pastoris; batuques e cateretês, repinicados à viola e nos machetes.

E os vaticínios e augúrios que eram experimentados pelas almas simples de então: as sortes da agulha, do ovo posto ao sereno; as miragens na água das fontes, o apelo aos bosques para que os ecos respondessem, em oráculo às consultas dos corações.

Quanto sonho? Quantas lágrimas do desengano! Quantos sorrisos de doce esperança!

Mas não é, propriamente, a tais ingenuidades que me quero referir senão ao que, para mim, naquele tempo, era o que havia de melhor na roça: as frutas.

Eram elas tantas, que, debaixo de uma árvore, acampasse o bando que acampasse, fartavase a entourir-se e, ao deixar o regalo, pouco se mostravam os ramos aliviados, ainda que o chão, em volta, ficasse acamado de cascas.

E frutas eram só nos pomares? Não. As cercas ofereciam as suas amoras e framboesas, as pitangueiras gotejavam as grossas bagas sanguíneas dos seus frutos; as grumixamas apareciam por entre as folhas e onde voasse passarinho ali corria a criançada, certa de encontrar alguma gulodice em ramo ao alcance da sua pequenina mão.

As bananeiras pendiam, desracinadas, ao peso de enormes cachos e as velhas mangueiras, com os seus frutos em jacás, pareciam árvores de oferendas.

Pelas estradas, noite e dia, eram récuas de mulas sacolejando ceirões de frutas; carroças acoguladas de laranjas e tangerinas e, ainda pelo mar, em saveiros e faluas, chegavam carregamentos ao mercado onde formavam pilhas na salsugem da rampa as abundantes colheitas dos sítios litorâneos.

As laranjas eram compradas aos "quarteirões"; bananas às pencas; melancia, das grandes, calada, valia uma pataca; uma tampa de cajus custava duzentos réis; mangas, desde vintém; as de tostão eram primores; mamões, nunca os vi venderem-se.

E as quitandas ostentavam tanta variedade de frutos, desde o melão até o coco da Bahia e o de macaíba; desde o limão doce até a pitomba e a jabuticaba, a cabeluda, o caju, o abacate, a fruta-de-conde... que a dificuldade era escolher. E os vendedores ambulantes percorriam a cidade com tabuleiros e cestas e a fruta chegava para todos, era a sobremesa do pobre, e sempre escolhida.

Hoje... quem se atreve a discutir a qualidade da fruta e o preço que por elas pedem? São tão poucas... As laranjas que por aí se vendem, verdes, chuchadas... nem os cevados de outrora as admitiriam nos seus cochos! E as outras frutas, que é feito delas? Desapareceram. Hoje o que temos é estrangeiro e custa-nos os olhos da cara: são uvas, peras, maçãs, ameixas, frutas civilizadas, viajadas, pretensiosas, que nos obrigam "a falar francês" clássico, que é tanto como dizer – pagar a peso de ouro a insipidez que nos trazem por haverem deixado o sabor nas câmaras frigoríficas dos transatlânticos e dos depósitos onde ficam invernando meses e meses.

As nossas, dizem uns que desapareceram por abandono; afirmam outros que são exportadas. A verdade é que não as temos e, dentro em pouco, talvez sejamos obrigados a importar bananas da África e laranjas da Califórnia e, quem sabe lá! talvez, então, as compremos melhores e mais baratas.

10 de maio

A ÁRVORE QUE CHORA

Sem falar dos salgueiros, que esses, enfim, choram os próprios ramos; sem citar as casuarinas, que gemem como os anemocórdios soam, quantas outras árvores pranteam, senão com lágrimas de água, como as nossas, com as suas resinas; quantas murmuram queixas eólias no silêncio!

Que sentem e respondem aos golpes com sangue é vê-las quando as fere o machado do lenhador e algumas há de tanta ternura que, se lhes arrancam flor ou fruto ou se lhes detoram galhos, logo lentejam.

Talem uma folha tenra, quando se amoja, e verão a extrema da haste emperolar-se com uma gota de leite como a que fica, em ressumo, no bico do peito materno quando o infante dele retira repentinamente a boca.

Esse espinheiro que chora não é a única árvore lugente; outras carpideiras há entre os vegetais, mais discretas, talvez, mas não menos quérulas.

Abalsem-se nas florestas esses mesmos que, em romaria, vão contemplar o Heráclito da flora e hão de encontrar outros mais copiosos, vertendo rios dos galhos em prantina comovedora. *Sunt lacrimae rerum...*

As árvores têm lá a sua vida misteriosa, com felicidade e desventura, com alegrias e dores, como a nossa. Quem sabe o que terá sofrido o melancólico espinheiro!

Os antigos atribuíam espíritos às árvores. Que era a hamadríade senão a alma do vegetal?

Árduos são os dias que correm e, assim como nós, sofrem todos os seres e todas as coisas. A ânsia ou delírio de melhorar e aformosentar a cidade está, de tal modo, se agravando que, se não houver quem tenha mão nos tais reformadores, isto ficará, em breve, como aquelas terras revéis de outrora, nas quais, quando as hordas sitiantes conseguiam penetrar, não deixavam pedra sobre pedra.

O que deve haver aí por esses penetrais de choro – choro de penhascos, choro de colinas, choro de florestas!

Chora o espinheiro as mágoas que lhe minam o cerne e, pensando aliviar-se com lágrimas, ainda maiores tormentos chamou a si, porque agora, com lhas haverem descoberto, não o deixam chorar em paz e, além do vexame a que o sujeitam (porque, deixem lá, é ridículo chorar diante de tanta gente) e, como se lhe não bastem os espinhos que tem no corpo desfolhado, escorcham-no, espoliam-no, quebram-lhe os ramos e, mais dia, menos dia, estará o infeliz reduzido a chamiço porque todos querem levar um pedacinho do seu lenho, como amuleto.

Árvore que chora deve, em verdade, dar sorte, porque, lá diz o adágio: "Quem não chora não mama."

Mas a árvore atacada pelos inúmeros devotos, que lhe deviam levar lenços como oferendas, deixando-os nos galhos, à maneira de ínfulas, já não chora o destino ingrato, senão a própria vida que lhe vai sendo levada aos poucos, aos galhos, às lascas, aos gravetos, pelos que vão em romagem à terra que ela encharca.

Imaginem se todas as coisas infelizes dessem para chorar o dilúvio que seria por esta cidade, que é a capital das depredações (porque um morro como o do Castelo, desatando a chorar, deve ser água que farte!), levaria a cidade nas suas lágrimas, como na poesia "As três irmãs" o esquife da segunda, se morresse, iria boiando nas ondas de pranto do poeta.

O que a árvore chora é a sorte mofina das suas irmãs, que por aí perecem; é o que os homens, barbaramente, devastam: toda essa vegetação frondosa que revéstia as montanhas e que era a orla florida do nosso litoral e que vai desaparecendo abatida pelos estetas de arribação.

Chora pelo que fazem os arrasadores e, carpindo a desventura das companheiras, deplora o seu próprio e mísero destino.

Fez mal, todavia, em chorar assim aos olhos de todos, porque, sendo árvore espinhosa, escondida no mato, talvez não dessem por ela e a deixassem viver. Mas não, pôs-se a lamuriar, chamou a atenção de algum carvoeiro para as suas lágrimas, o homem saiu com a notícia do caso, começou a romaria e... Não dou dois meses à chorona. Está aqui, está em estilhas, desfeita, às migas, em breves ao pescoço de crentes.

Pobre árvore! Quem a mandou meter-se a original. Deixasse-se quieta onde estava e lá ficaria até que lhe chegasse a hora de dar à casca. Celebrizou-se, está perdida! Agora é chorar na cama, que é lugar quente.

17 de maio

LAMA

Muito suportou ele!

Não acreditem, porém, os que o afrontaram, que a represália ficará no que foi. Setembro responderá a todos os tratos, a todas as injúrias dos que vêem em tudo fonte de renda e, sem escrúpulos de ordem alguma, onde descobrem interesse armam balcão de negócio.

Aí está destruído um dos mais belos trechos da nossa formosa baía.

O criminoso plano dessa depredação ignóbil, gizado por um homem de arrojo, foi logo adotado e patrocinado por um sindicato gargantão.

Era Prefeito o Marechal Bento Ribeiro, de imaculada memória, quando, pela primeira vez, se falou na Prefeitura no arrasamento do morro do Castelo.

Quantos passos perdidos na aforçurada azáfama! O que ali entrou de cartas e telegramas!

O honesto soldado não se deixou vencer pelas razões argutas dos interessados nem se dobrou às injunções políticas: firme, defendeu o monte da ganância dos negociadores, como defenderia de inimigos um posto de honra que a Pátria confiasse à sua bravura. E o desânimo dispersou o bando voracíssimo.

Quis, porém, o Destino levar água ao moinho do moleiro e o morro caiu nas mãos de quem o havia de arrasar. E começou o trabalho, que entulhou o mar, enlameou a cidade e há de fazer dano maior à fama dos que nele se empenharam.

Se os homens murmuram contra tamanha ignomínia, o mar faz coro com eles, rosnando em volta do aterro lodoso com que o vão entupindo.

As ondas, que agora se levantaram, desmantelando a barreira, que se vai estendendo, em tentáculo, como para empolgar a ilha graciosa, anexando-a ao continente, foram apenas as avançadas do equóreo exército que se apresta para investir decisivamente com o molhe ridículo.

Quando se viu um cadáver permanecer tanto tempo no mar? E que cadáver! Todo um monte!

Um corpo afoga-se, desce ao fundo, fica na areia algum tempo, logo, porém, que começa a apodrecer, como se as nereidas, sereias, golfinhos, toda a gente glauca o repila, sobe à tona e, rolando no dorso das ondas, vem ter à praia ou dá à costa em algum rochedo, onde fica à espera de que o restituam à terra de que saiu.

Subvertem-se ilhas, mas não demoram no abismo porque, desaparecendo em um ponto, ressurtem em outro, mais viçosas. Foi o que aconteceu com a Atlântida imensa que ia de Caf a Caf, ou de um pólo a outro, com todas as suas riquezas e a sabedoria superior dos seus sacerdotes, e que se sumiu em uma noite refluindo, porém, pouco depois à flor dos mares, coberta de novas florestas.

Há quem afirme – contrariando a opinião dos que dizem que o nosso continente é o mais velho do mundo – que a terra que chamamos Pátria foi, outrora, o território da grandiosa Posídon que, depois de um banho milenar no oceano, com muito sabão, do qual ainda restam as espumas nas ondas, emergiu asseada e formosa como a temos.

A lenda da Atlântida vem aqui apenas para provar que o oceano, escrupuloso na sua limpeza, não guarda cadáveres.

E se não guardou o da Atlântida não abrirá, decerto, exceção para o do Castelo.

Negociatas como essa não se podem resolver em outra matéria senão em lama. A do morro, com a revolta das ondas, vai-se pela barra fora; a do negócio, porém, essa já se acha a bom recato, em barras, guardadas em bancos porque vale tanto como a lama amarela que Candide, ao despedir-se do generoso rei do El Dorado, pediu lhe fosse dada como lembrança de tão prodigioso país onde, decerto, os castelos não eram de areia, em terras de Espanha, como os dos sonhadores, mas de ouro, como o nosso.

E ainda há quem duvide da existência do tesouro do Castelo. Perguntem por ele a certos bancos... e hão de ter a resposta nas boas somas que lá estão, a juros.

31 de maio

CASAS VELHAS

Acabou como Hércules, em uma fogueira, o velho teatro São João, da Bahia.
Não quis perecer aos poucos – subverteu-se em uma catástrofe, como herói.
Quantas vozes, e das mais altas e harmoniosas que temos tido, soaram, em surtos de poesia, naquela casa tradicional, teatro, não só de ópera e drama, como de cerimônias de culto cívico e de grandiosas lutas literárias, cuja fama ainda ressoa.
Quantas gerações por ali passaram desde os dias coloniais! Se o eco não fosse efêmero como a gratidão, aquelas paredes, agora em muradal tisnado pelas chamas, repetiriam, aos que delas se aproximassem, o que lhes soaram, em mais de um século, em noites festivas e de entusiasmo, não só das grandes figuras da cena como

de poetas e oradores dos que mais alto levantaram entre nós a Poesia e a Eloqüência.

Não lembrarei todos os nomes, desde os dos patriotas e poetas de outeiro até os dos novos que ali se fizeram ouvir – dois bastam para glória daquela tribuna secular e imensa: Castro Alves e Rui Barbosa.

Quando, ultimamente, fui hóspede da alterosa cidade, acrópole que se revê no mar em que Moema morreu de amor, parei, uma manhã, diante do edifício ancião e tive pena de o ver como esquecido. Doeu-me o seu abandono.

Era um remanescente do passado, um testemunho dos dias heróicos, colocado, como o Partenon, no cimo da colina sagrada, como o altar da cidade.

Resistia ao tempo. Viam-se-lhe, porém, as cicatrizes do corpo combalido. Já as suas portas se não abriam, como dantes, às grandes multidões – a velhice tornara-o suspeito, temiam o colosso que ameaçava ruína. E ali jazia o patriarca ao tempo, esperando a morte.

Era uma velharia que contrastava com a nova cidade, de ruas largas, de construções graciosas, tão diferentes dos edifícios de antanho, que pareciam surgir do solo armados para lutas, como os guerreiros de Deucalião.

Os próprios mosteiros e igrejas, de rijas muralhas de pedra, eram amantelados: a um tempo casas de religião e baluartes, templos e fortificações.

O teatro, hoje reduzido a cinzas, obedecia, na sua construção, a esse plano estratégico. Sem traço de beleza arquitetônica, pesado, avultava, em mole, na altura à maneira de castelo forte e acabou como em combate, envolto em labaredas.

Falava-se em aproveitá-lo nas festas de 2 de julho.

Resistiria o velho pardieiro histórico à massa popular que, certamente, o invadiria para os espetáculos e solenidades comemorativas da grande data?

Foi, talvez, melhor assim. Caiu sem fazer vítimas. Pintado, recenado, alfaiado tornar-se-ia verdadeira arapuca. O povo, não descobrindo as brechas das suas paredes, as fendas do seu vigamento, iria pelo engano da aparência e quem sabe lá o que aconteceria!

Caiu só. Pereceu com ele uma das mais imponentes relíquias da cidade; não se achará, porém, nos seus escombros uma só vítima.

É o passado que se retira cedendo o terreno ao futuro. Os de hoje respeitavam o edifício, mas não o amavam e, comparando-o com os que, diariamente, aparecem na cidade, que se renova, achavam-no um trambolho.

Quem hoje se lembra da antiga igreja de São Pedro, o velho? E da primitiva igreja da Ajuda onde viveu Navarro, onde Vieira pregou o maravilhoso sermão *Pelo bom sucesso das armas de Portugal contra as de Holanda*, igreja que desapareceu, da qual, porém, o Dr. Júlio Brandão conservou todas as peças de relevo artístico: obras de talha e ferragem, a pedra fundamental, retábulos e o púlpito em que pregou o grande jesuíta aproveitando-os no templo novo que constrói, todo em estilo manuelino, tornando-o um escrínio digno das preciosidades históricas que contém.

E assim a nova casa falará aos de amanhã do que foi a antiga e o espírito do passado, como a alma dos avitos, viverá em outro corpo, como se transmite de geração a geração a alma dos ancestrais.

Assim com os homens como com os edifícios, e assim será igualmente com o casarão que ardeu. No terreno em que agora esfriam as suas cinzas surgirá amanhã outro teatro, digno da cidade, para continuar, no mesmo sítio, a glória do que pereceu.

7 de junho

LOTI

Cuidem os sábios das searas e dos pomares e os poetas dos parques e dos jardins e farão o que devem.

Verdade é que todas as árvores florescem. Não há fruto que não tenha tido o seu berço em uma corola e na origem de toda a ciência se há de sempre encontrar a Poesia.

Mas as flores verdadeiramente poéticas não se metamorfoseiam em frutos: são casulos de aromas que primam pela beleza. E o perfume é manifestação espiritual, essência volátil, alma, daí o seu poder de sugestão.

O fruto sabe-nos, alimenta-nos; a flor inebria-nos e encanta-nos. O sábio é útil; o poeta é divino. É o poeta que nos transporta miraculosamente, com o prestígio de que dispõe, através do espaço e do tempo, a todos os países, a todos os mundos, a todas as eras: é bem o *djinn* ou gênio das fábulas orientais que arrebatava palácios de um para outro sítio, transformava em ouro rochedos ásperos, envelhecia mancebos, remoçava anciãos, ou, em encantamentos de licantropia, mudava homens em animais quando os não empedernia em cativeiro, do qual só os libertavam os possuidores de talismãs.

E porque a própria Religião é Poesia na sua maior culminância, visto que chega ao céu, é que com ela nos abraçamos na hora derradeira, saindo da vida com o pensamento no Ideal supremo, que é Deus.

Mas a que vêm aqui tais considerações? Vêm a propósito do desaparecimento de um dos mais delicados jardineiros de poesia do nosso século; um dos que mais cuidaram de nos perfumar a existência com aromas perturbadores, que nos fizeram sonhar; aquele que nos deu as visões do Oriente, não como as costumávamos contemplar nas paisagens maravilhosas, nas lendas fantasmagóricas, nos costumes de serralho ou nos estranhos cerimoniais dos templos, nos quais o misticismo se nos revela em ritos sensuais, intercalados, fesceninamente, de danças lânguidas de devadássis, em orgias sagradas como no-las pintam os que conseguiram penetrar nos aditos de Benares ou, mais remotamente, nos santuários do templo florestal de Angkor.

O poeta a que me refiro, esse voluptuoso Loti, mostrou-nos um novo Oriente, fazendo-nos nele entrar, não entre alas de guerreiros de albornoz e turbante, como os dos califas, ou de armaduras imbricadas e carrancas monstruosas como os samurais do micado, mas por alfombras floridas, guiados por mãos de criaturinhas frágeis, galreantes, miniaturas que, se as invocamos, surgem-nos diante dos olhos como essas figurinhas de marfim da arte caprichosa dos nipões, cujos nomes gazis nos soam como chilreios de pássaros.

É um Oriente de musmés e de gueixas, fantasia delicada, por vezes extravagante como esses quimonos de seda e ouro, floridos e reticulados de filetes que simulam água, com um céu de nuvens mirabolantes, irradiado em alaras que são caudas de aves paradisíacas.

Tem-se impressão, não de leitura, mas de inebriamento por filtro delusório ou por essência, como as que se fumam em narguilés ou se aspiram no fumo das caçoulas.

O Loti que todos lamentam haver adormecido, para sempre, entre sedas e bonzos, armas, instrumentos músicos, tapetes, caixas de charão, escanhos de bambu e lanternas de papel, na sua residência que era um verdadeiro museu asiático, era o de *Mme. Crysanthéme* e de *Azyadée*, o de *Mariage de Loti* e de *L'exilée*, das *Japonneries d'automne* e de *Fleurs d'ennui*.

Eu, o Loti que amava, era o de *Pécheur d'Islande*, o Loti melancólico, poeta sentimental dessa salitrada Bretanha mística, envolta em névoas e em lendas, com a sua costa áspera de onde, descendo em procissão por entre os cruzeiros das dunas, partem levas e levas de homens para as pescarias lúgubres nos mares do Norte.

O Loti, cuja morte lastimo, é o que nos deu esse pálido poema de nostalgia, marulhoso da quebrança das vagas e entrecortado de cânticos devotos em vozes pressagas de mulheres e de crianças, poema de audácia e de tristeza, de heroísmo, de resignação e de Crença, no qual, a todo o instante, como que sentimos passar, em vôo surdo, a Morte, através do nevoeiro da saudade que forma o ambiente desse formoso livro, cuja leitura nos deixa n'alma uma impressão de deserto e silêncio, de temeridade e Fé.

Do Loti do *Pécheur d'Islande*, um dos maiores romances do nosso tempo, do qual sairá o motivo para o monumento que a França há de, por certo, erigir à memória do marinheiro poeta, desse é que tenho saudade porque foi ele que, naquelas páginas de bruma, me fez sonhar, levando-me arrebatado, na sedução do seu estilo, desde as rochas de Paimpol até o frio mar de Islândia.

14 de junho

EXCELSA AVENTURA

Cesse tudo que a Musa antiga canta
Que outro valor mais alto se alevanta.
CAMÕES

Está prestes a cumprir-se, em toda a sua magnificência, a profecia altíloqua do Poeta.

O ousio de Portugal, não contente de se haver manifestado em terra e mar, rompendo em surtidas de hostes e em abaladas de frotas atrevidas, aspira à grandeza maior da ascensão.

Tendo, em arrojado ímpeto, respirado na Altura, quer agora vingá-la em vôo largo, para realizar no céu o vaticínio do épico que, empregando o verbo "alevantar-se", anunciava o vôo em que se havia de alar a amada Pátria.

De olhos elevados projeta Portugal o cíngulo maravilhoso com que traçará, em volta da terra, a ponta d'asas, um novo equador de heroísmo.

A viagem de circunavegação do globo, imaginada pelos aérides que se arrojaram ao espaço desde o Tejo até as verdes águas da nossa Guanabara, será um dos feitos maiores de todos os tempos e roteará na Altura caminho às expedições do Futuro.

Repete-se agora a cena de que foi protagonista Colombo quando andou a oferecer aos reis o sonho do Novo Mundo.

Escusou-se o monarca de Portugal e o genovês levou à Espanha a proposta julgada cerebrina. Aceitaram-na os reis católicos e Isabel, empenhando as jóias do seu escrínio, entregou todo o produto ao sonhador e, desde logo, aforçuradamente, começaram os trabalhos nos estaleiros.

Aparelhou-se a frota, engajou-se a companha, sortiram-se os paióis e, abrindo velas, largaram os navios de Palos, à aventura.

Longos e desnorteados dias teve o marujo audaz, murmurações de pusilânimes, protestos de desanimados, ameaças de rebeldes até que, vencendo a todos e guiando temerariamente a proa ao rumo imaginado, uma tarde, já com as estrelas acesas, avistou ao rés das águas a fogueira de Guanahani.

Era a América.

E, com um mundo, tornou Colombo à Espanha para resgatar as jóias da rainha.

Agora é Portugal que se dirige ao Brasil para pedir-lhe a contribuição do seu amor, a prova da solidariedade de sua alma para a aventura em que vai entrar.

E haverá quem negue auxílio a tão formoso empreendimento, que será de glória para a Raça?

Os que nele se vão arriscar levarão consigo, além da língua, que é também nossa e que ficará gravada, como em filactéria, no cinto em que os aérides vão, triunfalmente, envolver o planeta, a nossa bandeira, ao lado da de Portugal e assim serão elas as rêmiges das asas que vão voar em volta do mundo.

Que as duas Nações se aliem na Altura, formando as asas da ave de maior envergadura e força dentre quantas vingam distâncias e sobem em ascensão ao infinito. Unam-se no Céu como estão unidas na terra; entrem juntas no Futuro, levadas na mesma glória, como vieram juntas do Passado, trazidas na mesma História; celebrem *in excelsis* o feito sobre-humano na língua que ambas falam e que foi a primeira que soou no Eliseu na voz de Santos Dumont, e que está destinada a ficar, em rastro sonoro e luminoso, ao longo do Equador, no hino que hão de entoar os vencedores da prova.

21 de junho

VANITAS

Se as dolorosas, impressionantes páginas de miséria que tem publicado este jornal se referissem a vítimas de outros países já, decerto, se teriam convocado os corações piedosos em cruzada de amor para promover festas de caridade, correr listas de subscrições, sair em bandos precatórios, acudir com esmolas de pão e vestidos aos necessitados.

Trata-se, porém, de gente nossa, gente que vive sem lar ou aí por esses morros, arranchada em cadozes e locas de tábuas cobertas de latas, tiritando de frio, sem miga, muitos perecendo à míngua de socorros. E não há uma voz que se levante por essa grei de infelizes que, além de todas as desgraças, que os acabrunham, têm a maior de todas pesando-nos no destino: que é a de haverem nascido nesta terra de tanta misericórdia... para os de fora.

Gemido que se levanta nas estepes russas, clamor de fome e sede alrotado junto das muralhas tártaras chegam-nos pelo telégrafo e a resposta não se faz esperar.

Intercalam-se as danças de coletas; entre a chávena do chá e os *cakes* circula a escarcela; os recitativos lânguidos interrompem-se para um comiserado apelo à generosidade dos presentes; nos intervalos dos atos tinem nas frisas as moedas dos doadores e tudo se faz em benefício dos que sofrem aí por esse vasto mundo. Dança-se, conversa-se, declama-se, canta-se, toca-se, representa-se, come-se, bebe-se, tudo por caridade, reduzindo regamboleios e madrigais, ênfases, trilos, acordes, lances dramáticos, sanduíches e champanhe ou gasosa a esmolas.

E, assim, o gozo dos afortunados transforma-se em bálsamo para os estrangeiros infelizes. Eis, porém, que nos bate o mal em casa. Que excelente oportunidade para um bom movimento altruístico, para um gesto elegante de filantropia! Que melhor poderiam almejar os corações, que esperam pretextos para expandir-se em alegrias esmoleres!

Aí está um mundo de gente em abandono. Há de tudo, para todas as sensibilidades – desde o infante que deperece à míngua, deitado em trapos, chuchando a mão mirrada com a triste ilusão de que mama, até a mulher que se esgota atravessando os pulmões, a jorros sanguíneos das hemoptises, nas mesmas tinas em que lava da manhã à tarde; desde o ancião, valetudinário, que já se não pode mover de um para outro canto e passa os dias ao sol e as noites num estrame sofrendo as próprias dores e ainda pelas que vê os seus sofrerem, sem que, alquebrado e enfermo, ele que foi um trabalhador heróico, as possa minorar, até a donzela que definha ao ferro ou à máquina de costura para ganhar uns miseráveis vinténs que mal lhe chegam para o pão e para a botica.

E esses pequenitos que enxameiam as ruas em formigueiro, carreando achegas para as covas miseráveis em que se enfurna a pobreza aí por esses morros!

Menos felizes do que os animais das florestas, que moram de graça nos antros, os pobres da cidade pagam as espeluncas em que se enlapam. Essas cavernas têm senhorios e ai! daquele que, no fim do mês, por moléstia, deixa de atender ao cobrador: é descaridosamente lançado ao tempo com os seus velhos, os seus enfermos, as suas crianças, os trapos e os cacarecos e ainda a polícia os chama a contas por não terem domicílio.

Todas essas desgraças, que são muitas, não há dúvida, seriam, de pronto, conjuradas se as vítimas não fossem o que são: brasileiras e residentes nesta cidade.

Pedir para os famintos da Manchúria, para os leprosos da Armênia, para os entanguidos da

Criméia ou para os negros do Sudão é elegante. Imaginem, porém, a figura ridícula que faria uma senhorita que se lembrasse de esmolar entre um foxtrote e um maxixe, um óbulo para os infelizes do morro da Babilônia.

A caridade (como a diplomacia) só se compreende em... uso externo. É cataplasma para ser vista ao longe e ainda com o nome de quem a aplica.

29 de junho

O DIA DA CRIANÇA

À hora em que começar a circular esta folha já o sol terá levado o dia para os antípodas e aqueles a quem ele foi consagrado estarão dormindo em berços ou em melhor e mais macio e tépido agasalho, que é o colo das mães. Assim, posso falar à vontade, sem receio de que algum petiz, contemplado na distribuição de brinquedos que, certamente, não chegou aos pobrezinhos que, por falta de sapatos, não puderam comparecer ao apelo, rezingue irritadamente contra o reparo que vou fazer.

Que motivos fortes e ponderosos terão influído no ânimo dos organizadores dos concursos eugênicos para crianças obrigando-os a transferirem do dia de Natal para o de hoje a efeméride graciosa?

Por que afastar da creche os pequeninos que formavam auréola ao Menino Deus? Por que apartar da haste os dois lírios, o Divino e o Humano: a infância de Deus e a infância do Homem? Natal foi sempre o dia da criança, não somente entre nós, mas onde quer que se venere a Fé cristã, por se haver nele realizado, ao som de cânticos seráficos, o mais suave dos milagres do Amor, qual foi o do nascimento do Messias.

Em que dia se sentiu a Terra verdadeiramente a Esposa dos Cantares senão nesse em que deu à Luz o Filho de Deus? Que maior glória podia almejar a pecadora do Paraíso senão a de ser redimida pela Fecundação do Eterno?

Depois de o haver lançado de si no Éden quis o Senhor chamar à sua misericórdia o Homem, e que fez? Mandou à terra a sua Essência para que se encarnasse em um seio de Virgem, impregnando-se de todos os sofrimentos, que são apanágios da progênie do Pecado.

E Deus fez-se Homem, não surgindo, desde logo, em plena virilidade, mas nascendo infante, com todas as fraquezas que tanto fazem tremer o coração das mães.

Nesse dia supremo para a Humanidade, dia em que o céu se inscreveu com uma das Pessoas da Trindade no rol efêmero dos que morrem, que é que se celebra e festeja tanto na Altura como no raso: no Céu, por anjos; na terra por pastores e Reis? A infância. Assim, é pela infância que começa a Redenção. O anúncio da Nova Era foi um vagido. E, desde esse tempo, os anciãos, em memória do sucesso inicial do Cristianismo, estabeleceram que esse dia fosse dos pequeninos, porque nele o próprio Deus se fizera pequeno.

Se tal culto nos herdou o Passado, se nos criamos com tão encantadora crença, por que havemos de mudar o que os séculos firmaram e é tradição mantida por todos os cristãos? E ainda não foi o mesmo Jesus quem, mais tarde, já nas vésperas do martírio, sentado à sombra de um muro, chamou a si as crianças, tomando-as ao colo carinhosamente?

Se ele assim procedeu, mostrando aos discípulos a sua ternura, por que o havemos de privar de companhia tão do seu agrado?

Isso de mudanças é vezo nosso, antigo. Não há muito, a propósito da data do descobrimento do Brasil que, de 22 de abril, foi transferida para 3 de maio, comentei a volubilidade dos nossos próprios historiadores, dizendo:

"Nem sei como ainda se mantém o registo de certos acontecimentos nas suas próprias efemérides: o 7 de setembro, o 13 de maio, o 15 de novembro, o Natal... É que não ocorreu, por enquanto, a algum paredro a idéia de propor a mudança, justificando a emenda e mandando-a à mesa, com apoio da maioria.

Seriam favas contadas."

Agora, é o *Dia da criança* que se desloca de dezembro para julho, perdendo o prestígio da presença do divino infante, que ficará sozinho no seu presepe.

Celebrem a panegíria das crianças com tudo que determinar o programa dos puericultores: concursos de robustez, distribuição de prêmios, roupas e brinquedos, recompensas às mães que houverem amamentado os filhos, como fez Nossa Senhora ao Menino Jesus, e tudo caberá lindamente no dia de Natal, sem prejuízo da tradição. Deixemo-nos de tantas mudanças. Conservemos alguma coisa do passado porque o presente só nos tem dado... panos para mangas e decepções em barda.

4 de agosto

VÍCIO

Aos sem lar e famintos, que, à noite, tiritando de frio e, às vezes, ardendo em febre nos farrapos encharcados em que se encolhem, vagamundeiam fatigadamente pelas ruas procurando abrigo onde repousem e matem a fome, recorrendo ao taleigo em que recolheram restos de comida, que andaram a esmolar de porta em porta – felizes são os que não arrastam consigo, na mesma miséria, mulher e filhos pequeninos –, eu diria, se viessem a mim, palavras de prudente conselho como as que Hesíodo ditou a Pérsio, seu irmão.

Fazem-nos piedade os míseros que erram por ali como estonteadas abelhas às quais houvessem crestado a colméia. Entretanto, quisessem eles! e a desgraça se lhes mudaria em ventura.

O que os reduz à penúria em que sofrem é o vício em que estão inveterados e que, por mais que por ele penem, não o deixam e até parece que, quanto mais padecem, mais se lhe aferram. E que vício é esse tão pernicioso? A Cidade.

O que entra na taverna começa por um codório, repete a dose, insiste até embriagar-se, oscilando aos cambaleios, caindo, por fim, acarrado. Dorme na imundície que arrevessa e, na manhã seguinte, amorrinhado, levanta-se ainda têmulo, resmungando, d'olhos lânguidos, com a baba a escorrer-lhe dos cantos da boca flácida e o seu primeiro pensamento voa-lhe para o balcão.

Lá vai ele aos bordos, cabiscaído e trambolhão e entra na venda.

Se ainda lhe resta cheta, trata imediatamente de matar o bicho: se está na disga, mete-se a um canto, macambúzio, olhando enamoradamente pipas, botijas e garrafas, sempre esperançado de que apareça outro *pau d'água*, companheiro de zangurrianas, que o convide para um gole.

Ao cachaceiro tudo lhe aborrece. Quem bebe dispensa o mais: comida, agasalho, etc., e tanto se lhe dá que o sol queime como que as nuvens se derretam em dilúvios.

Doenças? Não nas sente no sono pétreo da muafa. Dormir? Que lhe importa seja o leito uma laje ou tábuas de enxovia, tudo é o mesmo. Tenha ele a taverna aberta para a carraspana, o mais…

O vício da Cidade é tão funesto ao pobre como o álcool ao borracho! O beberrão não se despega do quiosque e se entra na tasca é um custo para despejá-lo.

Tirar o pobre da Avenida é quase impossível. Ali quer ele ficar embora à chuva e com fome, maltrapilho, descalço, enfermo, esmolando humildemente até que a miséria faça com ele o que faz com o chupista a cana: atirando-o de borco na sarjeta, morto.

Entretanto, quisesse esse desvalido que por aí choramiga, oferecendo-se em espetáculo deprimente aos transeuntes e a vida lhe sorriria, fagueira.

Há uma porta larga, aberta diante dele, que o porá no caminho da felicidade, e que o poderá levar à riqueza se ele o trilhar com prudência: é o caminho florido dos campos, rumo à lavoura.

Ali o espera a terra generosa, esperam-no as árvores com as suas pequeninas mãos verdes a oferecerem flor e fruto; esperam-no as águas límpidas das fontes e dos córregos; esperam-no o sol e o ar puro; e a floresta lá está, a dois passos, para ceder-lhe troncos com os quais esteie uma cabana, espeque uma caiçara e ainda falqueje os primeiros móveis para a sua moradia.

O senhorio não o ameaçará com o despejo ou a penhora e, em vez de contas a pagar, o que lhe virá à porta serão as colheitas da roça e, todas as tardes, à hora do recolhimento da criação, mais uma ninhada de pintainhos, ou leitegada rósea acrescentando-lhe os bens. E nunca lhe faltará farinha na arca nem lenha no fogão; o seu leito será asseado e cheiroso, as roupas não serão molambos e, cada dia que passe bem aproveitado, deixará um pouco no cofre das economias para sustento e agasalho na hora da velhice.

E cuidando de si cuidará, ao mesmo tempo, da Pátria. De mendigo, que é, rebotalho humano, tornar-se-á um ser independente e útil, nobilitado pelo trabalho; e a terra, que é generosa e grata, não lhe negará jamais o seu favor, não em esmolas, mas em messes compensadoras do benefício que lhe ele houver prestado transformando-lhe os maninhos em alfobres de boa semente.

A Cidade repele-o, nega-lhe asilo, deixa-o inanido e nu, força-o à vergonha de esmolar, maltrata-o, por que há de ele insistir em tal apego? Vícios combatem-se com a vontade. Queira o pobre e será feliz, não aqui, mas onde o chama a fortuna: na lavoura.

Não há de ser debruçado ao balcão da taverna que o viciado se regenerará, mas no trabalho ao ar livre, longe das pipas e da garrafeira.

A Avenida é a taverna dos pobres, deixem-na eles e não andarão chorando fome e frio, de mão estendida à caridade pública. Terras não faltam e ricas, pedindo braços que as granjeiem. Onde estão eles? Andam por aí à matroca ou estendidos à esmola por miséria, oriunda do vício da Cidade, em que estão arreigados os que preferem o frio e a fome na Avenida ao conforto e à fartura... em Canaã.

4 de agosto

REGISTO

Há semanas que são, para o cronista, verdadeiros desertos, sem oásis onde a pena, ainda a mais afuroadora, encontre assunto. O remédio, em tal esterilidade, é recorrer o peregrino às reservas da memória, que é o farnel com que se viaja, ou às eternas miragens da fantasia que, como o canto, são meios de estimular o corpo fatigado e de alimentar o espírito com o maná da ilusão.

Outras semanas há tão exuberantes como as florestas grandiosas que frondejam no Ramayana.

Não sei, em verdade, o que é mais difícil: se achar no deserto, se escolher na floresta.

Acho-me embaraçado no segundo caso, que é o da profusão e hesito, atônito, entre motivos vários e todos grandes e dignos de menção. Que fazer? Preterir algum? Será injustiça. Ocupar-me de todos, é impossível. Farei como os viajantes que, percorrendo terras longas, trazem, de cada qual, uma lembrança pequenina.

Para recordar todo um litoral formoso basta uma concha do tamanho da unha do dedo mínimo; uma flor trazida da montanha evoca toda a magnitude alpestre, desde a raiz em que se apóiam cidades, até o viso que topeta com as nuvens.

Assim, neste registo, farei apenas referências, começando por aludir ao Poeta, cuja glória é celebrada em todos os rincões do Brasil por haver ele sido a grande Voz da Pátria indígena, o cantor das tribos, o verdadeiro precursor da nossa Lírica e um dos mais exímios cultores do vernáculo, nele abrindo, com o plectro, largo sulco, onde semeou e fez florir o Verbo trazido da selva americana.

Glória ao grande caxiense, incontestavelmente, não só o nosso maior lírico como o mais eloqüente e atrevido dos nossos poetas dramáticos que, com a sua formosíssima *Leonor de Mendonça*, pode figurar no quadro dos maiores poetas trágicos do mundo.

Glória também ao enxame ousado dos aviadores da Marinha que, ao apelo do comandante Protógenes, alçaram vôo das nossas praias ao alvorecer de um dia e, na madrugada seguinte, baixaram das nuvens sobre as verdes águas do mar em que se banhou a linda Paraguaçu, subindo a encosta graciosa da capital da Bahia para a saudarem na data secular da sua independência. E, com tal feito, desmentiram eles as palavras de Vieira, pregadas no Maranhão.

Disse o Padre:

"Com os voadores tenho também uma palavra, e não é pequena a queixa. Dizei-me, voadores, não vos fez Deus para peixes? Pois por que vos meteis a ser aves? O mar fê-lo Deus para vós, e o ar para ela. Contentai-vos com o mar e com o nadar, e não queirais voar, pois sois peixes."

Peixes não direi que sejais, voadores equóreos, mas sois do mar, como os peixes, nem por isto temestes arrostar os ventos e afrontar as nuvens e, indo por uns e outros, tão bem andastes nas alturas como vos conduzis nas águas que dominais com a vossa coragem, tão heroicamente posta à prova nas alturas.

Glória igualmente a vós, meninos temerários, escoteiros do Natal, que, em número de seis, trilhando, em calcorreada afoita, sertões e selvas, areais e carrascos, praias e tabuleiros áridos; galgando montanhas, vencendo cachoeiras, atravessando rios, ora em balsas, que vós mesmos construíeis, ora a nado; suportando soalheiras e friagens, padecendo fome e sede, dormindo ao desabrigo, com sentinelas alerta, para que vos não colhessem de surpresa feras ou índios; defendendo-vos de que, contra vós, açulavam gentes ignaras, viestes, com a bandeira desfraldada, desde o Rio Grande do Norte até nós e ainda vos dirigis a São Paulo, no mesmo passo em que chegastes, dando uma vibrante demonstração da energia da nossa raça.

Glória a todos, aos que, ainda da morte, honram a Pátria e aos vivos que a engrandecem.

9 de agosto

ECCE HOMO!

Conversando com os destemerosos escoteiros que, trabalhosamente, realizaram o *raid* do Rio Grande do Norte a esta capital, não me surpreendeu o que me eles disseram da natureza, nos seus variados aspectos, ora formosa e rica, com a opulência majestosa das florestas, a copiosidade das águas, a extensão das campinas risonhas, mosqueadas de palmares; ora estéril, nua, arenosa, ardendo, como rescaldo, ao sol, vincada de sulcos que são vestígios de torrentes, como ipueiras de lodo à beira das quais, de manhã e à tarde, reúnem-se os animais sedentos que vivem entre cardos e dunas nas exsicadas caatingas.

Conheço, de os haver percorrido, todos esses tratos do nosso território. Felizmente, porém, talvez porque me não haja internado, tanto quanto se aprofundaram os meus jovens e temerários patrícios, não registei no meu caderno de viagem notas que se comparem às que li no livro de rumo que eles escreveram ou às revelações que me fizeram. Um deles disse-me verdadeiramente compungido:

– Curtimos fome e sede, dormimos ao relento; caminhamos dias e dias sem avistar um rancho. Fomos rondados à noite por selvagens e feras. Tudo isso, porém, era natural na braveza que devassávamos. O que nos doeu foi, por exemplo, o ato de um intendente municipal que contra nós açulou a sua cainçalha expulsando-nos, como bandidos, dos limites do seu município. Nem valeu a bandeira que trazíamos desfraldada.

Em certos lugares o povo corria a ver-nos e se uns nos recebiam de boa sombra, com agasalho, outros olhavam-nos carrancudos. E eram gritos de mães aflitas, que chamavam os filhos, escondendo-os de nós para que os não recrutássemos.

Houve quem nos tomasse por peregrinos, em romaria devota, inclinando-se diante do pavilhão nacional que se lhes afigurava ser a bandeira do Divino Espírito Santo. De tudo, porém, o que mais nos entristeceu o coração foi o que se deu com um guarda-linha.

Caminhávamos margeando o leito da estrada de ferro. Vínhamos contentes, gozando a fresca da manhã, cuja brisa fazia espadanar a bandeira que o guia levava à frente, quando do mato rompeu um homem, bradando, a ameaçar-nos com um pau. Esperamo-lo a pé firme. E o matuto, afrontando-nos atrevidamente, intimou-nos:

– Enrola isso! Mode vancês tão querendo fazê pará o trem? Vancês tão caçuando co' serviço ou é mardade qui querem fazê? Enrola isso!

Procuramos explicar ao homem o que éramos e a missão em que andávamos.

– Quá, nada! Bandeira verde é signá. Maquinista vê isso e pára logo o trem. Enrola!

– Mas isto é a bandeira nacional, a bandeira do Brasil, o pavilhão da Pátria.

O homem esbugalhou os olhos mirando pasmadamente o símbolo, tirou o catimbau da cintura, atulhou-o de fumo e, depois de acendê-lo, disse com simplicidade:

– Já uvi falá nisso. Mas óie vancê, pulu sim e pulu não, o mió é enrolá ela. O trem vem aí tocado, o maquinista vê a bandeira, pára, faz um berrero danado e quem paga tudo sou eu. Vancê diz que isso é a Pátria... Pois sim! Mas se a cumpanhia mi botá na rua a Pátria não mi dá di cumê nem di visti. Mió é vancê enrolá memo. Dipois do trem passá (farta um tiquinho só, cum pouco ele tá apitando), vancê pode desenrolá qui não há perigo. Vancê sabe, a genti tem obrigação di vigiá e eu tou vigiando.

Esse vigia, que tão tristemente impressionou o jovem escoteiro, é mais que um tipo – é um símbolo. Esse é o "homem" do nosso interior, o ignorante que não tem a mais ligeira noção do que seja a terra em que nasceu, que dela sabe apenas o que ouve dizer na feira, em roda de sertanejos. Esse é o mísero coitado que planta uma roça escassa para manter-se e à família, que definha assezoado ou impa, atupido de vermes e, a tiritar de febre, calcorreia as estradas carregando pedras, nas tristes "desobrigas" pregadas pelos missionários, que o trazem preso ao fanatismo, intimidando-o com o inferno, o demônio e tudo mais que lhe pregam do púlpito ou para obedecer ao mandão político que lhe dá um papelucho para que vote nas eleições.

Ecce homo! Esse é bem o homem do nosso interior, simbolizado no zeloso vigia que manda enrolar a bandeira nacional para que o trem não pare. Grande homem, não há dúvida!

23 de agosto

PERVERSIDADE

Comparando a alegre chilreada de hoje com o silêncio melancólico de outrora, ocorre-me à lembrança a observação feita por Giovani Emmanuel a propósito da mudez das nossas matas.

Acompanháramos o grande trágico à Tijuca e levávamo-lo aos pontos mais pitorescos da montanha, quando, no Excelsior, depois do êxtase em que ficou contemplando a cidade, o mar brilhante, o cerúleo das serras longínquas, ele voltou-se para nós exclamando:

– O que estranho é que não haja nesta maravilha vozes. Onde estão os pássaros?

Tinha razão o extraordinário intérprete de Shakespeare e qualquer dos que ali estavam poderia responder-lhe:

– Os pássaros não se atrevem a aparecer porque sabem que aqui os espera o homem com a morte. São os caçadores que, aos domingos, com um farnel e espingarda, batem todos os recantos da floresta: são os garotos que procuram ninhos nos ramos, visam a bodoque, armam alçapões e arapucas, perseguem inexoravelmente os pássaros, não porque os aproveitem, senão pelo prazer de os matar.

Ninguém, entretanto, ousou dizer a verdade triste ao hóspede curioso.

Hoje, não é necessário abalsar-se a gente para ouvir gorjeios, porque a cidade, com a arborização que a alinda e ensombra, ressoa cantares d'aves desde a madrugada até o cair da noite.

A começar pelos pardais, que se multiplicam e, como se ouve, por exemplo, nas árvores do Largo da Carioca, onde pousam aos milhares, enchem os ares de estrídulos chilidos, até o bem-te-vi que faz, entre nós, as vezes da cotovia matinal, saudando a aurora com os seus gritos, em toda a parte há cantos e a cidade já se não apresenta ao estrangeiro como uma terra de silêncio, de árvores despovoadas.

Parecia que o coração do fluminense, tocado de ternura, se deixara comover pelos pios das aves orfanadas, pelos atitos dos pais que, sentindo subir pelos ramos o perverso desninhador, saíam ao beiral dos ninhos, investindo com eles em defesa dos implumes.

E os pássaros, tranqüilizados, vieram dos bosques conviver conosco.

Eis, porém, que recomeça a matança e o povo alado pensará, certamente, que as tréguas que lhe deram não foram senão traça perfidiosa para que ele, confiando nos homens, deixasse os seus refúgios seguros no coração da selva, vindo tecer ninhos e procriar em plena cidade.

Recomeçou a selvageria e com mais fúria do que dantes.

É a garotada a marinhar pelos troncos das árvores urbanas, para pendurar gaiolas e alçapões ou colher às mãos ninhos que aviste; são vadios apedrejando franças, desfolhando o arvoredo, às vezes por um ninho abandonado e não é raro ver-se pelos passeios o resultado de tais investidas: pássaros mortos, frutos sonoros das verdes árvores, que a gurizada impiedosa aproveita como "bola" para futebol. E andam aos pontapés de sórdidas matulas cadáveres de rolas, de sabiás, de pardais, tico-ticos e bem-te-vis. Como divertimento chega a ser estúpido.

O que, porém, me causou espanto e, devo confessar, não creio seja verdade, foi o que, há dias, me afirmaram "que muitos dos pássaros que aparecem mortos são vítimas de atiradores que os tomam como alvos, visando-os no ar quando, em vôo alegre e descuidado, passam de uma a outra árvore".

Não, não creio. Quando aqui se falou em permitir o "Tiro aos pombos" tantos foram os protestos que os iniciadores da tentativa desistiram de trabalhar por ela. Como é possível que agora, justamente os mais responsáveis pela educação da criança, os que se incumbem de lhe incutir no coração novo os nobres sentimentos – com a coragem a generosidade, com a altivez a nobreza, estejam a dar exemplos de maldade, matando, por esporte, animais inofensivos, que são alegria e enfeite da cidade?

É verdade, devo confessá-lo, que o corpo do pássaro que me trouxeram estava estraçalhado. Pedra não faria tanto. Mas teria partido de revólver, pistola ou carabina de algum atirador a bala esfaceladora? Duvido!

Conheço-os a todos, sei como são generosos e não acredito que algum, por vaidade de boa mira, esteja a destruir um novo dote da nossa natureza pródiga, dando às crianças lições de perversidade.

30 de agosto

CRISTO REDENTOR

As ondas da terra são mais alterosas do que as do mar. Umas são móveis, inquietas; outras são fixas, serenas; umas rebentam em espumas; outras desabrocham em flores.

Vagas, são as que se empolam no oceano; montanhas, as que avultam em terra.

Para conservar, em monumentos eternos, memória do que foi o dilúvio, petrificou o Senhor em serras e cordilheiras os vagalhões formidáveis que subverteram o mundo e eles aí estão eminentes.

Ainda em alguns dos de mais alto viso, quem os galga até a cumeada encontra cascalho, restos de conchas e algas fósseis denunciando-lhes a origem equórea.

Violências da cólera celeste tornaram-se, entretanto, tais altitudes lugares por excelência de adoração.

As religiões, como as águas, descem das montanhas. Esses seios imensos que se amojam em fontes, assim como saciam a sede do corpo, dessedentam a alma dando a água que refresca e mantendo a Fé que consola.

Todas as crenças exigiram templos nas alturas como para os aproximar do céu.

Sem nos embrenharmos no paganismo, ficando no acampamento do povo eleito de Deus e acompanhando-o no culto, sempre o havemos de achar avizinhado dos *bamoth*, ou lugares altos. Assim no Sinai, assim no Horeb, assim no monte Nebo, de cujo cimo Moisés moribundo alonga a vista para as veigas ubérrimas da terra de Canaã.

De onde é Elias arrebatado em um carro de fogo senão do cimo de um monte?

Com a vinda do Messias ainda mais se tornaram os montes preferidos do Céu.

Foi em uma caverna montesina, em Belém, que se agasalhou a Sagrada Família para que, em cumprimento das profecias, se realizasse o amorável e piedoso mistério da Encarnação. E, durante todo o trânsito de Jesus na terra, sempre as altitudes foram por Ele procuradas para assinalarem os passos mais significativos da sua missão divina.

Betânia, a colina florida, onde residia Lázaro com as duas irmãs, foi o altar de amor. Um monte foi o púlpito de onde Ele pregou às gentes o sermão, que é a suma da sua doutrina. Foi no monte das Oliveiras que Ele provou o cálice da Amargura e recebeu o beijo da traição; no Calvário foi crucificado, no Tabor transfigurou-se e da mesma colina de Betânia, onde amara, ascendeu ao céu.

Assim, os verdadeiros altares do Cristianismo foram as montanhas, nelas mostrou o divino Emissário que devia ser adorado o Criador.

O Espírito religioso da Cidade, que, pelo cinto de montanhas que a encerra, é como uma basílica natural, com os seus nichos e altares, que são as grutas e os socalcos atoalhados d'águas, rendados de espumas, iluminados por ciriais de ouro, que são os raios de sol e floridos pelas próprias árvores, vai erigir em um dos seus ápices a imagem de Cristo Redentor, que será um farol, não somente para os que singram o mar, mas para quantos se debatem na vida, que é oceano sempre proceloso e mais salteado de abrolhos do que o das verdes águas.

Os corações aflitos terão sempre na montanha o lenitivo do Consolador e a Cidade, com a presença de Jesus na altura, tornar-se-á um templo, com o mais suave dos epônimos a velar por ela.

Abram-se generosamente os corações para que a obra formosa cresça e se torne uma bênção perene.

Que a montanha se transforme em altar, supedâneo da Crença e, assim, tenhamos sempre à vista o que jamais nos deve sair do coração – a Fé, para que, na terra, entre amarguras e dores, achemos o bálsamo pronto, bastando apenas elevar os olhos para o alto e buscá-lo no cimo da montanha, que se tornará como a sede da Embaixada do Céu, com o suave Jesus como representante de Deus.

                                                        6 de setembro

UM ANÚNCIO

O jornal é o espelho da cidade, cuja vida nele se reflete, desde a que se agita no litoral e no centro mais ativo, onde, em minutos, maravilhosamente, acumulam-se e desmoronam-se fortunas, até a dos campos pacífica, sem ambições, contentada alegremente com a florescência das árvores, a medrança dos rebanhos e a saúde nos lares.

E mais ainda: como acontecia com o famoso espelho que Hércules, por gratidão à gente de Brigantium, pôs no alto de uma torre para que nele aparecesse a imagem dos ausentes, consolando-se, com tal visão, a saudade dos que neles pensavam, também no jornal se projetam os telegramas, incidem as correspondências que são reflexos da vida longínqua em todos os cantos do nosso planeta.

Uma vez por outra, para distrair-me, depois de haver percorrido algumas páginas noticiosas, os quarteirões movimentados do comércio, as casas do Parlamento, parando nas ruas a ver desastres, incêndios, conflitos: aqui, o clamor público contra um assassino; além, a peregrinação de um gatuno, passo à elegância e informo-me das festas, das representações teatrais, das exposições de arte, das modas que surgem e, descendo na coluna, como se fora uma avenida, vejo passar um enterro com acompanhamento numeroso ou leio a lista de nomes, como se visse a multidão dos que foram ou mandaram representantes a uma missa de sétimo dia. Prossigo.

Eis-me em imensa feira.

Que rumor de pregões! Que alarido! Quanta melancolia na enumeração de riquezas acumuladas! São as páginas dos leilões, a dispersão de relíquias: casas, mobiliários, jóias tradicionais que se vão ao bater do martelo indiferente do leiloeiro. Desço com os olhos e eis-me no porto apinhado de navios que fumegam, despejando ou recebendo passageiros e cargas, uns de rumo ao sul, outros proejando à Europa com esperanças e ideais ou desilusões em trânsito.

Chego, por fim, à parte tumultuosa dos anúncios. É uma pequena Babilônia onde soam milhares de vozes, cada qual a apregoar um negócio, a propor uma transação, a oferecer uma competência, a dispor de cabedais para empréstimos, a inculcar serviços, a oferecer-se para desvendar o futuro, para contrariar má sina ou simplesmente a pedir proteção, no valor de tantos mil réis, para um corpo juvenil que, na maioria das vezes, é uma carcaça enrugada em perigalhos e gelhas, que deu tudo que tinha à Vênus Pornéia.

Mas diverte, não há dúvida. A variedade é das mais bizarras, como nos mercados do Oriente: deixa-se o oferecimento de um alfarrabista, que exibe um exemplar de obra rara e dá-se de frente com uma viúva que implora esmola em nome de Jesus e logo embaixo um "capitalista" que pode dispôr até mil contos para empregar em hipotecas. E outro que, muito em reserva, mediante a remessa de uns tantos selos, dará uma receita infalível na cura do mal que levou o velho Fausto a assinar com sangue o pacto com Mefistófeles.

Por fim; depois de muito andar, chega-se ao bairro alegre onde se exibem os cartazes dos espetáculos. É o fim da cidade, onde se vive à noite, entre luzes e champanhe, no ruído venusto das bambochatas.

Hoje, porém, no burburinho dos pregões, um deles, por mais ruidoso, lançado em negros caracteres que se destacavam na miuçalha do corpo oito, chamou a minha atenção. Que seria?

Empurrando reclamistas de automóveis, bufarinheiros de bugigangas, cartomantes e vendedores a prestações, sonâmbulos e onzeneiros, viúvas desamparadas e revendões de móveis, adelos e possuidores de segredos misteriosos, cheguei ao tal pregão vociferador. Que dizia ele? Anunciava a venda das propriedades de Madame Sarah Bernhardt: *Belle-île en mer*, com tudo que nelas se contém. Caiu-me a alma aos pés.

Pois será possível que os americanos, que tudo compram, deixem passar a mãos alheias o *Manoir de Penhoet*, o *Fortin des Poulains* e as demais propriedades daquela que, em vida, deslumbrou o mundo com o seu gênio e o encantou com o timbre da sua voz de ouro? Se tal pregão chegou até nós foi porque não achou lance na terra áurea de Tio Sam.

E deixem lá: com a mania esmurraçadora, que agora grassa na América, o dinheiro deve andar curto para outros empregos além do ringue e, em matéria de gosto, o *yankee* não discute: entre primores de arte, e um murro de Dempsey... tudo pelo murro.

Quanto a nós... não creio que o pregão ache resposta *et por cause...*

29 de setembro

UMA ARTISTA

O estilo é a definição do artista, reflexo da sua personalidade na composição, qualquer que ela seja, como o sopro divino o foi de Deus na criação do homem.

Ele é a luz que dá realce à expressão, que dá vida à inércia, que faz da imitação obra original, animando-a como o sol anima a natureza e torna atraente a própria fealdade.

Não vive a obra-de-arte sem essa força latente.

Não é a linguagem estreme, escorreita, não é o desenho rigoroso, não é a harmonia regrada, não é a forma eurítmica que tornam eternas, como símbolos de Beleza, as criações artísticas, senão o espírito que nelas infunde o gênio, essa colaboração misteriosa do homem com a natureza, da Poesia com a Verdade, da qual Bacon nos deixou a fórmula em palavras breves: *homo additus naturae.*

Um pintor medíocre poderá realizar a cópia fiel de um trecho de paisagem ou compor, meticulosamente, um retrato diante dos quais, entretanto, nos conservemos frios, insensíveis, observando apenas, sem o entusiasmo que provoca a vida, o que se traduz na admiração. Um gênio dar-nos-á, em rápido esboço, como o relume instantâneo de um relâmpago nos mostra tudo que o seu fulgor abrange, o aspecto amplo da natureza ou a figura em aparição, não só o contorno como a essência mesma, imprimindo em tal desenho o estilo, que tudo aclara e dá transparência à imagem fazendo com que nela aflua a "alma".

Esse prestígio evocador é que provoca a emoção, estabelecendo a simpatia ou vínculo entre as duas almas – a do artista, através da obra, e a do espectador, pelo olhar.

A fotografia não perde um detalhe do que apreende; a notícia não omite um episódio no que refere e a fotografia há de ser sempre uma *sombra* projetada pelo objeto ao sol, como a notícia não passará de relato.

Tome o artista do pincel ou da pena o posto da objetiva ou a nota do repórter e logo, dos mesmos elementos que serviram à máquina para fixar a imobilidade, ao anotador para documentar um fato, surgirão obras de vida e de beleza.

Tais considerações sugerem-me a exposição que faz, no Palace-Hotel, a primorosa artista que é a Senhorita Sílvia Meyer, nome que já estaria colocado entre os primeiros na lista dos nossos pintores, se a timidez da sua possuidora o não trouxesse tão recôndito em modéstia.

Os retratos a pastel que formam a pequena exposição que, em outro "meio", que mais se interessasse pelos valores intelectuais, teria constituído a nota da semana, são todos de tal superioridade e excelência de fatura, quer como traço, no que diz com a aparência, quer como expressão subjetiva, que não há escolher entre eles: destacam-se pelo que representam e não pelo que valem, por serem todos do mesmo valor.

Cada qual é uma individualidade própria, um "ser" estético, digamos assim, refletido no cartão a cores suaves com os tons macios da carne, o relevo ondulante das formas, a maleabilidade dúctil e transparente dos tecidos.

Não há apenas, em tais retratos, a semelhança ou aspecto externo: há a luz, vida que vem à tona dos olhos e brilha, brinca nos lábios em sorriso prestes a fazer-se som, desabrochando em palavras.

São figuras que se comunicam porque há nelas mais alguma coisa do que o retraço do lápis, há aquilo que o artista tira de si mesmo, do seu ser, quando cria, para dar vida, beleza, eternidade, enfim, à sua obra: alma.

Estou certo de que aquele grupo, que se reúne no salão do Palace-Hotel, sob o prestígio do nome da Senhorita Sílvia Meyer, viverá na Arte Brasileira como testemunho de uma época da nossa pintura e glorificação do talento de um dos artistas que, com mais engenho, a cultivaram.

13 de setembro

SIC TRANSIT...

Produziria obra interessante e útil quem, à maneira do que fez Nicolas Brazier, autor das *Chroniques des petits théâtres de Paris*, escrevesse a história dos teatros desta cidade, que os teve outrora em maior número do que hoje e alguns melhores do que muitos dos que por aí pompeiam.

Lembro-me de alguns, que ainda alcancei:

o Provisório, casarão pesado, que se levantava no meio do Campo de Santa Ana, nesse tempo alfurja máxima da cidade, logradouro de animais e cancha de exercícios de capoeiragem. À noite era verdadeira azambuja, tão perigosa como as gargantas dos Abruzzos ou as veredas da Falperra;

São Luiz e Ginásio, na rua do Teatro, irmãos xifópagos, ligados por uma parede. No primeiro trabalharam Furtado Coelho e a grande Lucinda;

no segundo tive eu a fortuna de ver o Vale, e, mais tarde, Gema Cuniberti, a criança prodigiosa, e também a de ouvir Maurício Dangremont, o genial violinista brasileiro;

o *Alcazar*, na rua da Vala (hoje Uruguaiana), o primeiro café-concerto (terror das famílias), que houve nesta cidade. A senha de tal teatro encontrada no bolso do colete de um marido era motivo para escândalo doméstico, de conseqüências que iriam até o divórcio se tal coisa se conhecesse nesse tempo. Desse teatro há ainda um remanescente – a velha Suzana;

o *Vaudeville*, na rua de São Jorge, teatrinho elegante, mas colocado em sítio incompatível com o pudor. Desapareceu sem deixar tradição. Tudo que dele sei é que, no seu palco, representavam os sócios de um *Clube Dramático dos Cavaleiros da Luva Preta*;

Fênix Dramática, na rua da Ajuda, em terreno da antiga Chácara da Floresta.

Esse era o teatro elegante de então. Ali apareceu a opereta em vernáculo, montada luxuosamente pelo caprichoso empresário Jacinto Heller. A orquestra era regida pelo maestro Henrique Alves de Mesquita, músico de talento, que se teria celebrizado como compositor se não se houvesse aparceirado com o bando da gente de Murger. Deixou, todavia, algumas partituras, entre as quais a do *Vagabundo*, e grande número de músicas de dança e de coplas de operetas.

O elenco de tal teatro, que foi elogiado pelo grande Giovanni Emmanuel, quando assistiu, no Lírico, em espetáculo que lhe foi oferecido, à representação d'*Os sinos de Corneville*, era constituído de elementos superiores, formando um conjunto como nunca mais se conseguiu reunir: Francisco Correia Vasques, Guilherme de Aguiar, Pinto, Lisboa, André, Arêas, etc., e no quadro feminino: Rose Villiot, Delmary, Delsol, Rose Meryss, Hermínia Adelaide...

Foi nesse teatro que se estreou Pepa Ruiz, apresentando-se em um ato, escrito expressamente para ela por Souza Bastos, intitulado *Estréia de uma atriz*.

Em tal peça revelou-se, a um tempo, a mulher, que era formosíssima, a cantora, de voz pouco extensa, mas muito agradável e a transformista que devia bater o recorde no *Tim-tim por tim-tim* com os seus dezoito papéis.

O êxito que alcançou a artista foi, como hoje se diz, verdadeiramente colossal, não tanto pelo talento dramático que houvesse revelado nem tampouco pela possança da voz, mas pela beleza, em pleno viço, e pela graça salerosa com que executava as danças espanholas.

Quando, em certo momento, ela apareceu de jóquei (jaqueta e boné) o resto do corpo, a parte que, em Melusina, era cauda de serpente, em justo maiô cor de carne, a platéia delirou e nos camarotes houve muito resmungo de indignação, muito muxoxo de escárnio e despeito e os beliscões arrefeceram o entusiasmo de muitos maridos.

Desde essa noite a Pepa tornou-se o ídolo do povo e, assim como Helena acendeu a guerra de Tróia, ela, por vezes, pôs em polvorosa a cidade, dando trabalho à polícia e aos boticários, porque então ainda não havia a Assistência.

Foi uma beleza verdadeiramente incendiária, defendida por estudantes que a proclamavam em tudo superior a Ester de Carvalho, diva da classe caixeiral.

Não sei se algum dos antigos admiradores da arquigraciosa atriz a acompanhou ao cemitério. É de crer que não: morreu velha, esquecida.

Tivesse ela na morte metade das flores que teve a seus pés em vida e o seu túmulo teria ficado mais alto do que a famosa pirâmide de Quéfren. Demorou-se demais para tal apoteose. A Glória é impaciente, não espera muito e a Pepa, quando sucumbiu, já estava morta na memória do povo. *Sic transit gloria mundi.*

4 de outubro

O SONHADOR

Houvesse solidariedade no Parnaso e o dia de amanhã seria celebrado pelos poetas, cultivadores de sonhos.

A aurora, em vez de ser saudada pelas aves, em módulos gorjeios, abrir-se-ia no céu ao som de carmes e de arpejos porque, em verdade, se há, na História, uma data que possa ser tida como efeméride do Sonho, essa é, sem dúvida, a de 12 de outubro.

Diz-se que o genovês ousado, que se arrojou aos mares para descobrir um mundo, saiu em tal expedição com a chave do mistério que lhe foi dada por Perestrello.

Este caso não está satisfatoriamente liquidado: – uns afirmam-no, outros contestam-no. No que estão de acordo todos quantos estudam a figura de Colombo, quase lendária, é em dá-lo por cerebrino.

Ele era dessa grande família de acusmatas que, como Joana D'Arc e outros místicos, ouvem vozes misteriosas.

A pastora de Domrémy, guardando ovelhas, ouvia vozes celestiais e foram elas que a fizeram deixar o saiote pelo brial e o báculo pela lança, abandonando o manso rebanho para assumir o comando dos exércitos.

Colombo, sentado nos rochedos da praia, escutava atentamente, não o marulho das ondas roleiras, mas um apelo que vinha de longe, por sobre as águas, concitando-o à aventura temerária que lhe valeu a glória que, ao menos em nome, lhe foi usurpada por Vespúcio.

Tal injustiça histórica deve servir de consolo a muita gente que vê as suas obras aproveitadas por outrem. Quantos Colombos há por aí desconhecidos, em miséria, cujos trabalhos dão lucros a malandrões espertos como Vespúcio? Enfim, já o adágio afirma – "o bocado não é para a boca de quem o faz".

Deixemos, porém, de parte a questão do nome que, afinal, não empana a glória do verdadeiro descobridor, pergunto eu e, comigo, pergunta muita gente: Que vozes seriam essas que tanto influíram no ânimo de Colombo para que ele se atrevesse a tão temerosa travessia? Seriam de sereias? Não, decerto, porque tais criaturas equóreas, quando cantavam no dorso das vagas ou nas cristas das sirtes, não o faziam com boas intenções, tanto que Ulisses, que lhes conhecia a maldade perfidiosa, para lhes não cair nas insídias, fez-se surdo e também pôs moucos a todos os companheiros de remo entupindo com cera os ouvidos próprios e os dos que com ele andavam e ainda, para maior segurança (tal é o prestígio da sedução feminina), mandou que o amarrassem ao mastro com cordas grossas.

Que vozes, pois, seriam as que convenceram o genovês? As vozes do sonho, esse reclamo que soa na imaginação, nela excitando o entusiasmo para os grandes feitos.

Foram tais vozes que arrebataram o predestinado levando-o de corte em corte a oferecer a monarcas o "mundo" que ele sentia n'alma, que via no horizonte, além dos mares conhecidos, com a formosura da sua natureza maravilhosa, a riqueza do seu solo e o destino que lhe reservava o futuro e que, prosperamente, se vai cumprindo.

Depois de conseguido o que a tantos parecera um desvario de louco, na tornada do marinheiro, muitos dos que o haviam considerado um delirante quiseram ouvi-lo e interrogá-lo sobre o que encontrara em tais terras e, desde logo, começaram os armadores a aparelhar navios e organizaram-se expedições para aproveitamento do que o louco descobrira.

Quantos há como esse marinheiro audaz, como esse herói atrevido que tudo sacrificam ao ideal e, na hora em que o conseguem alcançar, dão-se satisfeitos com a vitória, deixando o lucro para os exploradores! São, como lá diz o mestre no apólogo admirável, agulhas que abrem caminho para muita linha e algumas... bem ordinárias.

11 de outubro

O BOM SAMARITANO

Ao capcioso Doutor da Lei que lançou a Jesus a pergunta: "Quem é o meu próximo", respondeu o Divino Mestre com a suave parábola do bom samaritano, uma das pérolas evangélicas que nos legou São Lucas:

"Um homem baixava de Jerusalém a Jericó, e caiu nas mãos dos ladrões que logo o despojaram do que levava; e depois de o terem maltratado com muitas feridas se retiraram, deixando-o meio morto.

Aconteceu pois que passava pelo mesmo caminho um sacerdote; e quando o viu, passou de largo.

E assim mesmo um levita, chegando perto daquele lugar, e vendo-o, passou também de largo.

Mas um samaritano, que ia seu caminho, chegou perto dele, e quando o viu, se moveu à compaixão.

E chegando-se, lhe atou as feridas, lançando nelas azeite e vinho; e pondo-o sobre a sua cavalgadura, o levou a uma estalagem, e teve cuidado dele.

E ao outro dia, tirou dois denários, e deu-os ao estalajadeiro, e lhe disse: Tem-me cuidado dele; e quanto gastares de mais, eu to satisfarei quando voltar.

Qual destes três te parece que foi o próximo daquele que caiu nas mãos dos ladrões?

Respondeu logo o doutor: Aquele que usou com o tal de misericórdia.

Então lhe disse Jesus: Pois vai, e faze tu o mesmo."

Até aqui o Evangelho. Agora o comento.

Formulando a parábola, quis o Mestre, com propósito de exemplo, que nela a melhor parte coubesse a um samaritano por ser a gente de tal origem malquista dos judeus, "que com ela se não comunicavam", como afirmou ao mesmo Jesus a moça de Sichar.

Por que havia o Missionário de escolher, para espelho da sua moral, um inimigo da Tora, dos que adoravam Nergal no monte Garizim? Porque, sendo Deus, não via as aparências, mas aprofundava os olhos no coração e onde achava caridade aí lançava a sua bênção.

Não cobre o céu, com o azul sagrado, a terra toda? Não dá o sol a sua luz celeste a todo o mundo? Há uma claridade para uma fé, outra para outra? A vida não se distribui na natureza com igualdade, tanto para o cristão como para o budista, para o que ora no fundo do subterrâneo, como para o que eleva o coração a Deus diante de um altar de pedras toscas, onde flameja um fogo propiciatório? Para os fanáticos Jesus teria andado mais acertadamente se, em vez de enaltecer a virtude do samaritano, o fizesse flagelar pelo crime de haver tocado com as suas mãos no corpo de um judeu ferido, lenindo-lhe as dores com vinho e azeite de vinhedos e olivais de terras de idolatria. Que fez Ele em tal passo? Ordenou ao Doutor da Lei que imitasse o idólatra, porque nele achava mais pureza, mais caridade, mais virtude, em suma, do que encontrava no coração do homem que se contentava com o título do Sanhedrin, aparentando, pelo hábito, ser o que não era.

Estou certo de que, se propusessem a Jesus escolher entre o Doutor e o samaritano amigo para acompanhá-lo, Ele não teria hesitado em preferir o homem da Samaria ao intérprete da Lei nas aulas da Sinagoga.

A Caridade é Virtude que acompanha os bons e onde quer que ela esteja com ela estará Jesus. Condenar o que a pratica é contraverter a obra da Regeneração iniciada na terra pelo Redentor.

Levantou-se, aqui, em tempo, clamorosa celeuma contra um homem, cujo crime consiste em fazer o bem. Ameaçaram-no com a Lei, instauraram-lhe processo, perseguiram-no, caluniaram-no, pouco faltou para que o arrancassem do lar e o trouxessem de rastos pelas ruas como criminoso de infâmia e morte.

Que homem era esse? Um crente, um cristão, um justo, um abnegado, que tudo faz pelo Amor que nos pregou Jesus.

E esse homem, que se chama Inácio Bittencourt – nome constantemente invocado por milhares de sofredores –, é intimado a comparecer perante o Tribunal para responder por crimes que, se fossem citados no Código Penal, seriam esplendores, como são as estrelas dentro da noite. E são eles: sarar enfermos, valendo-lhes com a medicina, com a dieta e com o desvelo; mitigar desesperos; reconciliar desavindos, restaurando lares destruídos; promover os meios de legitimar ligações; reconduzir transviados; amparar crianças órfãs; agasalhar anciãos; pregar o amor do próximo, o respeito e prestígio à Lei, e levantar os corações combalidos, com a força suprema da Fé. *Ecce homo*.

Eis o homem que se vai enfrentar com os juízes, acusado de atentar contra... quê? Que respondam os que o acusam.

Felizmente o Pretório agora é outro e os Juízes sabem que os brados dos acusadores vêm de bocas de cofres, porque a Caridade dos justos é como a do bom samaritano que, além de não cobrar o benefício que faz, ainda paga ao estalajadeiro para que trate bem ao que salvou da morte no caminho e carregou até o pouso onde ficasse em agasalho e assistido com misericórdia.

O advogado de tal réu chama-se Jesus. Não creio que os juízes condenem quem é defendido pela palavra que está no Evangelho e que é, propriamente, o Verbo, por ser de Deus.

18 de outubro

MIGUEL COUTO

Não é fábula que apenas corra em raconto, mas verdade que se fará patente a quem a queira verificar o que se diz das casas abandonadas, que se desfazem aos poucos.

É a umidade que se lhes infiltra nas paredes amerujando-as e amolecendo as juntas das pedras e dos tijolos, cobrindo de bolor a madeira, que logo apodrece, corroendo com o mugre o ferro, que se esfolia em escaras e reduz-se a poeira, abrindo frinchas por onde o vento penetra e, deslocado um dos blocos da argamassa que os agrega, outros se vão desarticulando e o que, pouco antes, era talisca ou fenda esguia, é já escancarada brecha e, em breve, todo o edifício desmantelado começa a esboroar-se e tomba.

E por que resiste o prédio habitado, se o uso, em vez de o conservar, devera precipitar-lhe a ruína? Resiste porque quanto mais o morador se agita mais vida infunde ao ândito em que se move, atendendo a tudo que nele possa ser princípio de destruição e animando-o com a própria atividade.

Mal acorda, abre-o todo ao sol, cerra-o à noite e aos temporais, se o assaltam; se descobre um veio mádido incontinenti trata de enxugá-lo; eiva que encontre corrige; falha que se lhe depare é logo recomposta e, assim, com vigilância ativa e cuidados oportunos, vai-se o prédio mantendo e sempre formoso e sólido.

Uma cabana de pobre escrupuloso resistirá mais tempo do que um palácio, cujo dono o descure, deixando-o aberto à intempérie.

O corpo é casa e, se não há nele cuidado de conservação, energia, coragem e fé, três forças que se resumem em uma potência – ânimo, vai-se depressa e se tal ânimo, ainda que exista, esmorece acabrunhado, como morador que, por desídia ou fraqueza, se deixa ficar deitado, indiferente aos estragos que lhe vão, aos poucos, destruindo o lar, mais dia, menos dia, sucumbirá sob os escombros do seu próprio agasalho.

O que importa na casa é o habitante solícito e zeloso, como o que garante o corpo é o espírito sempre alerta.

Não é com rebocos ou remendos de adobe e fasquias que se dá segurança ao edifício, mas com a manutenção de todas as suas pedras e a conservação de todas as suas vigas.

Onde não há cuidado o tempo e os gusanos fazem o seu ofício. Onde não há reação de energia as enfermidades e todos os males entram como as ervas daninhas e os insetos venenosos nas taperas.

A medicina do corpo (e já assim entendiam os asclepíades, que nos herdaram a arte mágica de curar, transposta à Ciência) deve começar pelo levantamento d'alma, o que só se consegue com a sugestão, e os milagres não se explicam senão por influência de tal prestígio.

Se assim é, como penso, esse homem, do qual hoje a Cidade comemora, em festa, o jubileu científico, o Dr. Miguel Couto, é, verdadeiramente, um taumaturgo.

O que ele vale como sábio apregoam-no, em louvores, as vozes dos seus pares e ontem soou em coro no sodalício dos seus alunos. O gênio teve a merecida apoteose com as láureas e os hinos, cabe-me a vez de falar e falarei, como se tivesse mandato da Pobreza, do coração do santo.

Quem vê esse homem, culminando no acume da glória, mestre consagrado pelos que, com ele, cultivam a flora benéfica de Hígia, pensará, decerto, como aquela mãe que, solicitada pelo filho enfermo, que desejava a presença de Jesus, que não descerá aos baixos da miséria quem assiste nas alturas. Engano.

Como os rios que, nascendo nos pincaros, rolam precipitadamente e ágeis para abeberar as terras rasas e nelas se fazem brandos, fertilizando leiras e dessedentando rústicos e rebanhos, ele baixa a todos os reclamos.

À maneira dos deuses e da luz, aonde o invocam acode, onde encontra sombra dissipa-a: desce a escaleira do palácio, onde esteve à cabeceira de leito nobre, e entra no tugúrio abeirando-se do estrame.

Se ao cliente rico, ao qual não falta conforto, fala como amigo, ao pobrezinho dirige-se como pai e, quanta vez, na indigência de um lar, ao retirar-se, como a luz deixa o calor, à receita que faz ajunta o custo do aviamento e ainda sobras que dêem para a dieta.

Quanta vez, na tristeza de uma pobre mãe, que chora, deixa ele ficar uma lágrima do seu coração piedoso, bolsa da caridade!

Quando ele entra no casebre humilde os corações levantam-se: ele é o *Sursum corda!* dos desventurados.

A História desse homem está toda contida no final do conto, ao qual, acima, me referi, pérola evangélica trazida à tona por Eça de Queirós: "O suave milagre".

Os apelos dos que sofrem, antes que se reproduzam em ecos, são respondidos por ele, com a mesma doçura com que Jesus respondeu à criança que o chamava:

– Aqui estou.

Tornando, porém, ao começo desta bênção. Por que inspira tanta fé às almas esse homem de bondade, que luta com a Morte à beira dos túmulos, como Jacó lutou com o anjo à margem do poço de Betel? Porque ele, quando se aproxima do enfermo, antes de cuidar do corpo combalido, trata de levantar a alma e desperta-a no coração com o carme da sua palavra meiga. E, assim, animando o morador caído, faz dele seu auxiliar e, com a esperança que lhe infunde, tira-o do abatimento e eis a alma a acudir ao corpo, eis o morador de pé encorajado, abrindo a casa ao sol, alegremente.

Tal é a medicina que exerce esse homem. E, assim, além da Ciência da terra tem ele esse prestígio do Céu, a Bondade, que foi a Força de Jesus entre os homens e ainda o acredita como o maior dos médicos, ao qual recorrem os enfermos nas horas de aflição.

Glória ao sábio a que hoje todos rendemos justas homenagens, bendito seja o aluno de Jesus, o piedoso que considera e pratica a sua ciência como uma obra de misericórdia.

25 de outubro

COMPENSAÇÕES

Rostand tem nas *Musardises* uma poesia, das mais belas do seu estro, intitulada "La fenêtre ou le bal des atomes", na qual descreve a evolução dos átomos em um raio de sol.

Quem não terá visto essa farândula minúscula de poeira na faixa de luz? É um espetáculo deveras interessante, principalmente para espíritos contemplativos e sonhadores, como os dos poetas.

Aquilo a princípio entretém como uma ronda púlvera: vaidade do pó levantado, nada mais. Acompanhando-se, porém, atentamente, a dança, apanha-se nela a alegoria sutil que o poeta, com tanto engenho, põe em realce. O que se vê ao sol é uma quantidade mínima comparada ao microcosmo que evolve ignorado na sombra. Contar-se-iam por miríades os átomos que nos passam despercebidos, não por desvalimento, mas por não haverem tido a fortuna que pôs a outros em evidência.

> Ils vont, viennent. Mais d'habitude
> On ne peut les apercevoir.
> L'air s'emplit de leur multitude:
> On les respire sans les voir.
>
> Leur existence qu'on ignore
> Ne se révéle brusquement
> Que lorsqu'un rai de soleil dore
> Leur humble poussière, en passant!

Assim como os átomos, quantos gênios perecem ignorados em miséria! Quantas belezas murcham esquecidas aí por esses bairros pobres! Quantos heróis acabam anonimamente, tudo por não haverem encontrado oportunidade de aparecer ou alguém que os trouxesse da obscuridade à luz?

Que seria da Gata Borralheira se a fada não se houvesse resolvido a tirá-la das cinzas do fogão para o esplendor do paço?

Os audazes, à maneira das mariposas, mal avistam a luz correm a exibir-se nela, com sorte inversa, porém, porque os insetos perecem na aventura e eles dela tiram a fortuna. Assim fazem os áulicos, assim fazem os bajuladores e, em tal arte excelem os medíocres, que vivem parasitariamente à custa do sol, que buscam.

Quem pode lá adivinhar grandeza na misantropia de um Tímon ou de um Alceste?

Quem se esconde desaparece. Os que não procuram o raio de sol a tempo, ou não se atrevem a nele entrar, ficam eternamente na sombra e, por mais valor que tenham, ninguém dá por eles.

Há sorte, estou certo disso. Muitos rondam de perto o raio de sol e quando estão quase a entrar eis que um sopro os repele e esse mesmo sopro vai levantar do solo um átomo perdido e fá-lo refulgir em plena claridade.

O campo da glória e da fortuna é pequeno, e os candidatos são muitos, o resultado é que a maioria não chega jamais ao raio do sol, como diz o poeta:

. . . .

Le rayon faufilé dans l'ombre
Dans lequel, seul, ou peut les voir,
Est trop étroit pour leur grand nombre
Et beaucoup restent dans le noir.

Dans cette clarté d'auréole
Tous voudraient bien un peu venir.
Hélas! et leur désir s'affole
De n'y pouvoir pas tous tenir;

Ils y voudraient vite leur place,
Car bientôt ils seront défunts...
Mais la gloire, la gloire passe,
Et n'en dore que quelques uns!

A igreja, considerando que muitos homens virtuosos passaram pela vida praticando o bem sem alarde, penitenciando-se em silêncio (e não como Simeão, o estilita, que se plantou no alto de uma coluna para que todos lhe vissem o corpo seviciado e soubessem que jejuava), adorando a Deus sem ostentação pelo que, ao se passarem desta para melhor vida, mereceram a palma da santidade, apesar de não irem com a chancela beatífica de Roma, resolveu instituir o dia de Todos-os-Santos para que nele fossem contemplados os desfavorecidos. Quantos serão eles? Vão lá saber.

O que afirmo é que muitos dos que se inculcam, pelas aparências, prediletos da Divina Graça, se Deus, que vê no fundo das almas, lhes aparecesse chamando-os a exame, fugiriam espavoridos para esconder as mesmas consciências no inferno, naturalmente, que é o único lugar onde Deus não entra.

Fez bem a Igreja em instituir o dia de hoje porque sendo, como é, de Todos-os-Santos, nele, decerto, figurarão os justos que não foram contemplados pelas mercês do Vaticano, distribuidor de graças.

Não foram os ostentosos os que mais fizeram pela doutrina de Cristo, mas os mais virtuosos e como a virtude é tímida e modesta muitos dos quem devem ser grandes santos Lá em Cima passaram pela terra ignorados, calando o bem que praticavam e as dores que sofriam.

Os primeiros discípulos de Jesus eram pobres homens simples e os primeiros atos do Cristianismo foram realizados no fundo das catacumbas.

O dia de hoje é o dia da glorificação em massa dos que morreram pela Fé. Foi, talvez, inspiradas em tal orago que as nações consagraram um dia ao "soldado desconhecido", símbolo dos que sucumbiram heroicamente pela Pátria.

São compensações da terra aos que não foram canonizados ou não obtiveram medalhas e promoções:

La gloire, la gloire passe
Et n'en dore que quelques uns!

....

1º de novembro

UM ALVITRE

Em tempo, como o que corre, de amargura e fome, seria natural que os desfavorecidos da sorte buscassem o Pão de Açúcar como recurso contra o travo e a carestia da vida, que está, como vulgarmente se diz, pela hora da morte.

O pão mesquinho, que hoje comemos, não só nos custa o suor do rosto, que é agora copioso, como ainda nos sabe ao tal que o diabo amassou; e o açúcar está por tal preço que, de tão salgado, chegamos, às vezes, a acreditar que, por engano dos fornecedores, em vez de nos vir de engenhos nos venha de salinas.

Ora em arrocho de crise como a atual, que sobe à medida que o câmbio desce, um Pão de Açúcar do tamanho do que aí temos, partido em pequeninos, daria para a fome de toda a cidade e ainda sobraria mendrugo bastante para fartar a população dos subúrbios.

O que se está vendo, porém, é que o rochedo de tão doce nome, em vez de dar vida aos que o buscam, serve-lhes de ponte para a morte.

Desde que um engenheiro, naturalmente para tomar a altura do alcantil, precipitou-se-lhe do viso às profundezas das raízes, a rocha, até então pacata, passou a ser considerada excelente ponto de partida para essa viagem de onde se não volta.

O exemplo do engenheiro começa a dar frutos cadivos. Outro, que se não sentia à vontade na vida, por motivos que não declarou, depois de envenenar-se com vários tóxicos literários, entre os quais o *Manfredo*, de Byron, do qual ficou resíduo em um bilhete, foi-se, rochedo acima, e, lá do alto, contemplando a cidade ingrata, lançou-lhe o anátema supremo e como o tritão de Bocage:

> Calou-se; e do alto escolho à pressa erguendo
> O formidável corpo, inda mais alto,
> E as negras mãos frenético mordendo,
> Por entre as ondas se abismou de um salto.

Não garanto que a morte do novo suicida tenha sido assim poética – não era ele da estatura do gigante equóreo, nem a sua queda se deu entre ondas, senão no mato, mas a trajetória foi igual. Resta saber a causa, que moveu o homem a tão desesperada resolução: maus negócios? Desilusões políticas? Acédia? Amores?

Os que se atiravam de Leucade sabia-se que eram apaixonados, tanto que o sítio onde faziam o pulo trágico tornou-se conhecido pelo nome de "Salto dos namorados".

Além de Safo que, segundo Menandro, foi a primeira que se arrojou de tão alto, quando se convenceu de que as rugas e os perigalhos da velhice faziam com que dela fugisse o mancebo Faon, a história literária cita outra amorosa: Calyce, e a própria Vênus que, desesperada com a indiferença de Adônis, decidiu acabar com a vida, valendo-se do conselho de Apolo que lhe inculcou o rochedo como remédio infalível no mal de amor.

Infelizmente, porém, para a deusa a sua qualidade de imortal não consentiu que se cumprisse o seu desejo e da queda que deu só ficou memória escandalosa, para juntar-se a muitos outros escândalos que denegriram a vida da mais formosa e a mais ardente das filhas de Zeus.

O Pão de Açúcar foi sempre considerado rochedo de muita compostura, grave, sisudo, metido consigo e com a mulher que Deus lhe deu como companheira – a Urca. Jamais constou que aquela pedra rígida se prestasse a contubérnios: ali está no seu posto de vedeta, olhando a barra e o oceano, com aquela aranha a treparlhe pelo dorso carreando gente curiosa.

De um dia para outro, só porque um vaidoso da raça de Eróstrato, Omar e quejandos que se pretenderam eternizar na história por atos inauditos, decidiu atirar-se lá de cima, eis que outro lhe vai na peugada transformando o rochedo de tão bom nome e que era, até bem pouco tempo, um dos encantos da cidade, em Tarpeia, Apotetas, Leucade ou Calvário, monte de morte, enfim.

Parece que o meio único de evitar que aquele lugar de delícias, um dos *belvederi* da cidade, não se mude em palco de tragédias será exigir de quantos viajarem nos carros aéreos a exibição do bilhete de volta. Assim, ao menos, a Companhia não ficará prejudicada em uma passagem.

15 de novembro

VELHA FÁBULA

Em volta de um fogo tíbio de gravetos e versas, que mal aquece, acarra-se, como ovelhas à intempérie, um bando de crianças lívidas, quase nuas (que de pouco lhes servem os molambos que lhes trapejam nos corpos cadavéricos), atentas a uma velha que as distrai com a história de formosa princesa, noiva de um príncipe gentil, que vivera anos encantado em cisne, encanto que ela desfizera com as lágrimas dos lindos olhos.

E diz a narradora descrevendo o preparo do opíparo festim das bodas:

"Eram tantos os cozinheiros cuidando do banquete que a cozinha parecia uma praça em dia de feira..."

"Que é feira?", pergunta um menino de seis anos, pálido, de lábios gretados e ressequidos. E a velha procura descrever o que lhe pede a pergunta; e prossegue:

"Para conter os enormes assados..."

"Que é assado?", indaga, com interesse curioso, uma pequenita de cinco anos. E a velha tenta explicar como pode o que a criança ignora; e continua:

"Frutas, eram tantas que enchiam corbelhas e corbelhas..." Desata todo o bando a rir, naturalmente do que lhe parece exagero demasiado. E quando a velha diz:

"O leite, isso chegava aos cântaros..." Uma menina de dois anos, esquelética, abrindo desmedidamente os grandes olhos verdes encovados, balbucia:

"Leite...! Que é leite?!"

E a velha dificilmente explica o que a pobrezinha nunca vira.

Por fim, chegando à mesa lauta do banquete, diz a velha:

"Em cestas de ouro e prata enormes pães..."

Eis que, de golpe, se levanta, em tumulto, o bando das crianças – umas choram, outras riem, airadas; esta remorde o pulso, aquela chucha esfomeadamente os dedos, todas tiritando, encaradas na velha.

De repente, como impelidas, acorrem a ela bradando: "Pão! Pão!"

E a mísera, arrependida de haver despertado o que justamente pretendera adormecer: a fome, não achando outra consolação, diz apenas, com os olhos rasos d'água, estendendo o braço magro para o campo coberto de neve:

– "Pão! Ai! de vós... O lobo comeu... O lobo comeu..."

E as crianças, transidas de medo, repetem baixinho, entre si:

"O lobo comeu..." E ficam a olhar o céu escuro, sem esperança em Deus, que as nuvens negras escondem para que não lhes veja o sofrimento, nem tampouco na bondade antiga dos homens, que a guerra transformou em ódio nos corações. E o autor anônimo dessa página sombria conclui:

"São de tal teor as histórias que as velhas contam às crianças em todas as aldeias da Alemanha, enquanto a Fome, como Lobo, vai abrindo claros no auditório infantil, porque, todos os dias, são milhares e milhares de pequeninos que ela arrasta para o seu covil, que é o túmulo."

E nós achamos que os cartagineses eram cruéis porque sacrificavam, em holocausto a Moloch, vinte ou trinta crianças.

Guerreem-se os homens em campo, trucidem-se a ferro e fogo, arrasem cidades, talem lavouras, chacinem, devastem, mas não levem tão longe, até os berços, e, ainda além, ao próprio seio maternal, o ódio, invadindo, em fúria ceva, as fronteiras do Futuro, guardadas por Deus.

O lobo está dominando a nascente e, embora o cordeiro, para não turvar a limpidez da fonte, beba na correnteza baixa, ele acusa-o de atrevimento e chama-o a contas e ainda que o mísero alegue que os males e afrontas que lhe são atribuídos não os podia ele haver praticado pela razão forte de que no tempo em que se deram tais sucessos não ser ele ainda nascido, replica-lhe o lobo:

"Se não foste tu, foram os teus."

E só por balar e ter lã, como os da sua raça, paga o inocente com a vida o crime dos seus maiores.

Ah! La Fontaine... foi para casos tais que trasladaste a francês a fábula do *Lobo e o cordeiro*, que começa com a verdade que está em ação:

La raison du plus fort est toujours la meilleure.

22 de novembro

NATAL... AO LONGE

Por ser noite santa a Morte resolvera não tocar na Vida. Lá ia, de foice ao ombro, trilhando a neve, a caminho do berço de Jesus.

Noite espectral, vestida de branco, como se houvesse saído do túmulo, envolta em sudário. Os castanheiros desfolhados não eram mais do que esqueletos. Os córregos dormiam um sono de cristal.

Com o soprar do vento o ar enchia-se de frocos, como se os silfos, que povoam as noites, andassem esparzindo lírios. E a Morte seguia, de foice ao ombro, trilhando a neve, a caminho do berço de Jesus.

Os sons dos sinos balançavam-se como em redouça, ora vibrantes, ora amortecidos. Os uivos dos lobos esfomeados varavam doridamente o pálido silêncio. Luz, só um vislumbre coado em fita do vitral da igreja, alongando-se, em estria, sobre a neve entre os misérrimos castanheiros esbulhados.

E a Morte passava sem pensar na Vida. Era noite santa, anjos cantavam no céu glorificando Deus e anunciando a paz aos homens e por que havia ela de perturbar com lágrimas a grande Hora harmoniosa? Caminhava.

De repente estacou. É que ouvira uma voz bradar por ela, aflita. Quem a chamaria no silêncio? Recusar-se a atender a tal reclamo seria descaridade. E a Morte achegou-se à cabana de onde partira a voz angustiosa, empurrou a porta frágil e, numa sala escura e úmida, onde parecia haver mais neve do que ao tempo, tanto regelava, viu, num monte de palha e trapos, uma mulher seminua, com uma criança ao colo.

Pequenino e langue tinha, talvez, o infante, a idade de Jesus: horas apenas.

Por que a chamava a mulher em vozes de tanta agonia? Avistara-a, decerto, no caminho e, receosa de que ela, sabendo-a possuidora de tal tesouro viesse roubá-lo, chamara-a para implorar-lhe misericórdia. E a Morte, que resolvera não tocar na Vida, chegou-se à mísera mulher, inclinou-se sobre ela e disse-lhe:

– Chamaste-me? Aqui me tens. Que queres?

– A Morte, foi que eu chamei. A Morte!, bradou a mísera.

– Aqui me tens, insistiu. Que queres?

Soergueu-se a mendiga, encarada no trasgo, e, reconhecendo-a, pelo horror do vulto, de pronto, em arranque de desespero, estendeu-lhe os braços em que dormia o filho pequenino e disse, por entre lágrimas a jorros:

– Leva-o! É melhor que o leves antes que ele acorde para sofrer, como os outros que por aí rolam, como folhas mortas. Que vale a vida no rigor destes tempos? É tanta a miséria no mundo que já os peitos das mães recusam leite aos filhos. Leva-o contigo! Está dormindo, não abriu ainda os olhos e não os abrirá jamais e será melhor assim. Para que despertá-lo? Nem calor eu tenho para aquecê-lo e alimento... O que me havia de vir em leite aos peitos vaza-me em lágrimas dos olhos. Leva-o! É uma obra de caridade. Será para o pobrezinho o melhor presente de Natal.

Pasmada do que ouvia, por ser a primeira mãe que assim lhe falava, tomou a Morte o infante, achegou-o ao peito, abriu a porta da cabana e foi-se.

Um grito longo, de angústia, anavalhou percucientemente o silêncio. Mas os sinos vibraram anunciando o Mistério de amor e os cantos angélicos encheram os ares:

"Glória a Deus nas alturas, paz aos homens na terra de boa vontade."

25 de dezembro

Impresso na Gráfica da **AVE MARIA**